STUART REARDON &
JANE HARVEY-BERRICK

Doce Combinação

Traduzido por Ana Flávia L. Almeida

1ª Edição

2022

Direção Editorial:	**Fotografia:**
Anastacia Cabo	Stuart Reardon e Emma Hayes
Tradução:	**Arte de Capa:**
Ana Flávia L. Almeida	Sybil Wilson / Pop Kitty Designs
Preparação de texto:	**Adaptação de Capa:**
Marta Fagundes	Bianca Santana
Revisão Final:	**Diagramação:**
Equipe The Gift Box	Carol Dias

Ícones de diagramação: Freepik

Copyright © Jane Harvey-Berrick & Stuart Reardon, 2019
Copyright © The Gift Box, 2022

Todos os direitos reservados.
Nenhuma parte do conteúdo desse livro poderá ser reproduzida em qualquer meio ou forma – impresso, digital, áudio ou visual – sem a expressa autorização da editora sob penas criminais e ações civis.

Esta é uma obra de ficção. Nomes, personagens, lugares e acontecimentos descritos são produtos da imaginação da autora. Qualquer semelhança com nomes, datas ou acontecimentos reais é mera coincidência.

Este livro segue as regras da Nova Ortografia da Língua Portuguesa.

CIP-BRASIL. CATALOGAÇÃO NA PUBLICAÇÃO
SINDICATO NACIONAL DOS EDITORES DE LIVROS, RJ
Gabriela Faray Ferreira Lopes - Bibliotecária - CRB-7/6643

H271d

    Harvey-Berrick, Jane.
        Doce combinação / Jane Harvey-Berrick ; tradução Ana Flávia L. Almeida. - 1. ed. - Rio de Janeiro : The Gift Box, 2022.
        280 p.

    Tradução de: Gym or chocolate?
    ISBN 978-65-5636-180-2.

    1. Ficção inglesa. I. Almeida, Ana Flávia L. II. Título.

22-78957   CDD: 823
                CDU: 82-3(410)

Dedicatória
Para Tonya
Que não tem um programa de rádio,
mas correu meia maratona!
Jane & Stu x

Resenhas

Esperamos de verdade que você tenha gostado dessa história, e que deixe uma resenha também. Não é apenas para nós (embora a gente adore saber que você gostou do livro!), mas resenhas também ajudam outras pessoas a tomar uma decisão consciente antes de comprarem.

Então, ficaríamos muito gratos se você tirasse alguns segundos para fazer isso quando terminar de ler a história de Rick e Cady. Obrigado!

Stu & Jane x

Prólogo

Cady

Essa é a verdade, toda a verdade, e nada além da verdade:

Nunca conheci um chocolate que não amei e nunca conheci um doce que não quis beijar.

Acredito que as academias foram inventadas por fanáticos da saúde que gostam de torturar vítimas inocentes e levá-las à autodepreciação e problemas com a imagem corporal.

Nada e ninguém vai me fazer mudar de ideia.

Nunca.

De jeito nenhum.

Nem um pouquinho.

Capítulo 1

Cady

— É sempre um prazer, Nova York! Vida longa e próspera! Aqui é Cady Callahan, a Cara do Rádio, dizendo *ciao* por agora, da *Larica Matinal*, na Rádio XKL.

Pow!

Apertei o botão e a luzinha vermelha parou de piscar acima de mim, o que significava que eu estava oficialmente fora do ar, outra emissão ao vivo bem-sucedida na rádio para o meu currículo.

— Ótimo programa, Cady — disse Oliver, meu produtor, com os polegares erguidos para mim.

Recostando-me à cadeira, dei um aceno cansado, depois tirei os fones de ouvido, bocejando. Esfreguei os olhos enquanto tateei em busca da minha caneca de café, meu quarto *latte* da manhã. *Argh*. Frio. Ora, cafeína era cafeína, então entornei tudo de uma vez. Pelo menos a última rosquinha que sobrou ainda estava fresca. Inspirei o restante dela, lambendo as migalhas dos meus dedos e o açúcar do glacê de limão – a melhor parte, na minha humilde opinião.

Eu estava mentindo.

Eu nunca era humilde.

Eu era uma mulher foda, aguentando as pontas no mundo da rádio matinal dominado por homens, e o número dos meus ouvintes estava aumentando constantemente. Toma essa para todos os imbecis que disseram que eu nunca conseguiria.

Esfreguei os olhos outra vez, abrindo tanto a boca em um bocejo que estava correndo o risco de deslocar a mandíbula.

Havia um preço a se pagar para estar no ar das 6 às 9 da manhã, cinco dias por semana, principalmente, porque significava acordar às quatro horas todo maldito dia, de segunda à sexta. Eu era profissional: não apenas entrava no estúdio e tagarelava por três horas. Eu lia todos os jornais diários e sites de notícias, procurando por histórias atuais, convidados com algo interessante a dizer; e toda semana, eu fazia um programa temático que exigia muita pesquisa, a qual eu mesma fazia a maior parte, já que os pesquisadores da estação eram sobrecarregados, mal remunerados, e a maioria estressada.

— A sua bunda gorda ficou presa nessa cadeira ou o quê? — Jerry Winters zombou, o residente machista que vinha logo depois do meu programa; um homem tão desprezível que despertava um instinto homicida na maioria das pessoas, principalmente em mim. Ele odiava o fato de eu ter conseguido a faixa rápida da rádio matinal, e ele ter sido colocado na faixa lenta do bate-papo antes da hora do almoço.

Obrigada, karma.

Sorri com doçura.

— Aw, Jerry! Alguém acordou com um abacaxi enfiado no reto ou é só o jeito que você anda? — Inclinei-me para frente, tomando cuidado para não chegar nem perto do mau hálito dele. — Sim, minha bunda é gorda, mas eu deveria te avisar... eu comi a última pessoa que comentou sobre ela.

Depois choquei os dentes e arreganhei para ele, fazendo-o pular.

Ri enquanto me afastava, achando graça de seu comentário melindroso: "Tão amadora".

Eu tive várias respostas de caras como ele, caras que pensaram que poderiam me chatear falando do meu peso. *Ele que se foda ou... é melhor não.* Eu tinha um ótimo trabalho, amigos fabulosos, o tanto de sexo que eu queria (*obrigada, Tinder*), um apartamento que me custou um braço e duas pernas, mas tinha uma vista incrível quase para o Central Park, e eu estava confortável com meu próprio corpo. Isso era o que caras como ele nunca poderiam entender – eu não ligava a mínima para o que ele pensava de mim.

Claro, quando criança, suportei todos os comentários sobre peso, começando com a minha própria família.

A frase favorita da Vovó Callahan era: "Você tem um rosto tão bonito". O que, como toda garota curvilínea sabe, era um código para, *é uma pena que o restante de você seja tão gordo.*

Davy, meu irmão, tinha vários apelidos para mim, inclusive *A Incrível Balofa* ou *Guarda-Tripas*, dependendo de quão fofo ele estava se sentindo. Ainda me sinto mal por causa da cicatriz na sobrancelha dele que dei como resposta.

Não, na verdade não: eu me sentia incrível toda vez que me lembrava do hematoma preto, roxo e verde que apareceu junto, mais quatro pontos no pronto socorro local.

No jantar de Ação de Graças, quando eu era caloura no ensino médio, Vovó Dubicki anunciou: *"Os garotos não vão namorar uma menina gorda, porque essas garotas não têm autocontrole".*

Eu não gostava de dizer que a maioria dos caras adolescentes prefeririam uma garota sem nenhum autocontrole, principalmente meu namorado da época, Carl Jenson, mas Vovó tinha pressão alta e um marca-passo, então simplesmente sorri e me servi de outro pedaço de torta de abóbora.

Minha mãe deu uma piscadinha para mim e empurrou o pote de *chantilly* para mais perto. Ela foi uma sobrevivente das ambições de concurso de beleza da mãe dela naquela época, e agora era ardorosamente contra forçar aquele regime em jovens garotas. Ela também tinha uma série de suas citações favoritas do livro *Fat is a Feminist Issue*, da autora Susie Orbach, para cada ocasião.

Mas o irmão do meu pai, tio Gerald, fez um comentário que se tornou o meu favorito de todos: *"Não ligue, querida, você tem um ótimo rosto para o rádio".*

É, valeu, tio G.

No entanto, eu ri por último, porque usei isso como minha despedida no programa todos os dias. Papai me falou que tio G ainda se encolhe quando me ouve dizendo.

Vingança é um prato que se come frio. Só estou falando.

Oliver sorriu para mim quando passei por sua cabine. Ele também não tinha muita paciência com Jerry, o Babaca.

Enquanto pegava meu casaco e a bolsa na minha mesa, Monica, uma das assistentes, deixou um envelope na minha frente.

— Seus ingressos para a festa beneficente esta noite. Você é tão sortuda!

Soltei um grunhido e massageei as têmporas. Eu me esqueci completamente que havia me voluntariado para representar a XKL em um evento de caridade essa noite. Pessoalmente, eu preferia assinar um cheque e doar isso, ao invés de desperdiçar a minha noite comendo canapés minúsculos e tentando jogar conversa fora. Eu estava ficando com gases só de pensar.

Mas a caridade era para os veteranos, e já que Davy era agora — apesar de tudo — um adulto, e tinha se tornado um soldado do exército, era algo importante para mim.

Fiquei mais feliz com o pensamento de que poderia haver alguns soldados sexy no evento. Não há nada como um homem batendo continência para você logo de manhã cedo enquanto está usando apenas suas *dog tags* e um grande sorriso. *Oorah!*

Infelizmente, a festa beneficente era das oito à meia-noite, o que significava que na hora em que chegasse em casa e me deitasse na cama, eu teria, talvez, três horas antes de ter que me levantar de novo para ir para o trabalho.

Eu amava fazer o programa da manhã, mas ele causava um estrago na minha vida social.

Monica ainda estava me observando com um ar melancólico.

— Você sabe que Jamie Dornan vai estar lá, certo? — ela suspirou.

— É? — falei, de repente me sentindo sortuda. — Quem mais está na lista de convidados?

— Mais alguém importa?

— Provavelmente, não — sorri —, mas me diga.

— Imaginei que perguntaria — resmungou, me entregando um pedaço de papel. — Então fiz uma lista dos bons, dos ruins e dos feios: dois senadores, o prefeito, aquela mulher que está concorrendo para a *Queens DA*, vários atores de segunda categoria, aquele cara que administra a academia onde todas as celebridades malham, algumas estrelas de realities, inclusive aquela britânica ridícula que tem a página do Instagram Fuglies[1], e eu mencionei que Jamie Dornan estará lá?

Sorri por causa de seu entusiasmo enquanto lia a lista de convidados. Com certeza havia alguns entrevistados em potencial para a *Larica Matinal*. Talvez a noite não seria uma perda de tempo, afinal.

— Bom trabalho, Monica. Já que vou sozinha, você quer meu ingresso extra?

Ela escancarou a boca.

— Você está me zoando! Você quer que eu seja a sua acompanhante?

— Bem, você não é muito o meu tipo, já que não tem um pênis, mas claro! Seria uma pena desperdiçar o ingresso.

— Ai, meu Deus! Você é o meu ser humano favorito de todos! — berrou, enlaçando meu pescoço.

— Não era o Jamie Dornan? — falei alto, depois que ela saiu correndo, murmurando sobre manicure e depilação íntima.

— Ele é um deus! — ela gritou. — Então você ainda é a minha humana favorita!

---

1 Fuglies – fucking uglies, termo que se usa quando quer dizer que a outra pessoa é muito feia.

Feliz ao vê-la toda contente, peguei o elevador até o saguão, depois levei dois dedos à boca para dar um assovio agudo. Um táxi amarelo se aproximou da calçada e me levou pelos sete quarteirões até meu apartamento incrivelmente lindo e incrivelmente caro.

Eu precisava tirar um cochilo por algumas horas se queria sair à noite.

O Hotel Plaza, localizado orgulhosamente na Quinta Avenida com a rua 58, parecia cintilar e reluzir enquanto os *flashes* de centenas de câmeras iluminavam os convidados que chegavam para a festa beneficente.

Minha limusine se juntou ao trânsito parado que seguia na direção do tapete vermelho disposto pela calçada. Eu me recostei ao banco, curtindo o raro luxo, e grata que a estação de rádio escolheu me transportar em estilo.

Alisei o brilhante vestido vermelho sobre as coxas e tentei evitar tocar no meu cabelo cuidadosamente penteado. Depois do meu cochilo, passei a tarde me arrumando, embora calças de ioga e um coque bagunçado fizessem mais o meu estilo. Mas de vez em quando, eu gostava de toda a ladainha do lance de se arrumar. Aprendi vários truques com a minha mãe para conseguir cachear e estilizar o cabelo, assim como usar roupas que valorizavam meus atrativos. Eu tinha dois: meus seios e meus olhos. Ou talvez isso sejam quatro, já que tenho dois seios e dois olhos. Ou talvez sejam três atrativos, já que tenho apenas um colo, a menos que você conte com o colo da minha bunda... Continuando...

Eu sabia como me vestir e usar acessórios, só escolhi não o fazer com frequência. Mas quando fazia – era tudo ou nada. E porque eu tinha cabelo escuro e olhos azuis quase violeta, eu arrasava pra caramba em um vestido escarlate. E, sim, eu mesma falei, porque se você esperar um homem te elogiar, era melhor esperar o inferno congelar, e, sinceramente, a vida era curta demais.

Pisando no tapete vermelho, sorri e acenei, apoiando uma mão no quadril, um pé um pouco à frente, como mamãe me ensinou. Nada demonstrava mais sensualidade do que confiança. Eu era uma mulher grande, curvilínea, cheia de gordurinhas, toda peitos, bunda e atitude. A maioria dos homens não sabia como lidar comigo.

Dei um grande sorriso quando Jamie Dornan aproximou-se por trás de mim no tapete vermelho, parecendo comestível em um *smoking*. Monica teria um ataque – ou ficaria muda. Com ela, nunca conseguia saber o que poderia acontecer.

— Jamie, oi! Cady Callahan da Rádio XKL. Parabéns pelo novo membro da sua família!

— Obrigado, uh, Cady.

— Eu adoraria entrevistar a sua esposa, Amelia, na próxima vez em que ela estiver em Nova York. Talvez você possa entregar a ela meu cartão? Meus ouvintes amariam saber como ela consegue ficar tão fabulosa enquanto cria três crianças.

Ele pareceu confuso, abençoado seja.

Inclinei-me para mais perto, diminuindo o tom de voz para um sussurro sigiloso:

— Sem querer ofender, mas você deve fazer um zilhão de entrevistas todos os dias. Eu gostaria de conversar com o verdadeiro poder por trás do trono.

Ele sorriu, mostrando dentes perfeitos, e seus olhos se enrugaram com diversão.

— Acho que Amelia concordaria com isso. Mas ela não concede entrevistas a menos que seja sobre sua música...

— Se ela estiver a fim de fazer uma exceção, eu adoraria conversar com ela sobre ser filha de atores, trabalhar na indústria e depois deixar isso para trás pela música. E para ser mãe.

Entreguei meu cartão e ele o colocou em seu bolso, com um olhar perplexo em seu rosto.

— *Selfie?* — perguntei, esperançosa.

Sendo o profissional que era, ele apenas assentiu e sorriu. E sendo a profissional que *eu* era, não o incomodei por mais tempo, porque não há nada mais irritante do que alguém que não sabe a hora de ir embora.

Também não fiquei puxando o saco – construí minha tribo de ouvintes fornecendo a eles histórias de interesse humano, não apenas de celebridades. Embora, se Jamie acompanhasse a esposa dele à entrevista, quem era eu para impedi-lo?

Metade do meu trabalho era sobre contatos, e eu nunca sabia quando meus esforços seriam recompensados.

Como todas as pessoas que trabalharam no campo da mídia, eu estava bem ciente que festas beneficentes eram tanto sobre publicidade e oportunidades de fazer contato quanto apoiar uma instituição de caridade: de qualquer forma, significava trabalho. Não importava se parecia uma festa de arromba ou se havia champanhe de graça, ainda era necessário fazer uma social, impressionar pessoas, ou até mesmo lembrá-las da sua existência.

Eu era a rainha dos contatos e passeei pelo cômodo diligentemente, conseguindo obter promessas de entrevistas de uma série de pessoas fascinantes.

Claro, eu poderia me sentar e esperar as equipes de relações públicas entrarem em contato comigo quando seus clientes quisessem divulgar novos filmes/livros/programas de TV e/ou descartar escândalos, mas descobri que minhas entrevistas mais interessantes eram aquelas em que não havia nada em particular para divulgar, porque aí eu teria mais chances de conseguir a pessoa real, não apenas regurgitar o frenesi vigente.

Do outro lado do cômodo, vi Monica conversando com um cara de uniforme. Bem, flertando. Eu sabia que ela tinha perdido meu momento com seu galã favorito, do contrário teria corrido para ouvir os detalhes. Enfim. Eu mostraria a ela minha *selfie* com Jamie amanhã.

Ao lado do homem do momento de Monica, havia pelo menos mais uma dúzia de militares, mas a maioria parecia estar com as esposas ou namoradas. Ainda assim, me dirigi até um homem em uma cadeira de rodas quando notei a boina bege que o identificava como um membro do 75° Regimento Ranger, o mesmo do meu irmão.

Conversei com o Cabo Stevens e sua esposa por um tempo, também ventilando a ideia de irem ao meu programa. Quando mencionei o nome de Davy, eles reconheceram, mas não o conheciam pessoalmente. Isso, com certeza, ajudou a fazê-los confiar em mim. Eu tinha muito tempo para homens e mulheres que serviram o nosso país.

Depois de um tempo, meus pés começaram a doer. Eu não estava acostumada a usar saltos por tantas horas, então segui para o banheiro para uma pausa. No caminho, parei para comprar um monte de bilhetes de rifa para a angariação de fundos e os coloquei na minha bolsa vermelho-rubi. Geralmente, eu era uma mulher que usava bolsas *coach*, mas tinha um fraco por promoções da Barneys – e era tão linda!

O banheiro estava silencioso e tranquilo, um oásis de paz longe do salão tumultuado.

Mas na frente do espelho havia uma mulher que reconheci vagamente. Observei-a reaplicar o batom rosa brilhante que era um pouco Barbie demais para o meu gosto.

Quando ela me pegou a observando, eu sorri. Ela franziu o cenho, sei lá, mas já que a testa dela não se movia, era difícil dizer.

— Que porra você está olhando?

Ergui as sobrancelhas depressa quando ouvi seu tom agressivo junto com o sotaque britânico.

— Eu estava maravilhada com a sua beleza, mas aí depois você falou.

Ela entrecerrou os olhos em confusão.

— Que porra isso quer dizer?

Ela poderia mesmo usar um vocabulário mais amplo.

— Ah, é apenas fascínio pela grosseria terrível — disse eu, suavemente. — Estou fazendo um estudo sobre pragmatismo linguístico e me perguntei se você estava tentando desabafar sentimentos negativos.

— Do que você está falando, sua vaca gorda?

Ri alto. Pessoas mal-educadas odeiam quando você faz isso.

— Gorda? Ah, querida! Homens de verdade gostam de curvas. Apenas cachorros gostam de ossos.

Ela xingou outra vez e saiu do banheiro. Obviamente, ela não se formou na escola de boas maneiras.

Mas eu estava grata, de verdade. Ela havia me dado o próximo tema do meu programa – lidando com pessoas grosseiras. Fiz uma anotação rápida no meu celular e sorri para mim mesma.

E embora ela tenha me parecido familiar antes, agora eu podia dar um nome ao rosto botocado: Molly McKinney. Ela era uma "estrela" de *reality show* britânica que já havia sido noiva de alguém famoso. Senti uma afinidade com o cara que foi esperto o bastante para não se casar com ela. Ela buscava fama e polêmicas, e abriu uma conta no Instagram para escarnecer de qualquer um que não se encaixasse na sua ideia de atraente. Tinha o charmoso nome "*Fuglies*". Tristemente, ela tinha mais de três milhões de seguidores.

Ainda perdida em pensamentos, saí do banheiro, quase me chocando contra um cara que estava andando na direção oposta. Por sorte, ele saiu do caminho bem na hora.

— Ah, desculpe! Bons reflexos, aliás!

— Você deveria olhar por onde anda — ele disse, de forma brusca.

Outro britânico mal-educado? Que raios estava acontecendo hoje? Meus pelos se arrepiaram. Ele não podia aceitar um pedido de desculpas?

— Eu *poderia* olhar por onde ando — sorri para ele —, mas aí eu teria perdido nosso breve, mas divertido encontro.

Ele piscou, surpreso, e continuou andando sem se incomodar em responder.

Balancei a cabeça, seguindo sua figura alta com os olhos, perguntando-me se já fiz social o bastante para a estação de rádio essa noite e se poderia dar o fora antes do sorteio da rifa. Não era como se alguma vez eu ganhasse qualquer coisa nesses eventos.

— *Senhoras e senhores! Se eu puder ter a atenção de todos por um instante... o sorteio da rifa está prestes a começar no salão.*

Droga!

Colocando um sorriso no rosto, forcei meus pobres e torturados pés a darem a volta e retornar para dentro.

As mesas foram dispostas enquanto eu estava fazendo a minha parte pela paz mundial, e com um suspiro de prazer, vi que a mesa do *buffet* se encontrava liberada para as pessoas pela primeira vez na noite inteira. Eu pretendia encher um prato e depois me sentar na cadeira mais próxima disponível para assistir aos prêmios da rifa sendo entregues.

O presidente da instituição de caridade deu batidinhas no microfone, depois fez um pequeno discurso, falando sobre o trabalho que faziam com *e* para veteranos, seguido por um longo agradecimento aos patrocinadores.

Escondi um bocejo enquanto colocava três rolinhos de camarão no meu prato e tentava não pensar na minha adorável cama *king-size e* travesseiros de plumas que esperavam por mim em casa.

— E o ganhador de férias com todas as despesas pagas para o resort exclusivo White Sands, em Bermuda, é o bilhete de número 232.

Não. Não chegou nem perto.

Ooh! Mini folhados!

— E o ganhador de uma caixa do champanhe vintage *Moët & Chandon* é o bilhete 743.

Não.

Ooh! Tortinhas de chocolate com cerejas no glacê!

— E o ganhador de uma massagem com pedras quentes no *Vassilly's Spa Hotel*, nos Hamptons é...

Eu! Eu! Eu!

— ...bilhete 431.

Droga. Suspirei enquanto uma mulher mais velha em um vestido Chanel recebia o prêmio, sorrindo para os fotógrafos que aguardavam.

A quem eu queria enganar? Eu nunca ganhava nada.

Ooh! Aquilo eram mini tortas de abóbora com chantilly em cima? Sossegue, meu coração inquieto!

Peguei uma e coloquei na boca, gemendo quando os sabores deliciosos chegaram nas minhas papilas gustativas.

— E o ganhador da assinatura de um ano para...

Eu me distraí quando revirei os olhos de prazer.

— ...e mais um ano de treinamento com o dono, Rick Roberts, é... o bilhete 677.

Houve uma onda de aplausos seguida por um longo silêncio enquanto as pessoas se viravam incessantemente em suas cadeiras, tentando descobrir a identidade do ganhador.

Congelei no meio de uma mordida, arregalando os olhos. *Merda! Merda! Merda!*

Engoli, quase me engasgando, e senti os olhos marejando enquanto tossia.

O holofote girou pelo salão como um farol. Lentamente, levantei a mão. *O que foi que eu ganhei? E por que diabos todo mundo estava rindo?*

— Rick, você gostaria de vir até aqui e presentear pessoalmente a assinatura de um ano na *Body Tech* – e conhecer sua mais nova cliente de malhação?

Nãooooooo! Por tudo o que era mais sagrado, profano e simplesmente injusto!

Minhas bochechas coraram quando entendi o porquê de todos estarem rindo. E apesar de toda a minha confiança, todas as minhas conquistas pessoais e profissionais, eu já não era mais uma mulher bem-sucedida de 36 anos. Fui transportada na mesma hora para o ensino fundamental, quando todas as meninas malvadas formaram um círculo e gritaram comigo dizendo que eu era gorda: gorda e feia.

Um rugido baixo de raiva surgiu dentro de mim.

Não! Eu não deixaria essa multidão de idiotas me fazer sentir mal.

Coloquei meu melhor sorriso de *miss* e caminhei até o palco, rebolando os quadris largos e piscando para o público.

Desfilei por todo o comprimento do salão, acenando para as pessoas que aplaudiam e riam alto. Ah, sim, muito hilário – a mulher gorda ganhou a assinatura de um ano de uma academia tão exclusiva que a lista de espera era de mais de doze meses.

Enquanto eu me aproximava do palco, sorrindo tanto que meus lábios estavam grudados nos dentes, percebi que o homem rabugento com quem quase trombei do lado de fora do banheiro feminino estava de pé ali: Rick Roberts, o dono da *Body Tech*. Corpo de mais de um e oitenta e três, perfeito e torneado, maçãs do rosto acentuadas, lábios suaves, cabelo escuro implacavelmente puxado para trás em um coque masculino, uma barba curta, com fios grisalhos, o que eu, pessoalmente, achava muito *sexy*, indicando maturidade e experiência... Mas, uau, aqueles olhos irados e tempestuosos. Ele me encarava com um pavor crescente em sua expressão que falhou em esconder enquanto me entregava o vale-presente sem dizer nada.

Aceitei o envelope, deixando uma marca de beijo vermelha brilhante em sua bochecha, e depois posei para as fotos.

— Boa loção pós-barba — sussurrei, achando graça ao ver um rubor opaco em suas bochechas. — Obrigada em nome da Rádio XKL — falei mais alto, sorrindo e balançando meu prêmio no ar. — Estamos tão orgulhosos de apoiar essa instituição incrível para veteranos, e agradecemos a todos vocês pelo seu serviço.

Eu tinha a intenção de dar a assinatura para alguém do trabalho, alguém que ansiava pela ideia do masoquismo e machismo perfeitamente embrulhado em uma única visita à academia. Talvez eu fizesse um sorteio no meu programa.

Rick e eu saímos do palco juntos, o homem de rosto sombrio segurando meu cotovelo enquanto descíamos os quatro degraus. Era um gesto cavalheiresco, mas eu queria suas mãos condescendentes longe de mim.

Não importava quão bem ele cheirava.

Ou quão atraente ficava em um *smoking* sob medida.

Percebi que a mulher loira do banheiro, Molly McKinney, estava sentada em uma mesa perto da frente do palco.

Seu olhar entrecerrado estava fixo em mim, os lábios agora curvados.

— Sério! *Você* ganhou a assinatura de uma academia?! — Então riu alto e desagradavelmente, sendo copiada por várias pessoas da mesma mesa. Depois ela piscou os cílios falsos para Rick. — Há quanto tempo, Ricky, querido. Parece que você vai raspar o fundo do tacho da quinta categoria dessa vez com ela. — Riu de novo.

Ao meu lado, Rick franziu o cenho e soltou meu cotovelo, mas permaneceu em silêncio.

Continuei com um sorriso brilhante, mas estava furiosa por dentro.

"Não seja uma vaca" deveria ser o 11º Mandamento.

Por que as pessoas simplesmente não podiam ser simpáticas? Eu tinha convidados no meu programa o tempo todo, cujo opiniões eu discordava, mas nunca era grosseira ou depreciativa, nunca humilhava ou reclamava. Deixei isso para os DJs/locutores de rádio que tinham que dar a cara a tapa e provar alguma coisa.

Ignorei todos eles e me afastei da mesa maldosa, surpresa quando percebi que o dono da academia, Rick Roberts ainda estava me seguindo.

Parei, dando a ele a chance de me alcançar enquanto fingia outro sorriso.

— Imagine esbarrar com você duas vezes em um dia! Deve ser o destino. — Inclinei-me na direção dele de forma sigilosa, esperando obter mais uma lufada de seu pós-barba delicioso. — Mas não se preocupe, não vou poluir os corredores sagrados do seu centro *fitness*. Darei o prêmio de presente para outra pessoa, alguém que realmente gostaria de se torturar no seu empório do exercício.

— Você fala muito — ele disse, com outra careta. — Está dizendo que não quer a assinatura?

— Acertou de primeira!

— É claro que ela não vai para a *Body Tech* — disse Molly-vadia, se esgueirando até nós, claramente tendo entreouvido cada palavra. — O que uma gorda bunduda como ela faria em uma academia?

Rick a encarou com o semblante fechado.

— Um estilo de vida saudável é para todas as pessoas — ele disse, ríspido.

Ele estava me defendendo? Por algum motivo, isso era surpreendente.

— *Saudável?* É, sei! Como se você fosse querer treinar *isso?* — Ela riu alto, apontando a garra enorme para o meu rosto.

— Ele está simplesmente louco pela oportunidade de me treinar — caçoei, com um sorrisinho. — Posso dizer que ele é o tipo de homem que ama um desafio.

— Você não disse que daria a assinatura de presente?

Rick franziu o cenho para mim, acabando com cada grama de simpatia que senti brevemente por ele, enquanto Molly dava uma risadinha.

— Sou mulher demais para você, Rick? — perguntei, uma pitada de aço no meu tom sedutor.

Seus olhos entrecerrados me encararam.

— Eu só treino pessoas sérias — disse, com raiva. — Pessoas comprometidas, que vão se esforçar.

Agora ele estava me irritando.

— *Escuta, Dick...*
— É Rick!
— Dick combina com a sua personalidade.

Sua carranca se aprofundou enquanto minha raiva aumentava.

— Você acha que não sei o que é esforço? Acha que não sei o que é comprometimento? Eu levanto quatro horas da manhã, cinco dias por semana, para fazer um programa ao vivo de três horas. Não perdi um em quatro anos. Dick.

Molly deu uma risadinha de novo.

— Ele não queria ver sua bunda enorme em *lycra* de qualquer forma.

Rick não discordou, e minha paciência diminuiu. Na verdade, estava transparente.

— Bem, Dick, se você é um instrutor tão bom assim, sem dúvidas você me fará correr uma maratona dentro de um ano, não é? Felizmente, para nós dois, tenho coisas melhores para fazer com o meu tempo.

— Posso treinar qualquer um que esteja preparado para aguentar as horas. — Ele se irritou. — Até você!

— Bem, caramba! Apenas me inscreva para a Maratona de Nova York, Tarzan!

Dando um sorrisinho, Molly ergueu seu celular e tirou uma foto minha e de Rick, narizes colados, encarando um ao outro.

— Ai, meu Deus! — ela gritou. — Você, correr uma maratona? Os porcos estão aprendendo a voar, ou as vacas estão aprendendo a correr?

Então se virou, afastando-se.

— Uma personalidade tão meiga e adorável — falei, sorrindo perigosamente. — Talvez a mãe dela a ame.

— Eu duvido — disse Rick, com a voz diferente.

— Bem, não se preocupe com isso, grandão — falei, dando um tapinha em seu braço. — Eu não estava falando sério, e vou dar a assinatura de presente, então não precisa se preocupar. Prazer te conhecer. Eu acho.

Bocejando escancaradamente, mandei uma mensagem para meu motorista dizendo que estava pronta para ir embora. Eu queria minha cama. Eu a queria há quatro horas.

Capítulo 2

Rick

Deixando o hotel e a multidão para trás, caminhei pelas ruas agora mais vazias, as mãos enfiadas nos bolsos, fazendo cara feia para qualquer um em meu caminho. A noite inteira me deixou com um gosto ruim na boca desde o momento em que fui arrastado para o palco com as pessoas rindo de mim! Gargalhando pra caralho!

Em menos de dois minutos, minha vida, meu trabalho, meu negócio haviam se tornado uma grande piada.

A *Body Tech* tem sido meu mundo inteiro por onze anos. Eu a construí do nada, trabalhando 18 horas por dia para convencer os investidores que eu valia a pena o risco – e finalmente compensou. Uma assinatura de um ano custava $11,400 dólares e a lista de espera era longa. Eu cobrava $475 a hora para um treino personalizado individual, e só trabalhava com atletas de ponta ou com os membros mais comprometidos. Eu não tolerava quem desperdiçava tempo. Nunca. Isso era o quanto eu levava a sério o meu trabalho.

Mas *aquela mulher*! Ela nem sequer piscou antes de começar a pensar em formas de se livrar da assinatura. Sem falar do acesso gratuito a um *personal trainer*. Nem seria eu – planejei usar a situação como um treinamento para um dos meus instrutores novatos. Mas foi anunciado que o treinamento seria pessoalmente comigo e, simplesmente, decidi seguir com isso. Mas *aquela mulher* – duas horas do meu tempo, da minha vida, toda semana, e isso *ainda* não era bom o bastante para ela. Fiquei irritado de verdade. Trabalhei demais e por muito tempo para deixar qualquer um ficar menos do que impressionado... quanto mais ser motivo de riso.

E de qualquer forma, o único motivo para eu sequer ter pensado em doar a assinatura de um ano foi para honrar meu tio que era da Marinha Real. Eu, certamente, não preciso da publicidade.

Doce Combinação 21

Mas publicidade *negativa*... isso poderia estragar tudo. E eu sabia melhor do que ninguém como você poderia perder tudo em um segundo. Eu não poderia, não deixaria aquilo acontecer de novo. Há um limite de quantas vezes você pode ser chutado para a sarjeta e voltar rastejando antes da vontade de desistir e desaparecer se tornar grande demais.

Mas não agora. Não dessa vez.

Caramba, ela falou de tudo, descartando o trabalho da minha vida com um sorriso atrevido e uma jogada do longo cabelo preto. Nem um resquício de arrependimento em seu olhar enquanto ridicularizava meu trabalho e negócio.

Cerrei os dentes em irritação. E não foi só a mulher Callahan – ver a maldita Molly McKinney garantiu que toda a noite seria um desastre.

Nunca gostei dela quando era noiva do meu antigo colega do time de rúgbi, Nick Renshaw. E gostei muito menos depois que ela o traiu enquanto ele estava lesionado. Mesmo assim, a vadia ainda não tinha acabado com ele, porque um ano depois que Nick a largou, ela espalhou mentiras sobre o relacionamento dele com Anna – sua namorada na época, agora esposa. E aquelas mentiras levaram Anna a passar a noite em uma cela da polícia e ter seu nome manchado na imprensa britânica.

Você não podia confiar nas mulheres – Anna sendo, provavelmente, a única exceção dessa regra útil.

Se não fosse pelo fato de que a instituição de caridade dos veteranos havia arrecadado sete dígitos hoje, eu teria achado toda a maldita noite uma perda de tempo.

Puxei a gravata-borboleta, afrouxando-a ao redor do pescoço, depois abri alguns botões da camisa. Apesar do frio crescente do começo do outono, fui aos poucos me sentindo melhor... Se eu ignorasse a dor no meu joelho esquerdo. O clima do outono e inverno era áspero com antigas lesões. Eu só tinha trinta e sete anos, mas, às vezes, os maus-tratos que meu corpo aguentou por causa do esporte profissional, aos meus vinte e poucos anos, me faziam sentir como um homem idoso.

Arrependimentos e lembranças demais enchiam a minha mente, pesando sobre mim. Algumas noites eram mais difíceis do que outras em afastar a decepção por não ter correspondido ao meu potencial de jogador, a sensação de eu ter desapontado todo mundo... me desapontado, apesar de tudo o que conquistei desde então.

Inclinei a cabeça para trás e observei alguns centímetros do céu noturno que eu podia enxergar além dos arranha-céus. Às vezes, *eu queria gritar dos terraços, eu poderia ter sido um atleta de ponta!*

Ao invés disso, fui descrito como acabado, deprimido, um fracassado – até que agarrei minha segunda chance pelo pescoço e dei meu sangue e suor.

Baixei o olhar e tentei afastar a sombra de depressão que me sobrevoava, uma fina nuvem de tristeza que pairava fora de vista. Mas eu podia sentir seus dedos finos se arrastando pela minha pele.

Acelerei o ritmo, medindo os quarteirões com longas passadas até que a *Body Tech* surgiu à vista, e soltei um suspiro de alívio.

Até mesmo a essa hora da noite, as luzes brilhavam em todos os cinco andares, e eu conseguia ver o topo da cabeça das pessoas enquanto elas malhavam. O lugar ficava aberto 24/7 e vários dos meus clientes celebridades preferiam treinar nas horas mais tranquilas depois da meia-noite.

Suspirei profundamente, já me sentindo mais calmo. Ver a evidência da minha segunda chance sempre trouxe uma sensação de paz, de pertencimento. Porque, às vezes, quando as coisas não funcionam, nós precisamos de novos sonhos.

Alguém como a mulher Callahan nunca entenderia o que a *Body Tech* significava para mim. Pessoas como ela pensavam que exercitar o corpo era sobre vaidade, mas ela estava 100% errada. Da maneira que eu via, nós recebíamos um corpo ao nascer, o material bruto, mas poderíamos treinar de dentro para fora para nos manter o mais saudáveis e em forma possível durante nossas vidas. Exercícios melhoravam a circulação, o mecanismo que deixava pele e cabelo melhores, órgãos mais saudáveis, aumentava a mobilidade. E isso era apenas o começo. Deus, eu poderia dizer a ela de trás para frente sobre o treinamento para evitar ou para se recuperar depois de uma lesão, para afastar a depressão – eu era a prova viva. Eu treinei, porque todo santo dia era uma chance de ser melhor, para alcançar meu potencial, para me lembrar de que eu não era um inútil na vida, de que eu não era um fracasso, seja lá o que foi dito ou escrito sobre mim.

Minha pergunta para ela e para todos como ela era: *por que você não treinaria?*

Não importava se você fazia pouco ou muito, suas limitações físicas de nascimento, doenças ou enfermidades, você ainda poderia se beneficiar. Eu tinha clientes de todas as idades até os 93 anos, pessoas com membros faltando, doenças degenerativas musculares, vários em cadeiras de rodas – eles vinham porque podiam sentir o benefício em treinar. Eu falava a mesma coisa para todos os meus clientes: *o único exercício ruim é aquele que você não faz.*

E, sim, talvez eu fosse entusiasta demais com isso, mas sem essa determinação, sem essa mentalidade para superar e ter êxito, eu não teria me recuperado de um menisco e de um ligamento cruzado destruídos quando tinha 24 anos — minha carreira profissional de rúgbi encerrada assim que ganhei notoriedade e a ser alguém. Minha ex-mulher não aguentou, dizendo que eu deveria sair da depressão em que entrei. Ela ficou tão entediada ao me ver afundar que marcou uma viagem para Ibiza com sua amiga, mesmo lugar onde conheceu o pobre coitado com quem casou depois que se divorciou de mim.

Agora, eu treinava atletas para que pudessem evitar lesões, ou para trabalhar com seus fisioterapeutas depois da lesão. Eu era *bom* no meu trabalho. O que eu fazia causava uma diferença.

O fantasma sempre presente do fracasso arranhava minhas entranhas. Eu estava a apenas alguns deslizes de perder tudo de novo. Investidores financeiros esperavam lucros, e eu só conseguia isso com adesão total e taxas elevadas para pagar pela locação no centro de Manhattan. Um sopro de que as coisas estavam acabadas, um único indício de que a *Body Tech* estava fora de moda, e eles saltariam como ratos de um navio afundando.

Esfreguei a testa, tentando aliviar a tensão crescente.

Eu precisava reafirmar que essa noite não foi um desastre. Dei para mim mesmo o tipo de conversa motivacional que usava com os clientes:

Cada passo vai na direção do amanhã.

Também consolidei um trabalho extra muito bom treinando e preparando certos atores importantes para seus papéis em filmes de ação milionários. Claro, havia lugares na costa oeste oferecendo instalações semelhantes, mas Nova York oferecia mais anonimato do que LA. Apenas turistas admiravam estrelas de filmes aqui. Mas o fato de que eles treinavam na *minha* academia era crucial para manter o *status* elevado da *Body Tech*. Era a propaganda que eu odiava, mas precisava.

Meus pensamentos se tornaram cada vez mais sombrios conforme eu andava pela lateral do prédio e digitava o código de entrada para meu apartamento particular. Eu mudava frequentemente, tendo aprendido da maneira difícil a não usar a data do meu aniversário.

O apartamento possuía um elevador, mas eu usava a escada, correndo os seis lances. Esse era o truque — encaixe os exercícios ao redor da sua vida, não o contrário.

Verifiquei a escadaria e abri a porta com cuidado, deparando com a cobertura quieta e vazia, exatamente como eu gostava. Em dias normais, isso era o bastante para me relaxar, mas esta noite, eu me senti frustrado, agitado e à flor da pele, e não gostava disso nem um pouco. A vista noturna impressionante de Manhattan era uma das minhas coisas favoritas sobre a ampla sala de estar, mas nem olhei uma segunda vez.

Rondei pelos cômodos escurecidos, tirando meu blazer, e me sentindo mais livre, menos limitado.

Melhor.

Respirei fundo e movimentei os ombros, incentivado pela leve diminuição da tensão. No entanto, minha boca estava seca, já que não me hidratei o bastante esta noite. Segui até a cozinha, enchendo um copo com água da torneira e tomando de uma vez só. Enquanto inclinava a cabeça para trás, tive um vislumbre do meu reflexo na chaleira cromada, a imagem distorcida de marca vermelha de batom na bochecha.

Droga! Há quanto tempo estive andando por aí assim?!

Irritado, lembrei-me daquela mulher Callahan me beijando. Ela se inclinou para perto de mim, colocando o braço ao redor da minha cintura enquanto posávamos para fotos. Deus sabe como devo ter saído nas imagens, com meu mau humor absurdo.

Ela estava usando perfume, mas sutil – não a quantidade que algumas mulheres usavam na academia –, era suave, algo cítrico.

Quando conferi meu reflexo no espelho do banheiro, sujo com a maquiagem, fiquei irritado de novo. Esfregando a bochecha, meus dedos ficaram vermelho-vivos. Não apenas isso, ela também deixou uma mancha de base no colarinho da camisa. Uma camisa nova.

Tirei-a pela cabeça e a joguei no cesto de roupa suja. Aquela porcaria sai na lavagem, ou eu deveria jogá-la fora?

Ainda mais irritado, lavei as mãos com água fria, depois voltei para a sala de estar para reencher meu copo d'água e, finalmente, me sentei no sofá para assistir à partida que coloquei para gravar mais cedo.

O couro guinchou de leve contra a pele nua, e me lembrei do quanto minha ex-mulher odiava quando eu fazia isso. *Suor e oleosidade do corpo mancham o couro*, ela costumava dizer. Encostei a cabeça enquanto assistia meu antigo time de rúgbi, Finchley Phoenixes contra Exeter Chiefs.

Na minha imaginação, vi os caras esperando no vestiário, se concentrando e preparando mentalmente. Uma pontada aguda de arrependimento me fez esfregar o peito. Às vezes, eu me perguntava por que sequer me incomodava em assistir, agora que não era parte do time. Eu odiava estar de fora. Mas eu estava no banco pelo resto da minha vida.

Suspirei e joguei o controle na mesinha de centro.

Enquanto eu ouvia o bate-papo pré-jogo, verifiquei o celular, surpreso por ver que estava repleto de mensagens.

Sentei-me mais ereto.

Havia mais de cem e-mails na minha conta comercial, e quase tanto quanto na pasta privada. *O que raios estava acontecendo?* Instagram e Twitter estavam enlouquecendo com milhares de curtidas, marcações, comentários e *retweets*.

O que diabos era aquilo?

Abri os dois aplicativos, arregalando os olhos a cada mensagem. Chequei o restante das minhas redes sociais, sentindo a ira se transformar em fúria.

Cady

Eu estava me arrastando quando cheguei no trabalho no dia seguinte, mole, emanando cansaço. Esse emprego estava matando a minha vida social. Juro por Deus, eu precisava estar na cama com as luzes apagadas, celular e Kindle desligados às 9 da noite ou estava frita.

Hoje, eu estava só o pó da rabiola. Arrastando-me lentamente e...

— Cady, é verdade que você vai correr na Maratona de Nova York ano que vem?

Encarei Oliver com meus olhos exaustos. *Onde diabos estavam os meus óculos?* Ah, espere, eu não usava óculos. Talvez estivesse com cera de ouvido?

— Como é? Porque, isso soou como... esqueça. Como é?

Ele remexeu os dedos, nervoso, tirou os óculos e limpou-os com um lenço, recusando-se a olhar para mim. Perdi o pouco de paciência que tinha, batendo o pé contra o linóleo.

Então Oliver piscou e olhou em volta ansiosamente.

— Uh, bem, teve uma postagem da festa beneficente ontem à noite, e...

— Desembucha! — esbravejei.

— Uh, então, havia um usuário do Instagram no evento que postou que, hmm, você iria, você sabe, correr na Maratona de Nova York. Ano que vem, quero dizer. Não esse ano. Obviamente.

Suas palavras saíram com uma pressa trêmula e eu comecei a rir, uma gargalhada profunda que encheu meus olhos d'água.

— Oliver! — Tossi e ronquei ao mesmo tempo, balançando os braços em movimentos exagerados. — Esse corpo parece que foi criado para correr maratonas? Me poupe!

Ele juntou as mãos, os nós de seus dedos proeminentes e brancos.

— Isso foi o que pensei, mas, bem... — Ele parou, uma gota de suor escorrendo pelo seu rosto brilhante. — Viralizou.

Esperei o final da piada, mas ele simplesmente me encarou como o Bambi, com os olhos arregalados e feridos.

Merda.

Oliver falou a palavra que todo mundo sob os holofotes deseja ou teme – eu estava, decididamente, no lado que teme, em especial agora que tenho uma suspeita sobre o que ele está falando.

Merda dupla.

— Me mostre — resmunguei, um pavor frio congelando meu estômago.

Eu poderia adivinhar o que ele mostraria para mim? *Por favor, por favor, por favor, esteja errada!* Mas quando ele levantou seu celular, eu estava certa.

A *Página Fuglies*, de Molly McKinney, havia publicado uma foto minha com Rick Roberts. Na imagem, eu estava rindo, meus três queixos horripilantemente aparentes, e ele parecia que tinha acabado de chupar um limão e defecado um cacto.

> A melhor gargalhada de uma noite chata foi quando a radialista gorducha ganhou a assinatura de um ano de uma academia!!! Você consegue ver o quão feliz o dono bonitão da academia @RickRobertsBodyTech parece. Pobre coitado. Ela até disse que correria na Maratona de NYC! HAHAHA! Vou acreditar quando eu vir! Não sei sobre a cara da rádio, mas ela é, com certeza, a bunda! #quepiada #grandepiada #taoengraçadoquefizxixinaroupaenquantoria #porcosnaovoam #dequeadianta #naomefaçarir #gordaefit #rebelwilsonantesdadieta #fuglies

Li sua postagem sórdida três vezes, digerindo o fato de que teve mais de 23.000 curtidas.

Eu não era burra: eu era gorda. Mas e daí? Isso não machucava ninguém e eu não conseguia entender por que essa mulher foi tão desagradável com alguém que conheceu brevemente. Qual era o problema dela? Por que ela se importava? Ser gorda não era a pior coisa que uma pessoa poderia ser. Com certeza não era pior do que ser vingativa ou cruel.

Oliver ainda estava me observando, ansioso.

— O que você vai fazer?

Devolvi seu celular, meu cérebro rodando a mil por hora.

— A estação precisa soltar um comunicado negando que vou correr na maratona, e que vou dar a assinatura como um prêmio no meu programa. E então eles podem me citar dizendo que foi uma noite divertida por uma ótima causa e que é uma pena que uma integrante do público tenha escolhido representar o evento de forma negativa. — Lancei um olhar severo. — O nome dela não será mencionado. Não quero dar a ela mais publicidade.

Ele mordeu o lábio, ainda preocupado.

— Eu deveria ligar para um dos times da alta administração, Sr. Finch ou Sr. Rider?

— Ol, são 4:30 da manhã! Se você quiser manter seu emprego, não ligue para eles até pelo menos seis horas. Mas mandar um e-mail tudo bem.

Ele assentiu rapidamente.

— Pode deixar, Cady. E, hmm, desculpe.

— Pelo que você está se desculpando, Ol? — perguntei, dando um sorriso. — Você não "curtiu" o *post* dela, curtiu?

Ele estufou o peito e pareceu indignado.

— Eu nunca faria tal coisa!

Apertei o braço dele.

— Eu sei que você não faria, Ollie, e é por isso que você não precisa se desculpar por nada.

Seu peito desinflou depressa, e com um sorriso triste, ele se afastou para enviar as mensagens.

Observei-o entrar na cabine do produtor, e então deixei a raiva que estava sentindo se consolidar dentro de mim.

Molly McKinney era uma Menina Malvada™ autenticada e falei sério quando disse para não dar a ela mais audiência, mas quando comecei a ler meus e-mails, mensagens, e redes sociais, tornou-se cada vez mais óbvio que eu teria que responder isso pessoalmente – e não apenas através de um comunicado da estação.

Todo mundo queria uma resposta: eu iria correr na maratona de NY?

A pergunta era absurda, mas mesmo com as dezenas de milhares de pessoas que compartilharam, comentaram, curtiram o *post* dela, ou até aqueles que me defenderam, o tema era o mesmo: eu era gorda demais para correr uma maratona. E mesmo que a cada comentário me degradando, surgissem dez me apoiando, eu estava com raiva. Estava furiosa. Todas essas pessoas que nunca me conheceram, de repente, tinham uma opinião sobre o meu peso e a minha aparência. E se Molly estivesse na minha frente, poderia estar rolando uma pancadaria de puxar cabelo e estapear agora mesmo. E eu ganharia.

Era uma tempestade furiosa da mídia, e eu estava no meio dela.

Dei uma olhada rápida nas redes sociais do Rick Roberts, mas ele não parecia ter comentado em lugar algum. Isso era uma benção, embora precisasse admitir que eu preferia que ele tivesse criado coragem e me defendido.

Comecei meu programa, tentando não me distrair com a enxurrada de pensamentos se atropelando dentro de mim. Em vez disso, me forcei a concentrar na mais nova candidata à presidência e o que as políticas dela significariam para todos nós. Mas logo se tornou claro que meus ouvintes só queriam discutir uma coisa: a maratona de Nova York... *minha* maratona de Nova York.

Quarenta e cinco minutos depois de começar meu programa de três horas, vi dois dos gerentes da estação chegarem, e meu estômago revirou. Eles estavam amontoados do lado de fora da cabine, lançando olhares furtivos na minha direção enquanto Oliver remexia as mãos. Coloquei *Bootylicious* na *playlist*, e abri a porta.

— Cavalheiros, não é sempre que tenho prazer da sua companhia antes do café da manhã — brinquei, sem entusiasmo.

— Cady, desculpe interromper — disse Aaron Finch, o gerente mais simpático.

— Belo jeito de criar uma tempestade de merda — resmungou Bob Rider, o que não era tão simpático.

— Não fui eu que fiz isso — afirmei, mas ele dispensou minha objeção.

— Os produtores do *The Wendy Williams Show* estão ligando. Eles querem você no programa. Será uma ótima publicidade para a estação.

Eu me encolhi na mesma hora. Wendy Williams tinha um público enorme a nível nacional, mas ela também tinha a reputação de ser uma locutora polêmica. Wendy começou na rádio matinal, aqui em Nova York, como eu. Mesmo assim, eu preferia deixar de comer rosquinhas por um mês (*semana*) do que ser entrevistada por ela, mas Aaron estava me encarando e mesmo que ele fosse supereducado, ele falou em um tom que queria dizer, na verdade: *Não brinque comigo*.

Fechei a boca, segurando a resposta instantânea, lembrando a mim mesma o quanto amo meu trabalho.

É claro, eu poderia me recusar, mas ser desempregada não estava na minha lista de afazeres.

— Quando? — perguntei, educadamente.
— Essa manhã. Jerry vai assumir as últimas duas horas do seu programa...
— Ah, não mesmo!

Eles me encararam em meio ao silêncio repentino.

— Não? — Bob repetiu, devagar. — Você tem certeza de que quer dizer "não" para esse *pedido*, Cady?

— Olhe, Bob — falei, imitando seu tom lento e condescendente. — Eu não perdi um programa ou tirei um dia de folga em quatro anos. Não acredito em decepcionar meus ouvintes. É importante para mim. Além disso, Jerry... não combina com o público que construí.

Aaron fez que ia colocar a mão em meu ombro, mas então pensou melhor. Ou seu pós-treinamento ao levante #metoo, contra assédio, estava fazendo efeito, ou parecia que eu poderia mordê-lo.

— Eu sei que os seus ouvintes são importantes para você, Cady, e isso é um crédito seu. Mas isso é importante para a estação, e sei que você quer nos apoiar; a audiência é nossa força vital. Patrocinadores pagam nossas contas e o seu salário.

Essa era a economia severa que não tinha espaço para dar lição de moral.

— Eu ficaria feliz em participar do programa deles no sábado — falei, fazendo uma última tentativa desesperada para impedir Jerry de sentar na minha cadeira.

— Você é notícia *hoje* — irritou-se Bob —, não na semana que vem. Você tem vinte minutos para se fazer apresentável.

Frustrada, eu me virei para ver que Jerry já havia se sentado na minha cadeira desocupada, um sorriso presunçoso em seu rosto. Ou talvez o tipo de presunção que era mais uma fumaça densa.

Voto vencido, sem armas, e sem escolhas, eu admiti a derrota.

Sem dizer mais uma palavra, segui até a minha mesa no escritório principal para pegar um par de saltos e um terninho que guardava ali para emergências – esse festival de merda, com certeza, se encaixava nessa categoria.

Infelizmente, a camisa branca que acompanha meu conjunto estava um desastre amarrotado. Mas talvez a camiseta do Boba Fett que coloquei essa manhã me fizesse parecer ousada. Uma garota poderia sonhar.

Pelo menos o programa teria uma equipe de pessoas para arrumar meu cabelo e maquiagem. E nesse momento, eu precisava de grande ajuda com as minhas olheiras.

Oliver me acompanhou até o táxi que me aguardava, desculpando-se repetidas vezes.

— Ol, vai ficar tudo bem. Já sou crescidinha. Só não deixe Jerry destruir a minha carreira enquanto eu estiver fora.

Ele me deu um sorriso breve.

— Talvez eu precise apertar a tecla *mute* sem querer.

Mandei um beijo para ele.

— Meu herói!

Levou apenas dez minutos para o táxi me levar para o estúdio na rua 26, do lado oeste de Manhattan, e fui rapidamente conduzida para a zona dos bastidores.

— Obrigada por ter vindo tão em cima da hora — disse Bibi, a assistente de direção, ao me levar para a maquiagem. — Nós realmente não queríamos fazer apenas com a Srta. McKinney.

Parei no meio do caminho.

— Repete isso pra mim, por favor? Eu vou ao ar com *Molly McKinney*?

Ela empalideceu.

— Você não sabia?

— Não. Ninguém mencionou isso.

Eu queria castrar Bob Rider, aquele babaca astuto. E me senti estranhamente decepcionada com Aaron, a quem sempre considerei mais.

Bibi me deu um sorriso indefeso e estressado.

— Você ficará bem.

Eu não tinha tanta certeza. Eu prosperava planejando com antecedência, estando preparada. Verdade, eu estava acostumada a improvisar no meu programa e seguir o momento também, mas isso ainda vinha com uma boa dose de preparação prévia. Hoje, fui pega desprevenida. Isso era pessoal – pessoal demais –, e eu não gostava. Mas ao mesmo tempo, uma pequena parte de mim também queria a oportunidade de enfrentar a mulher que me meteu nisso e perguntar o que ela ganhava sendo uma vadia furiosa. A coisa importante seria manter a calma, não importava o que ela dissesse. *Eu sou uma profissional... e ainda quero chutar a bunda magrela dela!*

Enquanto eles me cobriam com uma maquiagem que funcionaria com as luzes pouco lisonjeiras do estúdio, não vi minha inimiga. Pensei que, talvez, eles estivessem nos mantendo separadas de propósito, mas rapidamente se tornou claro por causa dos sussurros do time de produção que Molly insistiu em ter seu próprio camarim, recusando-se a compartilhar um comigo. Presumi que o comportamento diva era típico dela, mas nos manter separadas provavelmente foi melhor, de qualquer forma.

Eu não tinha nada contra muitas pessoas, mas ela, com certeza, não ganharia um cartão de *Hanukkah* de mim tão cedo.

Ter minha maquiagem, cabelo e unhas arrumados era relaxante, mesmo que a equipe trabalhasse em um ritmo frenético. Mas meu terninho parecia comprimido e desconfortavelmente apertado, até porque o comprei vários anos atrás e fiz a maioria dos meus programas de rádio em calças de ioga e uma camiseta folgada.

Durante os últimos seis anos, estive resistindo à ideia da estação de transmitir ao vivo os programas na internet, porque isso significaria colocar uma maquiagem completa antes do amanhecer, todo santo dia, algo pelo qual eu não me interessava. Não conhecia uma mulher que pensava o contrário. Sim, eu poderia fazer programas ao vivo sem maquiagem, mas também poderia ter o mínimo de vaidade.

E quanto à televisão ao vivo, eu estava grata por qualquer ajuda com as olheiras medonhas e as manchas de estresse que surgiram na última meia hora.

— Três minutos, Srta. Callahan — disse um dos produtores, a testa dele brilhando por causa do calor que as luzes do estúdio geravam.

Sorri e balancei a cabeça, depois me olhei no espelho pela décima quinta vez. A televisão ao vivo era transmitida nas salas de milhões de americanos. E se alguma pessoa te disser que você será notícia velha em segundos, ignore-a, porque ela é uma idiota: a internet tem uma memória muito boa, e a foto horrível de hoje irá te assombrar pelo resto da sua vida.

Respirei fundo, coloquei um sorriso no rosto quando ouvi minha apresentação, e entrei no palco, acenando para a plateia antes de me sentar no sofá duro, cruzando os tornozelos e endireitando a coluna, como minha mãe me ensinou. *"Aja com confiança para se sentir confiante"* era sua frase favorita de seus dias de concurso de beleza.

Molly seguiu atrás de mim, fazendo uma pose como se estivesse em uma passarela quando entrou, depois caminhou como uma supermodelo, ignorando as vaias do auditório, antes de, elegantemente, ajeitar as pernas incríveis enquanto se sentava. O estilo dela não era muito o meu tipo, sendo bastante espalhafatoso, mas apesar do cabelo descolorido, dos seios empinados e das unhas enormes, ela era, sem dúvidas, uma mulher linda. Uma pena que fosse tão megera.

Wendy Williams fez a apresentação e depois sorriu para nós duas.

— Bem-vindas, Cady, Molly. Obrigada por concordarem em participar do programa.

— O prazer é meu.

— Estou feliz por ter sido capaz de te encaixar na minha agenda — disse Molly, ganhando uma sobrancelha arqueada de Wendy.

— Deixe-me perguntar para você, Cady — Wendy falou, começando comigo. — A pergunta que todos estão morrendo de vontade de fazer: você realmente vai correr na Maratona de Nova York no ano que vem?

Comecei a responder, mas Molly me interrompeu:

— Ai, meu Deus! Isso seria tão engraçado! — Ela se virou para mim com um ar de preocupação fajuta enquanto colocava a mão no meu braço. — Mas sério, você sabe que é gorda demais para correr uma maratona. Não tenho certeza se isso seria seguro. Você sabe, seu coração, ou algo assim.

Em uníssono, a plateia arquejou.

— Obrigada pela sua preocupação com a minha saúde — respondi, com um pequeno sorriso —, mas agora estou mais preocupada com o porquê de você ter sentido a necessidade de postar comentários desagradáveis sobre mim nas redes sociais.

— Eu não disse nada que não fosse verdade! — ela se defendeu, fazendo uma atuação de ponta em parecer magoada.

— Você não acha que as suas afirmações podem ter causado algum tipo de ofensa?

— Não faço ideia de como os meus fãs interpretam meus comentários — ela disse, de forma leviana. — Você teria que perguntar a eles.

— Eu quis dizer eu. Eu me ofendi.

Ela hesitou, claramente pensando no que dizer conforme prossegui:

— Estou te perguntando por que você escreveu aquelas postagens. Sobre mim. Elas não foram muito gentis.

— Eu disse que você não consegue correr uma maratona e você não consegue, não é?

— Eu duvido que qualquer pessoa consiga correr uma maratona sem treinamento.

Ela fixou os olhos azuis arregalados em mim.

— Você não consegue correr uma maratona. Você, provavelmente, não consegue correr para pegar um ônibus. — Ela se inclinou para frente, seu olhar zeloso, mas o brilho maldoso a entregando. — Você é gorda demais.

E você é uma vadia hoje e será uma vadia amanhã, mas posso perder peso se quiser.

Essa vagabunda *não* vai sair impune por me humilhar. A briga vai começar!

— Aw, querida, como eu poderia fazer toda essa personalidade caber em um corpinho minúsculo como o seu? — Ela tentou fazer uma careta, pelo menos pensei que sua testa tenha estremecido. — Posso te fazer uma pergunta, Molly? — Sorri, algo que pareceu irritá-la.

— O quê?

— Você gosta da sua aparência? Você acorda de manhã feliz com o que vê no espelho?

Molly me encarou com cuidado, claramente se perguntando aonde eu queria ir com isso.

— Você não é a primeira pessoa que diz que sou gorda, Molly. Ouvi isso a minha vida inteira. É o seguinte: eu decidi não escutar as pessoas que seriam negativas. Não preciso disso na minha vida.

A plateia aplaudiu alto, várias mulheres gritando: *Amém, irmã!*

— Não conheço mulher alguma — continuei — que não vê falhas quando olha para si mesma. Estamos tão ocupadas decidindo se somos altas demais, baixas demais, magras demais, gordas demais para nos lembrar que somos seres humanos únicos, e nós todas merecemos ser tratadas com respeito. Nós todas somos incríveis.

Wendy assentiu em concordância e a plateia aplaudiu e vibrou, vários assovios sendo ouvidos acima do barulho.

— Mas essa não é a questão! — Molly gritou, irritada pela plateia estar claramente do meu lado.

— Ei, minha bunda pode ser grande, mas isso só significa que eu sou uma mulher foda com uma bela bunda!

— Não é bela, é horrível e molenga! Você senta em dois lugares de uma vez! É nojento!

— Quanto você pagou pelos seus peitos? — perguntei. — Porque, bom trabalho!

Ela gritou:

— O quê?! Você não pode me perguntar isso! Ela não pode me perguntar isso! — ela berrou para Wendy.

— Aw, qual é! — Sorri com doçura. — Estamos falando sobre diferentes tipos de corpos, "aparentemente" você descreveu minhas curvas, então estava pensando nas suas.

— Não é da sua conta. — Ela me olhou feio.

Encarei-a de volta, toda a graça evaporada.

— Você me chamou de vaca gorda e feia. Na verdade, vou citar o seu *tweet* seguinte: "Mulheres como ela me dão nojo. Ela acha que está tudo bem em andar por aí mostrando seus pneuzinhos nojentos e fazendo o resto de nós vomitar?" Legal.

— Ela *é* gorda! — Molly balbuciou, virando-se para encarar a plateia cada vez mais furiosa, e depois olhou para mim de novo. — Você *é* gorda! — Ela girou na cadeira para encarar Wendy. — Na verdade, ela é imensa! Eu estou mentindo? Bem, olhe para ela!

A plateia começou a gritar para ela de novo, e Wendy teve que pedir silêncio três vezes para que eu pudesse responder:

— É, olhe para mim, Molly — retruquei, encontrando seu olhar cruel. — Eu faço o melhor programa de rádio na costa leste; sou dona do meu apartamento com vista para o [*quase*] Central Park [*se aquele arranha-céu não estivesse na frente*]; e acabei de ganhar uma assinatura de graça de um ano da *Body Tech*, o centro *fitness* mais exclusivo em Manhattan. Lembre-me, Molly, o que é que você faz?

O público aplaudiu e gritou.

Molly balançou sua juba.

— Eu sou atriz e modelo. Dã!

— Eu conheço algum filme em que você esteve, ou eles são *pay-per-view*?

O público riu alto, mas Molly entrecerrou o olhar para mim. *É, foi um golpe baixo, mas aquela mulher despertou a vadia que há dentro de mim. Pode me processar.*

— Eu também sou uma *influencer* no Instagram — anunciou com um sorriso colgate, mais uma vez jogando o cabelo loiro incrível (*Baywatch*, aproximadamente em algum episódio de 1992) sobre o ombro.

— Ah, é mesmo: Fuglies, que significa feios pra caral... caramba. A quem você está tentando influenciar? Átila, o Huno?

— Na verdade, acho que ela é uma dos meus *três milhões* de seguidores.

A plateia riu de novo e Molly me deu um sorrisinho.

— Você não consegue correr uma maratona... você é gorda, não gostosa.

— Bem, já tem aí três letras de sete, então estou quase a meio caminho andado, certo?

O público bateu palmas e gritou alto.

— Então, Molly — perguntou Wendy, que estava curtindo muito nos assistir trocando ofensas —, quantas maratonas você correu?

Molly escancarou a boca e fez uma imitação de peixe que combinou de forma perfeita com seu biquinho cirurgicamente aprimorado.

Wendy se inclinou para frente.

— Bem, talvez não uma maratona, uma corrida por diversão, quem sabe? Dezesseis quilômetros? Oito quilômetros? — Ela fez uma pausa. — Um quilômetro e meio?

— Eu corro muito — disse Molly, com firmeza. — Eu não me lembro quantos quilômetros. Meu noivo era um atleta profissional, nós treinávamos juntos.

— Você está falando do jogador de rúgbi que se tornou modelo, Nick Renshaw? — Wendy pressionou.

Molly assentiu, infeliz.

— Sim, o Nick veio no programa ano passado *com sua esposa adorável*, e, é claro, seus dois lindos bebês.

Se Molly pudesse atirar fogo pelos olhos, Wendy teria sido incinerada na mesma hora, mas como sempre, tudo o que Molly podia fazer era soprar fumaça pela bunda.

— Tanto faz — falou Molly, balançando a mão com desdém, e depois apontando para mim. — Isso não muda o fato de que *ela é gorda e nunca irá correr uma maratona*.

A plateia começou a gritar, mas eu apenas sorri.

— Aw, querida! Não sou gorda, só sou tão sexy que transborda. — Dei uma piscadinha para a câmera.

Um estrondo de aprovação foi morrendo aos poucos, se tornando um silêncio assustador, enquanto eu encarava Molly, minha expressão séria. Sustentei seu olhar até que ela começou a se remexer em seu assento, e até Wendy olhou para mim interrogativamente.

— E eu acho — disse eu, enfim, falando devagar para dar peso às minhas palavras — que você está confusa: tamanho não tem nada a ver com o nível de condição física de uma pessoa. Mas você está certa: não consigo correr uma maratona agora; contudo, o Sr. Roberts prometeu me treinar pessoalmente. [*Ahh, ele não iria gostar disso.*] Só posso fazer o meu melhor.

Wendy se inclinou para frente e sorriu para mim.

— E tenho certeza de que nós todos desejamos para você muito sucesso. Você voltará e conversará com a gente quando tiver corrido sua maratona? Estou certa de que todos gostaríamos de ouvir sobre isso. — E lançou para Molly um olhar presunçoso.

Abri a boca para confessar a verdade e dizer que embora tivesse toda a intenção de entrar mais em forma [*mentira tem perna curta*], eu duvidava que isso incluía correr uma maratona. Mas quando olhei para a expressão zombeteira e incrédula de Molly, eu simplesmente não consegui: não consegui admitir que não tinha intenção de correr uma maratona.

Engoli em seco, tentando aliviar a secura súbita na garganta.

— Eu adoraria, Wendy — falei, soando como se alguém estivesse tentando me estrangular.

— Tenho certeza de que seu irmão estará torcendo por você. — Ela sorriu.

— Meu irmão? — resmunguei, me perguntando como Davy foi metido nisso.

— Como um Ranger do exército, tenho certeza de que ele deve ter algumas dicas para você — ela afirmou, me encorajando.

Soltei uma risada falsa. Na última vez em que o vi, ele me perguntou quando aumentei a minha bunda. Eu o chutaria nas bolas por isso, o que parecia uma troca justa, mas eu não teria chamado de motivação, exatamente.

— Ah, sim, ele me apoia muito — menti, com facilidade.

— Você vai correr para apoiar a instituição dos veteranos? — perguntou Wendy.

Coloquei um sorriso no rosto.

— É claro!

A apresentadora deu um grande sorriso.

— E nós compartilharemos os detalhes sobre isso depois desse comercial.

Ai, meu Deus, alguém atire em mim agora.

Rick

Assisti à entrevista desastrosa com uma descrença e raiva crescente. Molly não mudou ao longo dos últimos anos, exceto na escala de maldade. Mesmo assim, eu podia jurar que aquela mulher Callahan estava pronta para negar o papo de correr uma maratona, mas ao invés disso, ela praticamente confirmou – e atirou o fato de que eu a treinaria pessoalmente – em maldita rede nacional! Como diabos eu poderia me livrar disso agora?

Apertei com força a xícara de café, o líquido escuro agora frio. Meu celular continuou a se iluminar com mensagens – porém ignorei todas elas.

Mas conforme o dia passou, e vários clientes me abordaram para lamentar sobre o treinamento com Callahan, ou para fazer a suposição imprudente de que era algum tipo de golpe publicitário, comecei a me sentir diferente. Pude ver que ela foi encurralada ao vivo na televisão e forçada a concordar com algo que não queria fazer, mas a forma que tanto os homens quanto as mulheres enxergavam tudo como uma piada provocou um tipo de instinto protetor dentro de mim, uma emoção que pensei estar há muito perdida desde o meu divórcio.

Havia também várias pessoas que eram otimistas e solidárias, dizendo que desejavam o bem dela e me parabenizaram por ser o homem que a treinaria – mas essa era a minoria.

E talvez não fosse um golpe; talvez ela quisesse mesmo melhorar sua condição física, embora eu tivesse minhas dúvidas sobre ela correr uma maratona. Ela precisaria de muito treinamento para chegar a esse nível, e seria um trabalho árduo para qualquer um, até mesmo para mim.

Principalmente para mim, porque destruí meu joelho esquerdo quando tinha 24 anos e pensei que a minha vida tinha acabado. Não tinha, é claro – foi apenas o fim da minha carreira como um atleta profissional e a morte dos meus sonhos. Também acabou sendo a morte do meu casamento de dois anos. Lamentei pela carreira por muito mais tempo.

Minha simpatia por Cady Callahan durou quase 24 horas. Ela ligou para o meu escritório para marcar um horário comigo para sua primeira sessão de treino no dia seguinte. Parecia que ela estava levando isso a sério, afinal.

Eu estava tão errado.

Naquele primeiro dia, enquanto a aguardava, eu estava folheando um conjunto de planilhas de treino que reuni quando ela fez sua entrada triunfal.

Foi a música que ouvi primeiro, e imaginei se alguém tinha colocado a trilha errada para a academia. Geralmente, nós tocávamos músicas cheias de energia com uma batida que os clientes poderiam seguir para entrar no ritmo – não alta, apenas o bastante para ser útil. Mas agora, não era o que eu estava ouvindo; em vez disso, o tema de Rocky ressoou – aquele momento em que ele chega no topo da escadaria e ergue as mãos sobre a cabeça em triunfo.

Meus olhos se arregalaram quando vi Cady Callahan, todos os cem quilos que era ela, vestida em um *collant* de *lycra* verde-neon dos anos 80 com um cabelo louco e selvagem, uma bandana e polainas listradas. Ela estava arrasando na *vibe* Olivia Newton-John em *Let's Get Physical*... e transformando minha academia em um espetáculo de circo.

Ela colocou toda aquela maquiagem, por que achou que seria uma hora boa para posar?

Os outros clientes da academia riram sem parar enquanto ela socava o ar, dando um grande sorriso, posando para fotos de quarenta *Smartphones* e de um fotojornalista que trouxe com ela.

— Rick Roberts! — chamou, alto. — Espero que você ame um desafio!

Ela estendeu a mão para mim, e não tive escolha a não ser seguir o fluxo e posar ao lado dela. Tenho certeza de que meu sorriso parecia tão falso quanto tentei esconder o choque com a aparição dela e a raiva por conta de suas palhaçadas.

Falei para o jornalista todas as coisas certas, dizendo quão satisfeito eu estava por Cady ter aceitado o desafio de entrar em forma, e declarando minha crença pessoal que praticar exercícios não era um passatempo ocasional de uma vez por semana, mas uma mudança no estilo de vida, tornando-se responsável pela própria saúde.

Eles, provavelmente, cortariam isso na edição como sendo nobre demais, mas era no que eu acreditava.

Depois de dez minutos, o jornalista foi embora e a pequena multidão se dispersou aos poucos, voltando para suas próprias atividades.

Finalmente, ela encontrou meu olhar *você-está-falando-sério*. Eu já estava farto da sua atitude, mas isso era demais.

— Preciso que você leve o treinamento a sério. Faço isso há muito tempo, mas você é responsável por si mesma. Se não estiver empenhada, é um desperdício do meu tempo e do seu.

— Desculpe por aquilo, Rick — ela disse, a expressão tranquila, mas sem arrependimentos. — Meus chefes na estação insistiram em mandar um jornalista comigo para a nossa primeira sessão, e decidi dar a eles o que queriam. Eu não me curvaria para toda aquela recriminação que está acontecendo. Então decidi fazê-los jogar seu próprio jogo. — Deu de ombros. — É tudo ou nada, certo? Mas se não se importa, eu vou me trocar para algo mais confortável. Esse *collant* está me deixando com um sério capô de fusca.

Graças a Deus! Eu não poderia treiná-la desse jeito. Distração demais.

Em voz alta, eu disse:

— Acho que isso é uma boa ideia. Sua roupa é um pouco extravagante.

— Só um pouco? — perguntou, erguendo a sobrancelha. — Estou decepcionada. Pensei que fosse *muito* extravagante.

— Eu estava sendo educado.

Ela sorriu para mim, deu uma piscadinha, e depois seguiu para os vestiários. Não retribuí o gesto enquanto a observava se afastar; o balançar sísmico de seus quadris forte o bastante para causar um tsunami, e meu humor passou de raivoso para confuso. Por que ela deixaria sua vida se tornar tal circo? O que estava acontecendo?

Quando voltou, ela estava usando uma camiseta branca folgada e uma calça de ioga cinza, o longo cabelo preso em um rabo de cavalo. Ela também tirou a sombra azul horrorosa e o batom rosa.

— Então, Sr. Roberts — murmurou, com formalidade. — O que você vai fazer com esse corpo? — E me deu um sorriso sedutor. — Eu sou toda PBA: peitos, bunda e atitude.

Eu não sabia dizer se ela ainda estava interpretando um papel ou se essa era a verdadeira Cady Callahan. Até agora, ela não estava me impressionando, mas pelo bem da reputação da *Body Tech*, decidi dar a ela o benefício da dúvida.

— Então, você quer competir na Maratona de Nova York?

Ela fez uma careta.

— *Querer?* Não muito.

— Hmm, pensei que esse era o motivo de você estar aqui.

— É, é, sim.

Tentei manter a expressão positiva, mas eu estava, na verdade, ficando irritado.

— Bem, se correr maratonas está no seu futuro, você precisará se concentrar em duas áreas principais: focar nos flexores do quadril, músculos posteriores das coxas e região lombar; depois fortalecer para aumentar a energia das suas pernas, para evitar lesões e desenvolver velocidade e resistência. Vamos acompanhar seu progresso e registrar seus recordes pessoais quanto à distância e velocidade. — Ela piscou os olhos violeta arregalados e preocupados. Isso não estava indo bem. — E, é claro — continuei divagando —, você precisará se manter hidratada, mas certifique-se de beber apenas pequenos goles.

Ela colocou as mãos naqueles quadris largos e sexy. E fez uma careta. Talvez tenha rosnado também. Dei meio-passo para trás.

— Há uma série de aulas que talvez você goste de tentar — comentei, meu olhar seguindo para a lista de atividades que pensei que poderiam interessá-la. — Aula de *Jump*, exercício *Frog*, *Trix*, e nós temos uma ótima instrutora de *Kangoo Jump*.

O rosto dela teve um espasmo, fazendo-a parecer confusa e irritada ao mesmo tempo.

— Você pode repetir isso? Devagar, e na minha língua dessa vez. Flex do quadril *o quê*? Frog *o quê*?

Percebi que mirei alto demais para uma iniciante. Eu precisava começar em um nível muito mais básico. Coloquei um sorriso no rosto e tentei de novo:

— Vamos conversar primeiro e você me diz o que gosta de fazer de preparação física.

Ela inspirou, pensando na minha pergunta.

— Sinceramente? O máximo de exercício que eu faço é sair do sofá para abrir a porta para o entregador de pizza. Eu e exercício não combinamos.

E é por isso que eu não treinava iniciantes. Tentei manter a expressão neutra, mas não tinha certeza se havia dado certo.

— Você caminha em algum momento do dia, Srta. Callahan? Talvez do metrô para o trabalho?

Ela fez uma careta.

— Não exatamente... eu pego um táxi.

— O trajeto todo? Sem caminhar nada?

Ela balançou a cabeça, parecendo incrédula.

— São sete quarteirões, Rick!

Meio quilômetro – uma caminhada de menos de dez minutos. Então reformulei o plano de treinamento para ela de novo... mais *light* ainda.

— Exercícios são benéficos para todas as áreas da sua vida, mas isso não significa que eles têm que dominar seus dias. Aumentar a sua frequência cardíaca e suar por apenas onze minutos, três vezes por semana, irá te trazer benefícios.

— Tipo sexo?

— Só se você estiver namorando os homens errados — murmurei baixinho.

— O quê?

Não acreditei que falei algo tão impróprio, e torci, de verdade, para que ela não tivesse me ouvido.

— Nada. Hmm, okay... bem, então, vou te dizer o que eu penso. Nós não deveríamos começar com você correndo, de jeito nenhum; sei que esse é o objetivo final para você, a maratona — me detive, esperando ela dizer alguma coisa, uma recusa talvez, mas ela apenas me encarou com firmeza, os escuros olhos azuis-violeta sem piscar até que continuei: —, mas não vamos começar aí, porque temos que te preparar para isso. Pequenos passos: você e o preparo físico precisam se familiarizar, alguns primeiros encontros. Com o preparo físico, quero dizer. Exercício, isto é, hmm...

A analogia se tornou estranha e parei de falar na mesma hora.

— Então nada de encontros rápidos quando se trata de preparo físico — ela disse, impassível. — Entendi. Ou talvez haja um aplicativo de Tinder para exercícios que não conhecemos. Ei, é uma ótima ideia de negócio!

Meu lábio se curvou em escárnio. Não tive a intenção, mas não consegui evitar. As palavras dela desencadearam algo obscuro e desagradável.

Encarei minha prancheta para dar tempo de me recalibrar, verificando a papelada de novo. Ela já tinha a avaliação médica, e embora seu IMC estivesse quase acima da média, sua pulsação e frequência cardíaca estavam boas, então eu sabia que não havia preocupações sobre isso, apesar de ela estar obviamente acima do peso, mas nenhum motivo para não poder treinar.

— A sessão de hoje não será nada fora do normal — falei, com calma, quando voltei a encarar seus olhos. — Apenas uma malhação sutil. Veremos exatamente o que você consegue fazer e o que não consegue, onde está o seu nível de preparo físico.

Pela primeira vez, vi sua confiança vacilar, mas então ela colocou um sorriso brilhante no rosto.

— É pra já, Rick. Leve-me para o primeiro instrumento de tortura.

— Deixamos a tortura para a segunda sessão.

Ela deu uma risada cética enquanto a conduzi para a bicicleta.

— Okay, nós vamos trabalhar de trinta em trinta segundos: isso significa trinta segundos o mais rápido que você conseguir, depois trinta segundos de recuperação ativa onde você vai continuar em um ritmo constante, e depois irá de novo. Aos poucos, aumentaremos a resistência.

— Ah, eu sou muito resistente. — Ela fez uma careta, encarando a bicicleta como se fosse uma cobra. — E qual é a de todos esses "nós"? Você vai me ajudar a pedalar? Você tem alguma bicicleta *tandem*?

Balancei a cabeça.

— Não, esses pedais são todos seus.

— Droga... partilhar é cuidar!

— Hoje não.

Ela me lançou um olhar de apreensão enquanto eu media o assento para seu corpo, e ela subiu desajeitadamente na bicicleta.

— Coloquei na menor configuração, então pedale por cinco minutos para aquecer, e vou explicar o que faremos depois disso.

Ela assentiu, parecendo determinada e começou a pedalar.

— Ah, isso é tranquilo — disse ela, com um sorriso surpreso, pedalando com facilidade. — Pensei que fosse ser algo difícil.

— Você só está aquecendo os músculos agora. Depois o treinamento intervalado vai testar o seu sistema cardiovascular; é mais fácil do que correr, mas é o mesmo conceito.

Depois de cinco minutos, eu a deixei fazer uma pausa enquanto aumentava a resistência.

— Okay, trinta segundos, o mais rápido que você conseguir... vai!

Ela começou a pedalar com força, a respiração saindo em arquejos rápidos conforme o rosto ficava vermelho e suor ensopava a camiseta.

— Rick! Isso é demais! Meu peito está doendo!

— Hmm, isso é o seu coração batendo, você está bem. Continue.

— Você é louco! — ela ofegou, mas não parou. — Isso é difícil. Por que estou fazendo isso, Dick?

— Vinte segundos, vinte e cinco, cinco, quatro, três, dois... descanse. Mas continue pedalando, continue o relógio.

— O quê? Você disse descanse! Pedalar não é descansar!

— Você precisa manter o corpo se movendo.

Suor escorria de seu rosto, mas ela cerrou os dentes, a expressão determinada, e não parou, ainda pedalando com força.

— Quantas vezes nós temos que fazer isso?

— Cinco, para aquecer.

— Isso é o aquecimento? Você está me matando! — ela arfou.

— Ainda não — murmurei para mim mesmo.

Franzi o cenho em irritação, depois vi por um segundo a vulnerabilidade que ela tanto tentava esconder. Fiz uma careta, um pedido de desculpas expresso em meu olhar, mas que não saiu pela boca. Eu deveria estar encorajando-a – um *personal trainer* que não conseguia motivar um cliente não pertencia à *Body Tech*. Tentei reconfigurar a maneira de pensar. Ela reclamava muito, mais ou menos, mas era mais humor defensivo do que choramingar de verdade – algo que eu não suportava.

Se eu pudesse melhorar o nível de condicionamento físico de Cady, seria uma grande conquista. E me peguei querendo ajudá-la.

No entanto, depois da quinta rodada, eu soube que havia aceitado um verdadeiro desafio. O rosto dela estava brilhando e consegui sentir o calor irradiando de seu corpo até mesmo da distância de dois metros em que me encontrava. Ela estava respirando com tanta força, que era impossível ser fingimento.

— Eu vou... morrer! E você está simplesmente... parado aí!

— Não se preocupe. Tenho noção de primeiros-socorros.

— Não está ajudando! — ela gritou.

Dei uma olhada no meu relógio.

— Aquecimento completo.

Ela desceu do assento, as pernas tremendo.

— Beba um pouco de água, faça uma pequena pausa, e então iremos para a sala de musculação.

Ela me encarou, mas estava sem fôlego demais para comentar.

Enquanto ela estava incapaz de falar, aproveitei a oportunidade para apresentar o conceito de manter um diário alimentar.

— Então você consegue ver onde as calorias inúteis estão sendo usadas. Você bebe? Porque cada grama de álcool são sete calorias... hmm, isso dá cerca de 200 calorias a cada trinta gramas. Eu recomendo um aplicativo que irá acompanhar suas refeições e...

Ela balançou a cabeça de forma tão brusca que fiquei preocupado de estar tendo uma convulsão.

— Não! — ela sibilou. — Não, não, não e NEM PENSAR!

— Uh, meus clientes acham que é um auxílio útil para...

Ela agarrou a frente da minha camiseta, apertando-a em suas mãos e aproximando seu rosto suado do meu.

— Observe meus lábios, amigo, porque só vou dizer isso uma vez! Eu não vou contar calorias. *Nunca*. *Não* vou usar um aplicativo para acompanhar minhas refeições. *Nunca*. Eu *não* deixarei você julgar as minhas escolhas de comida. *Nunca*. E nós *não* vamos conversar sobre isso de novo. *Nunca*.

Ela se afastou, passando as mãos pela minha camiseta, provavelmente para tirar os vincos deixados no tecido.

Eu estava perplexo. Nunca tive um cliente com uma visão tão negativa sobre o meu plano de nutrição... que ela nem tinha visto ainda. Passou pela minha cabeça, vários minutos tarde demais, que sendo do tamanho que era, ela poderia ter tido várias experiências ruins com dietas e planos de alimentação. Eu precisava agir com cuidado.

— Estou ouvindo o que está dizendo e se não quiser contar calorias ou usar um aplicativo, tudo bem, mas acho que seria útil para você ver o seu consumo de nutrientes. Correr em uma maratona vai requerer combustível de qualidade; você não misturaria gasolina e óleo em um carro de corrida da Fórmula Um, certo?

Ela abaixou os ombros, mas havia um lampejo de resistência brilhando em seus olhos raivosos.

— Vou pensar nisso — ela disse, com frieza. — Mas apenas pensar. Não vou fazer. Nada de acompanhar meus hábitos alimentares. Mas vou pensar nisso.

Percebendo que essa era a maior concessão que eu conseguiria dela hoje, simplesmente assenti e mudei de assunto. Além disso, talvez ela fizesse mais do que apenas pensar... e se colocasse todas as comidas saudáveis em seu diário, eu saberia que ela estava mentindo. Os clientes faziam isso o tempo todo.

Montei alguns circuitos na sala ao lado para ver como ela se movimentava. Eu gostava de começar dessa forma com todos os clientes para ver que tipo de exercícios eles conseguiam fazer — me ajudava a planejar um programa de treinamento ao redor de suas necessidades.

Cady passou por todos os exercícios estoicamente, sua respiração pesada e os dentes cerrados, embora não tivesse reclamado de novo. Mas quando chegamos aos agachamentos *Goblet* com *kettlebell* – uma variação boa e fácil de agachamentos para iniciantes – ela foi muito bem.

— Você me surpreendeu. Você tem uma boa mobilidade do quadril e dos tornozelos.

— Valeu — ela ofegou. — Eu costumava fazer ioga.

— Por que você parou?

Ela deu de ombros, secando o rosto com a gola da camiseta.

— A vida ficou corrida. E Rick, é tão bom ter um comentário positivo antes de eu morrer. — Desabou no tapete, os braços abertos, claramente exausta. — Adeus, mundo cruel, Cady está indo embora. Paz! — E fechou os olhos.

Só me impedi de bufar com uma risada. *Essa mulher!* Ela não era quem eu pensava; ela não era a devoradora de homens sexy que conheci na festa beneficente, e não era a celebridade espalhafatosa que dançou na minha academia hoje.

Ela era diferente, era revigorante, e percebi que fiquei um pouquinho menos ressentido por ter que treiná-la pelos próximos doze meses.

Embora, uma grande parte minha ainda estivesse esperando que ela desistisse.

Capítulo 5

Cady

Eu estava morrendo.

Dando meus últimos suspiros na Terra.

Meu corpo estava superaquecido, suor escorria de cada centímetro de pele, meu cabelo estava grudado na cabeça, as pernas tremiam, os braços protestavam, meu coração martelava, meus ouvidos pulsavam alto com o som do sangue retumbando através de mim... Na verdade, meu corpo inteiro estava pronto para me entregar para a polícia dos Danos Graves ao Corpo.

Eu aguentei na frente do Rick, mas por pouco. Quase saí de sua câmara de tortura rastejando de quatro, sem ligar para como minha bunda pareceria nessa posição. Meu suor havia pingado no colchonete deixando uma poça suspeita, cada músculo gritou, e cinco minutos depois, minhas coxas ainda pareciam uma gelatina. Não parei para tomar banho na academia, eu simplesmente chamei o primeiro táxi que avistei, já que não podia fazer sinal para uma ambulância, e me joguei lá dentro. Falei para o motorista que daria uma gorjeta extra se eu ainda estivesse viva no final da corrida.

Como o inglês dele não era muito bom, ele pareceu sinceramente preocupado e perguntou se deveria me levar para o pronto-socorro. Considerei de verdade sua oferta gentil na esperança de que um médico gatinho pudesse fazer respiração boca-a-boca em mim, mas eu precisava de Ibuprofeno, bálsamo de tigre em cada músculo, e minha banheira estava me chamando, então recusei com pesar. Mas pelo caminho todo, ele ficava olhando pelo retrovisor para checar se eu ainda estava respirando. Não tenho certeza do porquê ele não conseguia me ouvir ofegar no banco de trás, mas foi um gesto atencioso.

Quando finalmente chegamos ao meu apartamento, eu queria beijar o chão como o Papa, mas optei por sussurrar *"Aleluia!"* quando o elevador chegou para me fazer subir sete andares.

Digitei meu código de entrada e, por um breve instante, desejei ter uma equipe ou talvez um namorado que prepararia o meu banho e colocaria uma taça de vinho na minha mão estendida.

Mas eu não poderia pagar uma equipe, e namorados eram superestimados, pela minha experiência. Então manquei até a cozinha, sentindo a queimação nas minhas panturrilhas a cada passo. Na geladeira, havia uma garrafa de champanhe bem gelada. Eu a comprei meses atrás, mas não tive tempo de beber. Hoje era, com certeza, uma ocasião especial o bastante para abrir, e se não acordasse amanhã, eu queria morrer feliz.

Peguei a garrafa e uma taça, coloquei uma barra de chocolate pecaminosamente meio amargo debaixo do braço, e segui com cuidado para o banheiro. Não apenas um chuveiro, mas um grande cômodo com uma banheira ornamentada enorme – incomum nesse lado de Manhattan –, mas certamente valia a pena o caroço adicional/crescimento de verruga na minha hipoteca.

A água caía das torneiras, o vapor me circundando, fazendo tudo parecer um sonho. Se isso fosse um conto de fadas de Manhattan, eu era a linda princesa de 100kg que escapou do covil do ogro. E no meu conto de fadas, eu não precisava de um cavaleiro de armadura branca para me salvar, apenas uma arma afiada e pontiaguda que eu poderia usar contra o Dick.

Deixei a banheira se encher de maneira decadente, depois entrei com um grunhido, sem ter muita certeza se seria capaz de sair de novo. Mas talvez, se enchesse mais, eu poderia flutuar para fora. Talvez não.

Afundei-me no calor extasiante até a água atingir meu queixo, suspirando de prazer.

E fiquei lá por uma hora, bebericando champanhe e mordiscando (inalando) chocolate.

A vida era boa.

A vida era horrível. Tudo doía. À meia-noite, eu grunhi, gemi, manquei e rastejei até o armário de remédios para encontrar o Ibuprofeno que eu deveria ter tomado horas atrás. Meu corpo inteiro doía, até mesmo as pálpebras, embora eu não me lembrasse do Rick me instruir exercícios para elas – era, obviamente, uma dor empática, porque *cada* parte minha doía.

Isso explicava o porquê nunca quis fazer exercícios antes. Exercícios eram *ruins*. Exercícios *doíam*. E donos de academias viciados em saúde eram os servos de Lúcifer, não importava quão apetecível fosse seu tanquinho, ou quão mastigáveis eram seus glúteos. Assim como sempre suspeitei, coisas ruins vinham em pacotes deliciosos, e o nome "Rick" havia se tornado sinônimo de "Imbecil" no meu estado de pura agonia.

Tentei voltar a dormir, mas até descansar doía. Eu *nunca* voltaria para o spa de sofrimento do Rick, sua câmara do inferno, seu mausoléu de humilhação, seu Quarto da Dor do Rick. *Nunca!*

O dia seguinte foi pior.

Eu só *pensei* em me exercitar e meu joelho esquerdo começou a latejar, a coxa direita, quadril esquerdo, ambos os braços e cerca de centenas de costelas. O cachorro de Pavlov[2] tinha que responder muita coisa e se algum dia eu encontrasse aquele pulguento, eu *não* balançaria a pata dele.

Ignorei o conselho de Rick de começar a caminhar até o trabalho pelo fato de que: a) havia um monte de esquisitões em Nova York às 4 da manhã; b) eu não conseguia andar.

O Sr. Chang, meu vizinho de oitenta anos que sofria de insônia e gota havia me ajudado a ir para o elevador, dentro do elevador, o caminho todo até o térreo e para o meu táxi. Ele tentou insistir em ir até o trabalho comigo, mas consegui tirar a mão dele da porta do táxi com a garantia de que haveria uma pessoa lá para me ajudar.

Fiz meu programa de rádio, chapada de remédios e rosquinhas. Cada alimento açucarado que existia me chamava como um coro de anjos.

Eu posso ter, acidentalmente, dado uma olhada na lista de comidas "saudáveis" do Rick, mas ovos cozidos, barrinhas de proteínas e húmus de baixa caloria com palitinhos de cenoura não dava. Eu precisava de conforto. Precisava assegurar meu corpo que eu não o odiava, e com cada caloria ingerida, comecei a me sentir mais como meu antigo eu. Meu muito antigo eu. Tipo antiguidade. Tipo como quando meu vizinho idoso se ofereceu para me levar até o meu apartamento mais tarde naquela manhã, e eu deixei.

---

2   Experimento conduzido pelo fisiologista russo Ivan Pavlov onde seus cães começavam a salivar quando ele tocava um sino. Esse é o exemplo mais conhecido de Condicionamento Clássico, quando um estímulo neutro é combinado com uma resposta condicionada.

Dois dias depois, eu ainda estava sentindo dor. "Malhação sutil" uma ova! Cada músculo estava dolorido – incluindo a minha bunda –, e eu ainda estava andando como se tivesse acabado de descer de um camelo depois de cruzar o Saara. Eu teria ganhado uma participação especial em *Lawrence da Arábia*.

Considerei de verdade cancelar a próxima sessão e dar minha assinatura de presente para alguém que poderia gostar de abusar de seu corpo duas vezes por semana, mas eu ainda conseguia ver o desdém no rosto de Molly. E além disso – eu odiava fracassar. Não cheguei tão longe na vida sendo uma desistente – não importava o quanto meu corpo me suplicasse para jogar a toalha.

Mas antes do meu treino, eu tinha algo mais importante para fazer – almoçar com a minha melhor amiga.

— Então — disse Grace, melhor amiga e parceira no crime desde o nosso primeiro ano na faculdade —, Rick, também conhecido como Dick, é um Babaca, porque parece para mim que você está simpatizando com ele, não?

— Ele é um grande e belo babaca. Espere, isso soou errado. Hmm, ele não é tão ruim. Ele foi quase simpático. — *Uma vez. Brevemente.* — Mas na maioria das vezes, ele só encara. Às vezes, ele muda a encarada para uma careta. E então ele franze o cenho. Não sei se isso significa que ele é temperamental ou se eu o irrito — falei, mastigando um blintz[3] servido com creme azedo no restaurante *Katz*, nosso almoço habitual para colocar o papo em dia que tivemos que cancelar nas últimas duas semanas por causa de conflitos de agenda.

— Provavelmente, ambos. — Assentiu de forma sábia. — O que é verdade para a maioria dos homens. Aliás, como foi o seu encontro na semana passada?

Grace e eu éramos opostas de tantas maneiras. Ela era uma advogada empresarial em um mundo que trabalhava das 9 às 5, ou das 9 às 9 na

---

3 Blintz é uma panqueca recheada enrolada de origem judaica Ashkenazi, semelhante a um crepe ou blini russo.

maioria das semanas. Ela seguia as regras – ela *criava* as regras em várias ocasiões –, e achava que a minha vida e escolha de carreira eram caóticas e desordenadas em comparação. Ela também era muito magra e tinha dificuldade em engordar, não importava o quanto ela comia. Ela odiava os ossos de seu quadril e as costelas salientes, da mesma forma que já odiei minhas curvas e o tamanho da minha bunda. Mas enquanto aprendi a gostar do meu corpo, a aceitá-lo e apreciá-lo, ela se cobria com mangas longas e roupas folgadas. Então, sim, nós éramos opostas, mas éramos amigas, e ela sempre me apoiou.

— Não foi um encontro — respondi, encarando a metade de um blintz que não foi comido no prato dela. — Foi uma rapidinha com um cara do Tinder que enviou algumas mensagens bem sexy e sedutoras, mas falou de si mesmo sem parar quando nos conhecemos.

— Então você deu um fora nele?

— Não totalmente. Ele gritou meu nome quando voltamos para o hotel, mas me senti bem menos eloquente sobre todos os sete minutos e 24 segundos.

— Você é tão má!

— Ele me disse que eu fui muito boa.

— Você nunca vai encontrar um cara legal no Tinder — ela disse, com seriedade.

Lancei um olhar irônico.

— Grace, não entro no Tinder para achar bons partidos de namoro; é simplesmente uma alternativa divertida de amor-próprio. Só acho que é importante tentar fazer sexo antes de me apressar a namorar.

Ela balançou a cabeça. Era um argumento antigo. Nós discordamos essencialmente no sentido da vida. Ela ainda se agarrava à bela crença em que uma pessoa poderia ser a sua lagosta em uma vida de 'felizes para sempre'. Eu acreditava mais que havia várias outras lagostas no oceano. E, sim, eu tinha total consciência de que toda a analogia estava se dispersando.

— E quanto ao Oliver, seu produtor?

— Ainda é gay.

— Aaron Finch?

— Casado, provavelmente gay.

— Bob Rider?

— Nem pensar!

— Deve ter alguém na estação de rádio.

— Não.

— Alguém com potencial?

— Não sem pular a barreira das espécies. O único cara legal é o Oliver. Enfim, tenho que ir. Lugares para se estar, homens para me torturar.

— Espere, você está indo para a academia?

Assenti, limpando uma mancha de molho azedo no canto da boca.

— Você não vai, sabe, passar mal? Comer tudo aquilo e depois se exercitar?

Parei.

— Huh. Não pensei nisso. Oh, bem, se vomitar, vou tentar fazê-lo em cima do Rick.

Sorri ao pensar na ideia, e dei uma piscadinha rápida enquanto jogava algumas notas na mesa e me despedia dela com um abraço.

Meu humor mudou no caminho para a *Body Tech*.

Consequentemente, para a nossa segunda sessão de treino, eu estava tão entusiasmada quanto um peru no Dia de Ação de Graças.

Quando conheci Rick na festa beneficente, ele estava mudo, inabalável e carrancudo – muito parecido com o busto do Abraham no Memorial Lincoln, só que menos divertido. Suspeitei que ele farejava qualquer coisa que poderia ser interpretada como divertida como um cão de caça altamente treinado, mas reprovador.

Eu estava certa de que ele melhoraria quando o conhecesse, mas o homem era um certinho e tinha um sério marca-passo de humor. Deve ter sido uma cirurgia interessante.

Mas eu era mulher o bastante para admitir que ele era gostoso, e com certeza não doía que ele ficava ótimo em seu uniforme, um short e uma camisa polo com a logo da academia. Eu podia jurar que as coxas dele foram esculpidas em uma rocha e talvez quando o conhecesse melhor, ele me deixaria fazer moedas saltarem de sua bunda.

Uma mulher poderia sonhar.

Também fiquei surpresa com o quanto me senti bem por dez segundos durante meus exercícios de aquecimento, mesmo que ele tenha quase me matado. Nunca acreditei que receberia uma onda de endorfinas de qualquer exercício que não envolvesse sexo. Infelizmente, minha alta de endorfina durou tanto quanto o... entusiasmo do meu último encontro do Tinder. Deveria haver uma seção de avaliações no Tinder: cenário agradável, serviço ruim, não sobrecarregue o motor – algo assim para alertar os desavisados.

Mas agora eu estava com medo do que Rick tinha reservado para nossa segunda sessão. Eu não gostava de dor. Dor era ruim. Eu seria uma péssima submissa – estaria gritando "vermelho" antes que ele pegasse uma venda. Um namorado (ex de longa data) havia sugerido que eu seria uma ótima *dominatrix*, mas também não gostava de infligir dor. Embora estivesse considerando fazer uma exceção no caso do Rick.

Vinte minutos depois de começar o Segundo Round Do Sofrimento, ele me informou que faríamos exercícios dinâmicos.

— Que diabos você acha que estive fazendo até agora? Isso é o mais dinâmico possível!

— Não — ele suspirou, tentando não deixar transparecer a irritação em sua voz e falhando miseravelmente. — Até agora estivemos fazendo exercícios de resistência, mas agora eu preciso ver como você lida com alguns movimentos explosivos: exercícios pliométricos, agachamentos, pular corda, esse tipo de coisa.

Ele estava falando sério? Pular corda? Eu não fazia isso desde a quarta série quando meus seios cresceram. Havia um motivo para mulheres como eu não gostarem de pular – meus peitos eram como aqueles brinquedos de escritório – eles tinham energia cinética própria. Ele estava realmente tentando me matar.

— Okay — ele disse, batendo as mãos e colocando seu sorriso de Sr. Positividade que parecia muito com sua careta habitual —, pule para frente o mais longe que conseguir, aterrissando no próximo colchão, depois volte e faça de novo. Queremos distância, não altura.

Lançando a ele um olhar desanimado, comecei a me afastar para dar uma corridinha.

— Não! — ele gritou, e parei no lugar. — Não — repetiu, passando a mão pela testa. — Você não precisa correr... apenas pule.

Saltei quinze centímetros e o encarei com um olhar confuso.

Ele fechou os olhos, e me perguntei se o fiz chorar.

Ele abriu as pálpebras de novo e esfregou as têmporas.

— Apenas pule. Use as suas coxas, agache e... pule. Só isso.

Tentei de novo com tudo de mim, saltando com uma bufada explosiva. E então soltei um pum como se tivesse cinco metralhadoras enfiadas na minha bunda.

Minhas bochechas já estavam vermelhas, então não era possível parecer ainda mais constrangida. Vi os lábios do Rick se contraírem, mas ele não disse uma palavra. Mesmo assim, meu corpo inteiro corou em humilhação. Finalmente, não consegui aguentar o silêncio.

— Okay! Eu admito! Eu peidei. Alto.

Rick apenas assentiu.

— Isso mostra que você está se esforçando.

Meu estômago roncou em concordância.

Rick

Cady estava trabalhando duro e mesmo que tenha ficado constrangida por soltar gases na minha frente, eu estava acostumado com isso vindo dos clientes hard: acontecia o tempo todo.

Mas fiquei distraído quando ouvi o tom anasalado e estridente de uma das clientes que menos gosto.

— Pegue para mim um suco Aojiru, o de cevada, sem couve.

Eu não precisava me virar para saber quem estava falando.

— Hmm, todos os nossos Aojiru têm couve — disse Freya, uma das minhas assistentes de preparação física. — Mas eu poderia...

— Ai, meu Deus! Isso é tão difícil para você? Ay-o-gi-roo: sem couve! Vá!

Freya olhou para mim, preocupada enquanto eu me aproximava.

— Freya, um dos sucos *Dr. Oz* para a Sra. Lentik, por favor — falei, com calma.

Todos os Aojirus tinham couve – essa cliente não sabia a diferença e eu não estava a fim de esclarecer ou de discutir com ela.

A assistente me deu um sorriso grato e se afastou depressa.

Melinda Lentik era a esposa de um homem poderoso que calhava de ser um dos meus maiores investidores. Ela também era uma mulher que tinha orgulho em ser um pé no saco. Ela queria tudo do seu jeito e esperava que todos os outros atendessem a seus desejos. Ela não era uma vaca no nível Molly; apenas sempre foi mimada e não entendia quando recebia um não. Sua sensação de poder era incrível.

E ela tinha uma quedinha por mim. Isso me dava calafrios.

Infelizmente, eu não podia arriscar irritar Melinda ou seu marido, mas odiava a forma como ela tratava os funcionários como se todos fossem seus servos, e eu odiava o jeito como ela flertava comigo *toda maldita semana*.

— Rick, querido. Você parece absolutamente comestível, como sempre — ela disse, percorrendo os dedos pelo meu braço e beijando minha bochecha. — Você deve me dizer quando vai me encaixar para uma aula particular. Uma garota não pode esperar para sempre.

Seu tom sedutor não causou impacto algum, e essa "garota" estava quase chegando aos sessenta. Anos atrás, criei uma regra de não sair com clientes, principalmente as casadas. As coisas poderiam ficar confusas depressa e aprendi a lição da maneira difícil. E já que passava 95% da minha vida na *Body Tech*, eu passava 95% da minha vida solteiro.

— Boa tarde, Melinda. Pensei que você estivesse treinando com Brandon Harrison?

Brandon era um dos meus *personal trainers* autônomos e tinha uma grande quantidade de seguidores nas redes sociais, principalmente porque ele postava fotos diárias de si mesmo usando nada além de sua cueca, e, às vezes, menos do que isso. Eu não gostava muito dele como pessoa, mas ele era um treinador experiente e trouxe vários clientes. O cara também era presunçoso e irritante, remarcando com clientes e esquecendo de avisar o pessoal da administração, então as salas de exercícios eram reservadas duas vezes ou não eram reservadas de jeito nenhum. Ele era um desgraçado bonito e achava que era a última bolacha do pacote. Também saía com suas clientes, ou assim me foi dito, o que era um grande erro para mim, mas ele era bastante discreto, então deixei para lá. O que ele fazia do lado de fora da academia não era da minha conta. No entanto, não significava que eu tinha que gostar.

Ele era um bom treinador, mas os melhores eram conselheiros também – algo que Brandon não entendia.

Melinda me lançou um olhar frio.

— Brandon não deu certo; nossas agendas não batiam.

Segurei um grunhido, porque isso soava como um código de que eles se pegaram e agora não aguentavam nem olhar um para o outro.

— Entendi. Bem, por acaso, consigo te agendar para uma aula individual com nosso mais novo treinador, recém-chegado do Chicago Bulls — falei, com um sorriso profissional. — Posso garantir que você terá um treino maravilhoso.

Ela se animou com isso e pude ver as engrenagens se movendo em sua mente.

— Tudo bem, mas um dia eu pretendo que você me treine. — Fez um biquinho. — Não vou esperar para sempre.

Ela deu um tchauzinho por sobre o ombro e seguiu para as salas de treinamentos particulares.

Passei a mão pela testa. Estava chegando o dia em que eu teria que dizer que não estava interessado em aulas individuais com ela. Nunca. E acho que ela não ficaria feliz que sua aula particular hoje seria com Susanna Grady, uma antiga Capitã das Líderes de Torcida do Chicago Bulls.

Melinda tinha dificuldade com a palavra "não" e eu precisava proteger meus funcionários masculinos dela. Se Brandon não conseguiu aguentá-la, eu sabia que alguns dos caras mais jovens seriam comidos vivos. O movimento *#MeToo* não era apenas sobre como as mulheres eram tratadas no ambiente de trabalho. Okay, então casos entre *personal trainers* na *Body Tech* e clientes eram um fato a ser encarado, mas assédio não era tolerado. Bem, a única pessoa que tinha que tolerar era eu. Grande ironia.

— Você está com uma grande marca de beijo na sua bochecha — Cady comunicou, com um olhar empático, puxando-me de volta para o presente. — É meio fofo. Embora talvez não seja a imagem que você queira passar, chefe.

Esfreguei o rosto com a minha camiseta, suspirando em irritação quando vi a mancha rosa brilhante. Eu precisava me lavar. Não podia andar por aí coberto de batom o dia inteiro.

Cady estendeu a mão e esfregou minha bochecha com o polegar.

— Uau, sua amiga deixou uma camada bem espessa. — E pegou um lencinho em seu bolso, limpando a bochecha como se eu tivesse cinco anos.

Pelo menos ela não cuspiu no lencinho antes, embora achasse que ela, provavelmente, considerou isso.

Jesus, essa mulher iria testar o meu profissionalismo. *Mantenha a calma, Rick.*

— Relaxe, grandão. É só brilho labial. Vá lavar o rosto, você vai ficar bem. Ah, e aliás, spray de cabelo é ótimo para tirar manchas de *gloss* das roupas. Passe na mancha até ficar embebida, espere dez minutos, enxugue e lave o item. — Ela sorriu, para a minha surpresa. — Aprendi isso no ensino fundamental. Meus namorados ficaram muito gratos. Funciona para marcas de caneta nas paredes também.

— Quantos namorados?
— O quê?
— Deixa pra lá.

Ela entrecerrou o olhar para mim como se não entendesse o porquê de eu estar interessado no seu histórico de namoro da liga infantil, e não poderia responder porque eu também não fazia ideia. Mas ela simplesmente deu um sorriso discreto e voltou a fazer seus agachamentos.

— Preciso saber, Rick. Preciso saber.

Dava para perceber que ela estava rígida por causa da nossa sessão no começo da semana, mesmo que tenhamos ido tão devagar, que estávamos cobertos por musgos, mas ela não reclamou.

Ainda irritado depois do meu encontro com Melinda, iniciei Cady em alguns exercícios pliométricos enquanto ponderava em como poderia resolver o problema. Infelizmente, eu não conseguia pensar em um bom jeito de lidar com uma mulher que não entendia um "não" e...

— Rick? — disse Cady, depois colocou a mão sobre a boca.
— Você está se sentindo...?

Suas bochechas ficaram com um leve tom verde-pálido e ela começou a se contorcer. *Ah, não!*

— Vamos te levar para o vesti...

E então ela vomitou.

Vômito quente me atingiu bem no meio do peito e escorreu pelas minhas pernas nuas. Encarei aquilo em choque, sentindo como se tivesse entrado em uma cena de *O Exorcista*. Eu não sabia se chamava um médico ou um padre. Era tão nojento que senti meu próprio estômago se agitar em simpatia.

Seus olhos se arregalaram, e depois ela vomitou de novo. Dessa vez, o vômito explodiu de seu nariz. Tive que me virar para o outro lado ou me juntaria a ela vomitando no colchonete.

Meu estômago se contorceu, e não consegui segurar o mal-estar. Senti o vômito subir até a língua, e tive que engolir de novo.

Todos no cômodo nos encararam horrorizados enquanto o fedor ácido flutuava para o sistema de ar-condicionado.

— Limpeza no corredor nove — sussurrou Freya.

Saí pingando da sala, ignorando o pedido de desculpas baixinho de Cady.

Capítulo 6

Cady

Santa crapola com cereja no topo!

Bem. Não foi a primeira vez que vomitei em cima de um cara, nem sequer foi a mais pública. No meu baile do ensino fundamental, vomitei em cima de Freddy Friedman. Colocaram-me na detenção por isso, mesmo que eu não tivesse bebido como os professores acreditavam, e estivesse mesmo com uma virose. Mas aqueles anos da adolescência são apenas uma ladainha incompreendida, louca, ruim e terrível para dizer o mínimo.

Quando penso naqueles dias agora, e tento não pensar, todas as pequenas humilhações do ensino médio retornam em um brilho neon melancólico. O ensino médio é uma merda constante para 95% dos estudantes (e, provavelmente, dos professores), mas é um rito de passagem, e se você consegue sobreviver à escola, você certamente poderia sobreviver ao apocalipse com um transferidor, chiclete e um rolo de fita adesiva.

Deitada na minha banheira, esfregando de leve a barriga agitada, refleti que Grace talvez tivesse razão sobre comer *blintzes* com creme azedo antes de malhar.

Meu celular tocou, e grunhi quando vi *Babaca Roberts* ligando. Pensei em recusar a chamada, e depois decidi passar pelo pior logo.

— Olá, D-Rick — murmurei.

Houve uma pequena pausa.

— *Como você está?*

— Doente e arrependida. E você?

Ele resmungou alguma coisa que, provavelmente, não estava ao alcance da fala humana.

— *Eu tomei banho.*

— É sempre o que se deve fazer depois de ser atingido por vômito. Peço desculpa de verdade por aquilo, aliás.

— *Então, você está bem?*

— Sim, muito melhor agora que o meu estômago não está andando de montanha-russa em Coney Island.

— *Você foi no médico?*

— Ah, a resposta é não. Mas obrigada pela preocupação.

Houve outra pausa cheia de suspense. Claramente, comunicação com outros humanos não estava na esfera de talentos do Rick. Ele preferia bolas de formatos estranhos, afinal.

— *Você não recebeu atendimento médico? Enviei um dos meus socorristas, mas você já tinha ido embora.*

— Achei melhor deixar a cena da humilhação pública.

— *Então, você tem certeza de que está bem?*

— Quase lá. Mas aprendi uma coisa útil com esse incidente infeliz: *blintzes* e exercícios pliométricos não se misturam.

— *Como é?*

Fiz uma careta para o celular. Ele pareceu determinado a puxar cada grama de humilhação do incidente.

— Eu posso ter ou não consumido dois ou três — *(cinco)* — *blintzes* com creme azedo como um lanche leve de almoço antes da nossa sessão de treino.

Eu esperei, mas ele não respondeu.

— Rick, você está bem? Consigo ouvir você respirando. Apenas respire fundo, você vai ficar bem.

— *Meu conselho* — ele disse, por fim, soando como se estivesse mastigando cascalho — *é evitar isso. Você olhou a ficha nutricional que te dei?*

— Sim — respondi, com o máximo de sinceridade possível, enquanto cruzava os dedos das mãos, o que era um pouco complicado segurando meu celular. — Mas não parecia muito divertida.

Um suspiro longo soou do outro lado e me senti levemente mal pelo homem.

— *Cady, a ficha nutricional é para te ajudar. Na próxima vez que você vier aqui...*

— Uou! Uou! Uou, calminha aí, caubói! *Próxima vez?* Você quer que eu volte para a cena do crime? Eu vomitei em uma propriedade sagrada de Manhattan! A sua propriedade! E você quer que eu volte? Pensei que estivesse ligando para, você sabe, me exilar, ou me criticar e punir.

— Te vejo às 3 da tarde, na terça-feira. Coma um lanche leve. Por favor.
E ele desligou, deixando-me encarando o celular em descrença.

Três dias depois, Rick sorriu para mim de forma encorajadora.
Fechei a boca e forcei meus lábios a se curvarem para cima, assentindo em concordância, um gesto que significava, na verdade: *É, não se preocupe. Eu concordo com o seu plano de dieta – quando o inferno congelar e oferecer patinação no gelo como uma alternativa divertida ao sofrimento eterno. Oh, espere, eu já tinha o sofrimento eterno duas vezes por semana enquanto fazia uma careta para o babaca.*
— Okay. Então, você quer compartilhar seu diário alimentar da semana passada?
Sorri ainda mais. *Não, não quero, seu maluco. Você acha que barrinhas de proteínas são um lanche delicioso quando, na verdade, elas têm gosto de cola estragada com areia.*
Em silêncio, entreguei a ele meu caderno com cada refeição e lanche fielmente anotados.
Enquanto ele lia meus registros sinceros, seu sorriso se tornou tenso.
— Cady... — ele começou.
Levantei a mão.
— Nem uma palavra, Rick. Já que você é meu *personal trainer* e não meu mal... mais legal amigo, tomei a iniciativa incomum de ser totalmente honesta com você. Então a menos que queira que eu comece a mentir para você, não diga uma palavra.
Ele hesitou, pressionando os lábios. E então soltou um suspiro longo e característico.
— Você não está facilitando, Cady.
E lá estava. A decepção que ouvi das pessoas que discutiam comida e o meu peso durante a minha vida inteira, começando com os meus pais, avós, e incluindo vários médicos da família e dois terapeutas. Depois do último festival de culpa, decidi que já bastava. Eu não me sentiria culpada por gostar de comida, e não seria humilhada por causa do meu peso por

ninguém – principalmente, por instrutores *fitness* que se achavam superiores e mais saudáveis com mastros enfiados nas bundas.

Rick bateu o caderno contra a coxa – firme e musculosa... Sério, deveriam escrever poemas sobre suas coxas.

— Só corte um pouco do açúcar e das comidas processadas, okay? Eu prometo que você vai se sentir melhor se fizer isso.

— O que você sabe sobre os meus sentimentos? — Irritei-me com ele. — Absolutamente nada.

— Eu quis dizer — ele disse, escolhendo suas palavras com mais cuidado — que esses tipos de alimentos, açucarados, te fazem se sentir bem de forma rápida e artificial, mas depois a baixa é pior. Além disso, eles não têm valor nutricional, apenas muitas calorias. Estudos também mostraram que açúcar demais está ligado com sentimentos de depressão.

Ele estava me fazendo sentir culpada por gostar da minha comida. *Eu realmente odiava aquilo.*

E acho que ele sabia agir com cuidado, porque mudou de assunto.

— Okay, vamos até ali para fazer alguns abdominais. Eu vou segurar seus tornozelos, você levanta seu corpo para mim. Pode manter os joelhos dobrados.

Ainda irritada, sentei no colchonete e fiz força para levantar meu corpo até o dele. Os músculos da minha barriga protestaram e minhas coxas tremeram com o esforço.

— Está ótimo! Tente de novo! — ele pediu, soando tão sincero quanto um político na campanha eleitoral durante a Semana do Orgulho.

Sentindo-me frustrada e feroz, dei tudo de mim e me joguei na direção dele.

Enquanto Rick se inclinava para frente para me encorajar, sentei-me tão rápido que lhe dei uma cabeçada forte.

— Oouf!

Ele tropeçou para trás, batendo contra a parede, depois ricocheteando e caindo para frente. Quase gritei *Madeira!*, mas consegui me segurar.

— Argh! Desculpe! — gemi.

Segurei seu braço enquanto ele cambaleava, e sua mão agitada agarrou meu peito quando ele começou a tombar. Ele caiu em cima de mim com um grunhido, me fazendo perder o fôlego, e eu ofeguei, incapaz de curtir o peso de seu corpo rígido no meu.

Ele rolou para o colchonete depressa enquanto fiquei ali, roxa e sem ar.

— Merda! — ele resmungou.

— Tudo bem! — arfei. — Foi o máximo de ação que tive a semana toda.

Ele esfregou a testa, um grande galo no formato de um ovo se formando depressa e seus olhos pareciam um pouco vidrados.

— Hmm, acho que você pode ter tido uma concussão — falei, sentando-me e esfregando minha própria cabeça que devia ser mais dura do que a dele, já que não tinha um galo.

Ele cerrou os olhos e pareceu desequilibrado.

Segurei seu braço para impedi-lo de cair de novo e ele se afastou do meu toque, recusando ajuda.

— Eu estou bem — ele disse, rispidamente.

O que significava: *Minha cabeça está prestes a cair, você é perigosa e me assusta.*

— Vamos terminar a sessão hoje — murmurou. — Faça o seu resfriamento.

E saiu cambaleando sem olhar para mim.

Oops.

Rick

Pelo quê eu estava sendo punido? O que fiz para merecer uma cliente como Cady Callahan? Peidaram, vomitaram, suaram em mim, e agora estou com uma concussão – havia uma boa chance de outra sessão com ela me matar.

Eles não estavam me pagando o bastante por isso. Eu não estava sequer sendo pago.

Cambaleei para o meu apartamento e peguei um saco de gelo no congelador, joguei um cubo em um copo e o cobri com uísque Jamieson. Recostei-me ao sofá e fechei os olhos. Será que esse dia de merda acabaria?

Depois ouvi a notificação no meu celular e olhei para baixo.

Porra, merda, puta que pariu! Maldita Rhona! A mulher *não* estava entendendo o recado. Não que eu tenha mandado algum, mas silêncio *era* o recado. Eu não estava interessado. A mulher era completamente louca.

> Você não pode me ignorar para sempre...

— Tenho certeza de que posso — resmunguei para mim mesmo, depois deletei a mensagem dela e grunhi.

Várias semanas atrás, meu amigo Vin me colocou no Tinder quando admiti que não fazia sexo há cinco meses.

Estávamos bebendo na hora e pareceu uma boa ideia. Embora quando fiquei sóbrio tivesse visto que ele me deu o nome "Rick Tesão". Então mudei de ideia e quase deletei o meu perfil. Mas, pensando que essa poderia ser uma forma melhor de acabar com o meu período de seca, editei meu nome, depois deslizei para a direita.

Rhona tinha cabelo loiro-escuro e um belo pacote frontal, e depois de cinco minutos trocando mensagens com ela, eu tinha um encontro.

Marcamos de nos encontrar para uma bebida tranquila em um bar-cafeteria, onde eles serviam comidas razoavelmente saudáveis e petiscos leves.

Tomei banho e troquei de roupa, colocando meu jeans favorito e uma camiseta branca apertada – todos os *personal trainers* usam camisetas assim –, elas fazem os músculos parecerem ótimos. Podia até soar fútil, mas tinha sido minha primeira esperança de me dar bem e transar, e eu queria impressionar.

Rhona estava esperando e sorriu em reconhecimento quando entrei. Ela era atraente, muito atraente, e fiquei aliviado por não ter sido enganado, e ela parecia ainda mais gostosa do que em sua foto.

Mas a coisa toda tinha sido um erro enorme e colossal. Ainda pior do que concordar em treinar Cady Callahan.

Esfreguei os olhos, exausto pelo pensamento de ter que trabalhar com Cady de novo. Ela era tão hiperativa – e havia tanto dela. Entendi por que ela usava o Tinder e não conseguia fazer um sujeito ficar com ela: quem é que gosta de sofrer? Ela era uma força da natureza tão potente, que esmagaria qualquer pobre coitado que entrasse em seu caminho se ela não o mutilasse primeiro.

Mas mesmo que pensasse isso, eu sabia que estava sendo um idiota rabugento. Cady não era tão ruim assim.

Ah, bobagem. Ela era, sim. E eu tinha a concussão para provar.

Dois dias depois, me esforcei muito com ela – muito, muito mesmo.

Forcei-me a encorajar, explicando devagar o que ela estava fazendo e porquê. Quando ela peidou no meu rosto, dei um sorriso débil.

— Bela explosão de metano.

Pude vê-la entrecerrando o olhar para mim, sua expressão dizendo: *Isso foi uma piada? Huh, talvez não seja tão babaca, afinal.*

Sorri de volta. Definitivamente, um avanço.

— O galo na sua testa não está tão grande agora.

Meu sorriso tensionou.

— Sempre um bônus.

Ela me olhou de canto de olho depressa e depois terminou seu circuito, e eu a acompanhei nos exercícios de alongamento. Deixei-a em um ângulo para que ela pudesse ver o que estava fazendo no espelho.

— Essa é uma prancha alta seguida da postura do cachorro; alonga os músculos das panturrilhas e os posteriores das coxas.

De repente, ela berrou, um grito tão lancinante que fez meus ouvidos zumbirem.

— Ai, meu Deus!

— O quê? Você se machucou? Distendeu um músculo?

— Nãooooooo! — choramingou, uma expressão apavorada em seu rosto vermelho e suado. — É pior do que isso! Minha bunda está suando!

Ela colocou as mãos em seu traseiro redondo e correu para fora da sala.

— Srta. Callahan! Você precisa fazer seu resfriamento! Cady!

— Vou terminar em casa! — ela gritou.

E então foi embora.

Capítulo 7

Cady

— Cady! Quer me contar alguma coisa? — Monica deu um gritinho, segurando meu braço e sorrindo loucamente.

— Estou sentindo que a resposta certa é "sim", mas vou precisar de mais uma pista — falei, em meio a um bocejo, pegando minha bolsa para ir para casa depois do meu programa.

— Há quanto tempo você e Rick Roberts estão puxando ferro?

— Essa será a minha quarta semana indo na *Body Tech* — resmunguei.

— Não! — ela guinchou, vibrando de empolgação. — Há quanto tempo você está puxando o ferro *dele*? Você sabe, coito, dançando o mambo horizontal, copulando como du...

De repente, eu estava completamente desperta.

— Monica, não estou fazendo *coito* ou qualquer outra coisa com Rick — A não ser que quase deixá-lo inconsciente conte. — Eu vou para a academia, ele me treina, e não o vejo até nossa próxima sessão.

Sua expressão mudou.

— Mas vocês foram *vistos!* — E ela apontou para uma foto desfocada em seu celular, com Rick deitado em cima de mim.

Arregalei os olhos, e depois ri.

— Ele caiu em mim, Mon. Eu quase o nocauteei! Eu estava fazendo abdominais — *Hmm* —, e subi rápido demais e lhe dei uma cabeçada. Ele caiu. Em mim. Quase me esmagou também.

— Mas... mas... ele está te *beijando!* — ela insistiu.

Cerrei os olhos para a foto. *Meio* que parecia que estávamos nos beijando, mesmo que nada pudesse estar mais longe da verdade.

— Eu te juro pela minha próxima caixa de rosquinhas com glacê de limão: não havia nada de beijo, nada de carícias, nada de coito feio de qualquer tipo. Palavra de escoteira.

Ela pareceu tão decepcionada. Dei um tapinha em seu braço e comecei a me afastar.

— Ah, Mon, em que site você viu isso?

— *Huff Post* — ela disse, com tristeza, balançando a cabeça.

Ai, merda. Isso não era bom.

Na minha próxima sessão de treino, fiquei atenta para qualquer *paparazzo*, mas a rua do lado de fora da *Body Tech* não estava mais movimentada do que o normal.

Eu teria dito que soltei um suspiro de alívio quando entrei, mas "alívio" e "academia" nunca ficariam em uma frase juntos. Nunca. Mesmo.

Rick, contudo, não parecia feliz. Não que eu já tenha visto ele dar qualquer coisa que se parecesse com um sorriso real. Então... não havia mudança aí.

— Antes que você diga uma palavra — fiz uma careta, apontando um dedo para ele quando abriu a boca —, um dos membros da sua academia deve ter tirado aquela foto, não eu. Eu estava ocupada demais sendo esmagada.

Seus lábios franziram quando ele entrecerrou o olhar, mas não consegui evitar observar o hematoma ainda visível em sua testa.

— Aquecimento — ele grunhiu, com um olhar intimidador.

— Sim, senhor! — falei, batendo continência, subindo na bicicleta mais próxima, e pedalando como se a minha bunda estivesse pegando fogo.

Na metade da nossa sessão, uma morena baixinha com o uniforme da academia se aproximou dele, sussurrando algo em seu ouvido.

Não achei que fosse possível ele parecer ainda mais irritado, mas é, era sim.

— Problemas no paraíso? — brinquei.

— Os *paparazzi* estão do lado de fora. — Franziu o cenho, me encarando com cautela. — Eles estão perguntando para os meus funcionários se é verdade que você é minha... namorada.

Ele disse a palavra como se sentisse gosto de meias velhas. Se eu me importasse, talvez tivesse me magoado. Mas eu estava me acostumando com seu comportamento insolente.

— Então, diga a eles que você me odeia e siga em frente.
Sua careta se aprofundou.
— Eu não te odeio.
Sorri para ele, surpresa.
— Aw, Rick! Você diz as coisas mais fofas! Você está começando a gostar de mim?
Ele murmurou algo incompreensível. Provavelmente, era melhor assim.
— Você pode esperar aqui — ele falou, com relutância. — Até eles irem embora.
Balancei a cabeça.
— Não, obrigada. Apenas peça para alguns dos seus caras musculosos me levarem até um táxi. Eu vou ficar bem.
Ele esfregou o rosto, parecendo sinceramente preocupado.
— Por favor, Cady. Fique aqui por algumas horas, é mais seguro.
Arqueei as sobrancelhas, confusa.
— Mais seguro?
Ele não respondeu, mas seus olhos cor de avelã estavam implorando, e eu cedi na mesma hora.
— Tudo bem, eu vou esperar.
Ele assentiu, a tensão deixando seu rosto na mesma hora.
— Você pode usar a sauna; vai ajudar a relaxar os seus músculos.
— Você tem uma sala de televisão?
Ele piscou.
— Não.
— O quê? Nem uma?
— As pessoas se machucam usando a esteira e assistindo TV, porque elas se distraem. As salas onde acontecem as aulas de *spinning* têm televisões.
— Só isso? Então se eu quiser relaxar e assistir TV, tenho que me sentar em uma maldita bicicleta ergométrica?
— A *Body Tech* é um centro *fitness* — ele rosnou.
— Tanto faz, eu vou para casa.
— Você não pode!
— É, sou uma garota crescida, eu posso mesmo.
Quase consegui ouvir seus dentes trincando enquanto ele os cerrava.
— Você pode assistir TV no meu apartamento — ofereceu, de má vontade. — Fica em cima da academia, no último andar.
Disparei o olhar para ele.

— Você quer que eu espere no seu apartamento? Isso não vai... você sabe... praticamente confirmar que nós estamos juntos? O que é obviamente ridículo, mas é isso o que as pessoas vão pensar.

— Eu tenho uma televisão — informou, na defensiva, enquanto suas orelhas ficavam vermelhas.

Tentei esconder um sorriso.

— Por favor! — ele suplicou.

— Okay, Rick. Você me convenceu — murmurei, com candura, mas por dentro eu estava uma confusão total.

Isso era alguma estranha forma de dar em cima de mim? Parecia muito improvável, mas o que mais poderia ser? Por que ele ficaria preocupado por causa de alguns jornalistas do lado de fora? Já passei por isso.

Ele esperou enquanto eu tomava banho, depois me acompanhou até seu apartamento, usando o elevador privativo. Dava para ver que ele queria que eu subisse a escada, mas quando cruzei os braços e balancei a cabeça para a escadaria, ele entendeu o recado.

Quando ele abriu a porta, estaquei em meus passos – sua sala de estar estava cheia de velas acesas, exalando um cheiro forte de pinho, algo como o desinfetante que os zeladores usavam nos armários da escola. Um pensamento preocupante surgiu na minha cabeça – era para isso ser romântico? *Uau!*

— Você deve gostar mesmo de velas, hein? Mas meio que corre risco de incêndio, não acha, deixá-las acesas quando você está fora?

Quando me virei para encará-lo, seu rosto tinha ficado roxo e faíscas saíam de seus olhos.

— Estou tão cansado dessa merda!

— Uou! Eu só mencionei que tem perigo de incêndio, mas o seguro é seu, caubói.

— Não, não... mas como caralhos você entrou aqui dessa vez?

Ele certamente perdeu o juízo. Talvez aquela batida na cabeça dele tenha causado mais dano do que imaginei.

— Uh, você me convidou, lembra?

— Você não! Ela!

Ela? Ele tinha uma namorada? Ou estávamos procurando o Gasparzinho?

— Estou achando que você não acendeu essas velas.

— É claro que não acendi, porra!

— Então quem foi?

Ele respirou fundo.

— Minha perseguidora.

Doce Combinação

Capítulo 8

Rick

Cady escancarou a boca, depois olhou ao redor do cômodo cautelosamente. Por uma boa razão. Se Rhona era louca o bastante para invadir meu apartamento de novo e acender cinquenta velas, ela era louca o bastante para ainda estar aqui.

— Espere! — gritei para Cady. — Não se mexa!

Vasculhei o apartamento depressa, começando no quarto e até mesmo verificando os armários, embaixo da cama, no cesto de roupa suja e cada lugar possível em que ela poderia ter se enfiado. Quando me assegurei de que todo o local estava vazio, voltei para a sala para encarar Cady.

— Perseguidora ou ex-namorada? — ela perguntou, os braços cruzados e uma sobrancelha arqueada.

— Não é assim — falei, baixinho.

Era exatamente assim.

Ela continuou a me encarar, esperando uma resposta verdadeira.

— Cacete! Okay! Eu a conheci no Tinder. Ela pareceu… normal. Mas acordei na manhã seguinte e ela estava me encarando com dois copos de suco de laranja frescos em uma bandeja, uma faca de cozinha muito afiada, e a ideia de que estávamos namorando.

Eu poderia jurar que Cady estava tentando não rir, mas ela se conteve, os lábios fazendo um movimento minúsculo para cima.

— Estranho… — ela disse, quase com simpatia.

— E quando eu me levantei, ela tinha reorganizado meus armários, movido meus sofás e cadeiras, remanejado algumas fotos…

— Sério?

— Eu pareço estar brincando?

— Não. Você parece estar prestes a ter um derrame.

— Ela fez café da manhã para mim também: salmão defumado, ovos mexidos e champanhe, e disse... ela disse que estávamos comemorando... nosso relacionamento.

Deixei de fora a parte em que Rhona havia me dado um sorriso louco e dito: *O Pequeno Rick quer vir brincar de casinha com a Pequena Rhona? Ela está sozinha.*

Cady parecia chocada o suficiente sem aquele pequeno detalhe. Pequeno não. Não era um *pequeno* detalhe. Um detalhe grande, enorme.

— Oh, uau! O que você fez?

— Eu bebi o suco e disse que tinha um dia cheio e que ela deveria tomar um banho *antes de ir embora*. Ela disse que não importava, porque mal podia esperar para cozinhar o jantar para mim naquela noite e queria me apresentar aos seus pais. Eles moram em Westchester.

— Área agradável — Cady disse.

Agora ela, definitivamente, parecia estar prestes a rir.

— Então liguei para Vin.

— Quem é Vin?

— Ele é um amigo; foi ele quem me disse para usar o Tinder para...

— ...Transar. Entendi.

Abaixei a cabeça, mesmo que não tenha ouvido qualquer julgamento em sua voz.

— Eram 4 horas da manhã na Costa Oeste, mas eu não estava nem aí. Ele me disse para pegar o número dela e então...

— ...Nunca ligar para ela.

Estremeci.

— Ele disse que as garotas no Tinder sabem como funciona. Tentei dizer que ela era completamente louca, você sabe, estranha pra caramba, mas ele falou que ela não seria um problema.

Cady fez uma careta.

— Você segue os conselhos do Vin com frequência?

Com frequência demais. E estava sempre errado. Assenti.

— Então, o que aconteceu depois?

— Ela foi embora. Eu não liguei para ela, ela não me ligou. Pensei que estivesse tudo bem.

— Mas imagino que não estava?

— Não, alguns dias depois, vim para casa e descobri que ela tinha entrado no apartamento, acendido velas no banheiro e espalhado pétalas de rosas na cama.

— E isso, com certeza, não foi obra da sua faxineira?

Cady não estava levando isso muito a sério.

— Não!

— Você ligou para a polícia? Rick?

Esfreguei as têmporas, tentando afastar outra dor de cabeça.

— Ela disse que alguém da academia deixou ela entrar...

— E você acreditou nela?

— Ela estava, hmm, esperando no quarto. — Nua. — Ela cozinhou um jantar bem agradável... e fez todo esse esforço...

Cady arregalou ainda mais os olhos.

— Uou, segura, peão! Você não fez, fez? Ai, meu Deus, você fez! Você transou com a sua perseguidora? Você fez sexo com a sua perseguidora *duas vezes*?

— Não! Sim, mas não!

— Bem, Rick, ou você colocou seu pau dentro dela ou não colocou.

— Ela estava sendo muito simpática e teve o maior trabalho para fazer o jantar...

— Mas que porra?

— Foi... romântico.

Os olhos da Cady estavam prestes a saltar para fora. Ela respirou fundo, preparando-se para me atacar. Endireitei a coluna e esperei.

— Deixe-me ver se entendi isso direito... você fez sexo com ela e ela se transformou no tipo de louca Glen Close em Atração Fatal. Você deu um fora nela. Depois ela invadiu seu apartamento...

— Eu não sabia disso naquela época...

— *Mentiu* sobre invadir seu apartamento, fez o jantar e caiu de costas na sua cama com as pernas abertas. E enquanto você estava ligando para a polícia, você caiu em cima dela, o pau primeiro. Estou chegando perto?

Segurei a cabeça entre as mãos.

— Eu nunca deveria ter escutado o Vin. Os conselhos dele são sempre uma merda.

— Rick — ela disse, com gentileza, dando um tapinha no meu ombro —, acho que o Tinder não serve para você. Além do mais, há várias mulheres bastante normais na sua academia que quebrariam esse galho.

— Eu não misturo negócios e, hmm, sexo. De qualquer forma — falei, na defensiva —, você usa o Tinder e é muito mais vulnerável do que eu.

— Vulnerável, como?

— Bem, você sabe. Você é uma mulher.

— Que bom que você notou — ela disse. *É, eu estava detectando sarcasmo.* — Mas as minhas expectativas são muito baixas, e nunca os levo para o meu apartamento, só para um hotel.

— Ah, certo.

— Você precisa ficar esperto, Rick! — Balançou a cabeça em exasperação. — Essas mulheres vão te comer vivo. Agora, você vai denunciar isso? Ela gesticulou com a mão para as velas, e soltei um grunhido.

— Não. Não tenho provas de que Rhona fez isso.

— Me dê o seu celular.

— O quê? Por quê?

— Me dê a droga do seu celular, Rick!

Entreguei com relutância.

— O que você está fazendo?

Ela encontrou o nome da Rhona escrito RHONA NÃO LIGAR e digitou uma mensagem:

> Você é uma vadia louca e se chegar perto de mim, do meu apartamento ou da Body Tech de novo, eu vou denunciar esse seu traseiro psicótico para a polícia.

E apertou *enviar*.

— Você é legal demais, Rick. Você precisa ser mais severo.

— Eu fui tão babaca.

— Se isso significa que você é um idiota, eu tenho que concordar.

Suspirei.

— Deixa pra lá, caubói — disse Cady, dando um aperto solidário no meu braço. — Vou te ajudar a apagar essas velas. Será algo para fazer enquanto esperamos por um chaveiro.

Capítulo 9

Rick

Era sábado de manhã e acordei, de repente, lembrando-me da noite passada com Cady.

Fiel à sua palavra, ela esperou comigo enquanto meu serviço de segurança trocava as senhas de acesso de cada parte da academia e depois instalava uma boa e tradicional fechadura na porta do meu apartamento.

Ela havia levado a loucura de Rhona com calma, e não tinha sido reprovadora ou crítica como imaginei. Talvez porque ela mesma usava o Tinder. Mas era mais provável que tenha sido por ter sentido pena de mim.

Mesmo assim, fiquei com uma sensação muito ruim ao pensar que ela usava o Tinder e poderia acabar com algum cara louco a perseguindo. Ela disse que sabia como lidar com isso, mas eu ainda me preocupava com ela. E já que aquela nossa foto estava em todos os sites de notícias, eu estava ficando preocupado que Rhona poderia começar a persegui-la também.

Pelo menos os *paparazzi* tinham ido embora quando ela, finalmente, foi para casa.

Até mesmo isso era uma preocupação, porque eu tinha quase certeza de que alguém na *Body Tech* contou à imprensa que ela estava comigo. Você não podia manter as câmeras dos celulares fora das academias — muitas pessoas queriam postar suas conquistas, e as *hashtags #bodytech* eram uma boa propaganda.

Ainda estava cedo quando contemplei a paisagem de Manhattan, bebericando café e observando as nuvens se transformarem de um tom cinza para dourado conforme o sol se elevava.

Enquanto Cady estava esperando aqui ontem à noite, eu a persuadi a sair comigo para uma corrida esta manhã. Eu enxergava como um agradecimento — embora estivesse quase certo de que ela via como um castigo.

Eu gostava de correr do lado de fora porque me distraía – eu não fazia o suficiente. Dava uma sensação de liberdade, como se eu pudesse respirar mais profundamente e enxergar mais à frente. Eu queria compartilhar isso com ela.

Então hoje, eu correria em uma velocidade baixa com Cady. Ela estava vindo à *Body Tech* há um mês agora – definitivamente, estava na hora de ela se aventurar em sua primeira corrida. Como ela era nova no preparo físico, meu objetivo era um ritmo lento e constante.

Terminei o café preto, sem interesse em comer, porque eu faria cardio em jejum. Eu curtia o desafio de estar com fome – dava um descanso para o meu sistema digestivo. Não era para todo mundo, mas de vez em quando eu gostava. Não conseguia imaginar o olhar no rosto da Cady se eu contasse a ela que estava de jejum até a hora do almoço.

Vesti depressa meu equipamento de treino do inverno: calça de compressão, camiseta térmica, tênis de corrida, jaqueta de zíper, touca de lã, fones de ouvido para escutar música eletrônica. Talvez eu não usasse, já que estaria com uma cliente, mas se ela falasse tanto quanto sempre, era provável que acabaria precisando.

Na curta viagem de metrô, ouvi um módulo de meditação de vinte minutos do aplicativo *Headspace*. Isso sempre ajudava a me colocar na mentalidade certa.

Até que eu a vi.

Meus olhos quase saltaram para fora. Qual era o problema dessa mulher? Ela não apenas estava comendo uma rosquinha (com glacê), ela estava vestindo uma roupa que eu só poderia descrever como sendo de um vídeo de aeróbica dos anos setenta da Jane Fonda: faixa de cabeça, short de *lycra*, camiseta sem manga, polainas listradas e tênis de corrida verde-neon. Eu não sabia se ria ou chorava.

— Rosquinha? — Ela deu um sorriso travesso, lambendo o açúcar em seus lábios.

— O quê, é sério? O que você está vestindo? Deve estar congelando! E qual é o lance entre você e rosquinhas? Essa *não* é a coisa certa para comer antes de uma corrida. É provavelmente o *pior* café da manhã que você poderia comer!

— Ah, não se preocupe, eu comi uma barra de chocolate mais cedo. Estou bem.

Eu quase ri, mas não sabia se ela estava brincando. Eu esperava que estivesse. Porque do contrário, havia uma grande chance de ela passar mal na corrida. Nunca é divertido ter um cliente vomitando nos seus tênis. Uma vez, com certeza, foi o bastante.

— Prometo que não vou te machucar — afirmou, dando uma piscadinha para mim.

Ela terminou sua rosquinha, sorrindo feliz.

Balancei a cabeça. Era difícil ficar irritado com ela – e eu estava começando a me perguntar se ela fazia merdas assim perto de mim deliberadamente. Ignorar seu comportamento era a minha melhor política agora.

— Okay, vamos fazer alguns alongamentos dinâmicos antes de começarmos a nos aquecer, e dar uma chance para a sua rosquinha ser digerida.

Ela me brindou com um sorriso brilhante enquanto eu encarava suas meias.

— Polainas listradas?

—Ah, pensei que fazer exercícios ao ar livre fosse sobre o máximo de humilhação pública. Eu só estava entrando no espírito da coisa.

Não mordi sua isca.

— Não, é para te mostrar que praticar atividades não significa estar apenas em uma academia. É legal vir para o lado de fora e aproveitar o ar fresco. Sempre encontro isso quando corro, me dá a oportunidade de pensar nas coisas, resolver meus problemas, sem distrações.

Olhei de relance para ela. Cady era a maior distração que existia.

— Você pode sempre contar para um amigo — ela ofereceu. — Eu sou uma boa ouvinte.

— É, mas você tem cinco milhões de ouvintes toda manhã. Não quero fazer parte do seu programa.

Ela pareceu ofendida e me arrependi das minhas palavras na mesma hora.

— Eu sou um ser humano também, e pensei que estávamos começando a ser amigos. Eu não abusaria da sua confiança. Você acha que eu escreveria no céu qualquer coisa que você me dissesse?

Eu não gostaria de dizer que, para mim, ela era uma cliente, mesmo que fosse amigável. Que sabia que eu tinha uma perseguidora. E que eu usava o Tinder. *Ai, merda.*

Forcei minha mente a se voltar para o exercício de hoje e mostrei a ela como fazer alguns alongamentos ativos como levantamento de pernas, elevação de panturrilha, alongamentos de tendões com rolo. Esses não eram alongamentos estáticos. Alongamentos dinâmicos, estocadas, caminhadas, esses aqueciam os seus músculos – alongamentos estáticos eram mais úteis depois do exercício.

Papeamos sobre o programa dela, conversa comum, tentando recuperar o clima leve que eu pretendia ter com um cliente – mas sempre tive dificuldade –, e pensei que ela havia me perdoado pelo meu comentário grosseiro. Normalmente, eu também perguntaria para um cliente sobre seus hábitos alimentares a esse ponto, mas eu já sabia os da Cady. Eu tive pesadelos com suas comidas.

— Eu amo meu trabalho. — Ela sorriu para mim. — Eu o faço há quatro anos. Eu costumava ser uma jornalista *online*, mas sempre preferi entrevistar pessoas ao vivo cara a cara. O emprego meio que me encontrou.

Por um instante, senti inveja. Ela era, definitivamente, uma pessoa sociável, mas eu, apesar dos meus melhores esforços, com certeza não era. Havia um número limitado de minutos no dia em que poderia suportar outras pessoas – um pouco inconveniente para um *personal trainer*. Eu tinha que me treinar primeiro: paciência, tolerância, persuasão, às vezes, até manipulação. Ferramentas fundamentais para um treinador de sucesso.

Quando surgi com a ideia da *Body Tech*, ensinar a mim mesmo a ser capaz de fazer a publicidade, *vender a mim mesmo*, não foi fácil. Vin me ajudou. Ele tinha vários contatos ótimos de seus dias como um modelo de passarela da Armani – nada mal para um rapaz de Derby – e ele, certamente, era uma pessoa sociável, mesmo que a cada duas palavras que saíssem de sua boca uma fosse "porra", "caralho" ou "filho da puta".

— Vamos lá, vamos começar — falei, encorajando. — Tente me acompanhar, será apenas um ritmo constante, aumentando gradualmente, veja como você faz. Você já está em melhor forma do que estava há um mês.

Ela pareceu apreensiva, mas cerrou a mandíbula e assentiu.

Comecei na pista de *cooper* com um ritmo suave, não muito mais do que uma caminhada rápida. Tentei manter a conversa para distraí-la da corrida, mas ela estava bufando e ofegando muito, então não era possível.

Além disso, os peitos dela balançavam para todos os lados e dava para ver que não estava usando um sutiã esportivo. Cacete, parecia que ela não estava usando sutiã nenhum. Era uma distração total e mesmo que tenha tentado afastar o olhar, eu não conseguia evitar encarar – eles estavam na minha cara com uma força própria. Jesus, eles estavam até mesmo se movendo em direções diferentes. Eu tinha visto *strippers* aperfeiçoarem aquele movimento, mas nunca em alguém apenas correndo. Como diabos aquilo funcionava?

Eu estava tão hipnotizado que fiquei em cima da linha que dividia corredores e ciclistas.

— Saia da minha pista, babaca! Aaaargh!

Mas era tarde demais. Distraído e desequilibrado, eu tropecei, trombando em um ciclista que vinha da direção oposta. Eu era um cara grande e o derrubei no chão, caindo em cima dele e de sua bicicleta.

Cady parecia que queria rir, mas estava sem fôlego demais.

Ela ficou ao lado, fazendo uma pausa, enquanto eu pedia desculpas sem parar, tirando a bicicleta de cima dele e ajudando o cara a se levantar. Ele foi embora murmurando baixinho algo *sobre processar seu traseiro britânico da próxima vez*.

— Fico feliz por você não o ter machucado... muito — disse Cady —, mas, ah, graças a Deus estamos dando um tempo.

E pegou um KitKat em sua meia.

Mas o que...?

— Rick, posso te perguntar uma coisa? — murmurou, mordendo o chocolate.

— Claro. — Suspirei, encarando a evidência do seu consumo de chocolate.

— Você estava olhando para os meus peitos?

Disparei o olhar para o rosto dela. *Flagrado*.

— Não! Não! Não! Definitivamente, não. Não.

Eu estava mentindo.

— Tem certeza? — ela provocou. — Eu acho que você estava!

Senti as bochechas corando.

— Não, eu não estava olhando para você.

— Então, você sempre derruba ciclistas vindo na sua direção? Apenas admita, eu sei que você estava olhando.

— Maldição, Cady! É difícil não notar! — explodi. — Você estava correndo em uma direção e os seus... seios... estavam correndo em outra! É como se tivesse três de nós lá! Não é profissional! Você deveria estar usando um sutiã esportivo.

Ela ficou roxa, rindo tanto que seus olhos lacrimejavam, e então começou a engasgar com o KitKat.

Ótimo, agora minha cliente morreria rindo no meio do Central Park. Afastei-me, apenas caso ela fosse vomitar de novo.

— Cady, você está bem?

— Eu estou e-engasgando!

Ai, merda, isso era sério.

Agarrei-a pela cintura, fazendo a manobra de *Heimlich*. Apertei suas costelas com força, e ela tossiu um pouco de KitKat.

— Valeu, Rick — ela ofegou. — Se eu não estivesse engasgando, eu poderia jurar que você só queria colocar as mãos nas meninas de novo. Eu e meus peitos te agradecemos.

— Cady, pare! Há uma linha entre treinadores e clientes. Há uma linha profissional e você fica ultrapassando isso o tempo todo.

— Estou brincando! Relaxa, grandão! Mas talvez você devesse parar de olhar para os meus peitos.

Merda, ela me flagrou de novo!

Esperei até que ela se recuperasse de sua crise de tosse, e depois voltei à uma questão importante:

— Você vai comprar um sutiã esportivo agora?

Ela deu uma olhada para os lados e sorriu para mim.

— Nem pensar! Estou me divertindo demais vendo a sua expressão... afasta a minha mente do que estamos mesmo fazendo.

Bem, merda.

Dois dias depois, a situação ainda não tinha sido resolvida. Tirando o fato de que quando ela apareceu para a nossa próxima sessão, ela ainda estava usando suas roupas normais.

— Desculpe, não posso treinar hoje. Estou machucada — informou, com um grande sorriso.

Um músculo se contraiu embaixo do meu olho. Ela estava mentindo.

— Você não parece machucada. — Franzi o cenho.

Ela entrecerrou o olhar.

— Você não parece um babaca; acho que nós dois estamos errados.

Ainda pensei que ela estava apenas tentando se livrar de uma sessão de treino, mas então percebi que ela estava tensa e com a respiração curta e acelerada. Cruzei os braços.

— Você foi ao médico?

— Não.

— Onde você se machucou?

— Não vou te dizer.

Arqueei as sobrancelhas.

— Por que não?

— Eu não quero.

— Que maturidade.

— Sim, essa sou eu: uma criança no corpo de uma mulher. Um corpo machucado.

Seu tom de voz era petulante e ela estava evitando fazer contato visual comigo. Eu a encarei com firmeza, até que ela ergueu o rosto – derrota e resistência em sua expressão.

— Okay, tudo bem. Meus peitos estão machucados. Quer saber mais alguma coisa?

Senti as bochechas corando quando olhei para seu peito e ela me flagrou de novo.

— Eu já fiz o homem durão corar hoje? — ela sussurrou, um sorriso malicioso em seu rosto. — Você perguntou.

Pisquei com força, mas fui em frente:

— Como diabos você machucou seus pei... seu peito?

— Estou com uma irritação — falou alto, meio agitada. — Mamilos de corredor. Meus dois mamilos estão em carne-viva. Isso é claro o bastante para você?

Engoli em seco e desviei o olhar.

— Muito.

Observei-a sair marchando rigidamente do prédio, seus ombros curvados de leve.

Essa mulher estava me deixando louco. Eu tinha que controlar suas glândulas mamárias antes que ela causasse um dano sério a si mesma. Ou a mim. Ou possivelmente a toda a cidade de Nova York, já que ela parecia um touro em uma loja de porcelana, batendo nas coisas e causando o máximo de confusão com o mínimo de esforço. Cady Callahan: arma de destruição em massa.

Esfreguei as têmporas. *Aquela mulher me dava dor de cabeça. Toda-maldita-vez.*

Então me lembrei da Ruby. Eu a contratei há apenas um ano para dar várias aulas de ioga por semana, mas ela também trabalhava meio período em uma loja de roupas esportivas. Eu gostava muito dela porque era boa no seu trabalho com ótimas avaliações dos clientes, mas também porque nunca deu em cima de mim – principalmente, porque era apaixonada por sua namorada, então eu não fazia o seu tipo –, e ela havia se tornado uma amiga. Decidi mandar uma mensagem para ver se ela estava trabalhando hoje. Eu tinha que resolver isso antes da próxima sessão com Cady.

Felizmente, Ruby estava na loja e sorriu para mim assim que entrei.

— Oi, Rick! Recebi a sua mensagem. Qual é a emergência?

— Resumindo... tenho uma cliente, de tamanho maior, mas ela se recusa a comprar um sutiã esportivo. Não consigo parar de olhar para o peito dela. É uma... distração!

Ruby começou a rir.

— Não é uma piada — murmurei. — Trombei com um ciclista no Central Park.

— Ai, meu Deus, isso é engraçado demais! É aquela mulher do programa de rádio? Cady Callahan?

— É, é ela.

— Ela é hilária! Eu a amo! — Ela me encarou de perto. — Não é do seu feitio ficar nervoso por causa de um cliente.

Passei as mãos pelo cabelo.

— Eu sei... ela é só... eu preciso de ajuda!

Eu sabia que estava parecendo desesperado, e Ruby deu uma risadinha.

— Bem, okay, acho que posso ajudar. Hmm, você sabe o tamanho dela?

Ai, Deus.

— Ela deve ter o tamanho de um par de bolas de rúgbi.

— Como é?

— Hmm, melões? Melancias?

— Não acredito que você acabou de dizer isso! Agora nunca mais fale! — ela me repreendeu. — Mas acho que sei do que você precisa.

Ela me entregou duas caixas de um material espesso preto.

— Uh, você tem de outra cor? Ela gosta de cores vibrantes.

Ruby me encarou especulativamente, depois voltou com dois sutiãs esportivos, um rosa e outro verde, ambos em tom neon. Fiz uma careta.

— É, eles servem.

— Você quer embrulho para presente?

Eu não sabia dizer se ela estava falando sério, mas não tive a chance de dizer não de qualquer forma porque ela já havia pegado um rolo de papel. Saí da loja com uma caixa coberta por um laço vermelho. Nada óbvio. Nem. Um. Pouco.

Doce Combinação 81

Sequei o suor da testa: missão cumprida.

Mas dá-los para Cady era uma outra questão. Sua boca se escancarou quando entreguei o pacote embrulhado três dias depois, e então ela sorriu.

— Rick! Você comprou um presente para mim?

— Sim, eu precisei comprar — resmunguei, sentindo as bochechas esquentarem de novo.

Isso parecia acontecer o tempo todo perto dela.

— Enfim, é mais um presente para mim. Bem, para nós dois.

— Oooh, que empolgante! O último presente que ganhei de um homem foi desse cara que conheci no Tinder que me deu um conjunto de chaves de soquete.

Ela rasgou o papel de presente e arqueou as sobrancelhas.

— Você comprou para mim... *roupas íntimas?*

Eeeeee, de repente, percebi o que parecia. Eu era tão idiota! É claro que comprar sutiãs para ela parecia uma cantada enorme. *Que porra eu estava pensando?*

— Não! Sim, mais ou menos, não exatamente. São sutiãs esportivos, é diferente.

— Rick, você comprou *sutiãs* para mim!

Comecei a suar.

— Você precisava deles — murmurei.

— Como você sabia o meu tamanho? — ela perguntou, ainda com uma expressão atônita.

Porque seus peitos estiveram me encarando durante as últimas cinco semanas!

— Digamos que foi um palpite. Você promete usá-los?

Ela me deu um sorriso travesso.

— Se te salvar de uma lesão, acho que sim. Obrigada.

Cady

Peguei meus sutiãs neon e fui me trocar. Eu amei as cores vibrantes e passei vários segundos decidindo qual usar primeiro.

Escolhi um e o coloquei, o que era um aquecimento por si só, tentar enfiar as minhas meninas em uma atadura de *lycra*. Dei alguns pulinhos experimentais e admiti que meus peitos foram domados: ou seja, *espremidos*. Rick ficaria aliviado.

— Obrigada pelos sutiãs esportivos, Dick — falei, voltando para a sala de cardio. — Eles são incríveis!

Mostrei meu novo sutiã rosa-neon para ele e sorri quando suas bochechas ficaram vermelhas. Ele afastou o olhar, encarando qualquer outra coisa que não fosse a mim.

Senti-me um pouco culpada. Afinal, ele havia feito algo legal por mim. Talvez eu devesse diminuir a provocação e as piadinhas indecentes.

Meia hora depois, eu estava me sentindo bem menos caridosa enquanto ele me forçava a aumentar o ritmo, supervermelha, e suei mais e mais até que fiquei parecida com um hidrante vazando.

Finalmente, depois de sessenta minutos de pura tortura, saí do Palácio da Dor e fui mancando para casa, exausta, mas com peitos muitos mais felizes – embora um pouco achatados –, graças ao meu novo e lindo sutiã esportivo.

Ele não era fofo? E escondendo esse tempo todo aquela gentileza por trás de uma atitude ranzinza. Fiquei tão chocada quando abri o pacote que quase o recusei, mas reconheci que ele estava tentando fazer algo legal por mim. E por ele. Mas, principalmente, por mim. Então não foi nem um pouco babaca, mesmo que ele estivesse encarando as meninas de novo.

Grata, abri a minha porta, chutei meus tênis de corrida e tirei as meias dos meus pés quentes e suados. Depois encarei em horror.

Mas não havia ninguém para me ouvir gritar.

Soltei um berro, meus olhos arregalados e amedrontados. Gritei de novo, mas a cavalaria não veio galopando de cima da colina: eu estava completamente sozinha.

Não consigo olhar! É horrível demais! Não! E socoooorro!

Meus pés eram uma história de terror por si só.

Quando tirei as meias, três unhas vieram grudadas a elas. Encarei os coitados dos meus dedos abusados. *Eu tinha pesadelos em formato de pés! Pesadelos de dedos nus! Rosados e despidos como filhotes de camundongos.*

Foi a coisa mais nojenta que já vi, e olha que assisti a Vovó Dubicki tirar a casca de uma verruga facial.

Minhas unhas dos pés estavam um pouco pretas e azuis na semana passada, mas apenas as pintei com um esmalte mais escuro. Eu não fazia ideia de que elas já estavam prestes a fugir da coleira, abandonar o navio, e dar uma longa caminhada em um cais. *Eu estava danificada!*

Meu estômago se agitou quando abaixei para pegar as unhas descoladas, ainda pintadas com o esmalte roxo. Elas pareciam conchinhas. Será que eu poderia colá-las de novo? Encarei-as, desconsolada, depois pesquisei no Google quanto tempo demoraria para crescer.

— Três meses?! Até um ano! Você só pode estar brincando comigo! — gritei.

Mas meu grito horrorizado não foi ouvido ao ecoar pelas paredes, e pensamentos malévolos do que eu faria com Rick tomaram conta de mim. Eu estava culpando seu traseiro miserável por esse desastre.

Pesquisei tudo sobre a minha "condição". *Ai, meu Deus! Eu estava com um hematoma subungueal!* Oh, espere, isso significava uma contusão embaixo da unha. *Caramba.* Apliquei a pomada antibiótica nos meus dedos machucados, e depois os cobri com curativos.

Nesse ritmo, eu estaria usando chinelos para ir ao trabalho amanhã — em novembro. Ou sandálias com meias. Ah, a vergonha.

Fiz uma ligação para o médico da minha família, dizendo que era urgente. Até onde eu sabia, aquilo poderia ser contagioso — eu poderia acordar amanhã sem dez unhas!

O doutor me ligou de volta uma hora depois e quando expliquei o problema, ele marcou uma consulta para o dia seguinte e me disse que eu, provavelmente, estava treinando com tênis de corrida pequenos demais.

Na verdade, quando pesquisei esse fato, todos os sites disseram que eu deveria treinar com tênis um número maior do que o normal. Então por que diabos Rick, o babaca, não me disse isso?!

Pau da vida e me sentindo deformada, mandei uma mensagem para Rick:

> EU TENHO 3 UNHAS A MENOS NOS PÉS DO QUE TINHA ONTEM E A CULPA É SUA!

Esperei para ver se os três pontinhos apareceriam, dizendo que ele estava respondendo, mas ao invés disso, quase derrubei o celular quando o aparelho começou a tocar: *BABACA ROBERTS LIGANDO*.

— Cady, o que aconteceu?

— Minhas unhas dos pés caíram! — choraminguei. — Elas me largaram, fugiram da cena do crime, deixaram o prédio com o Elvis. Eu tenho três dedos desnudos! Por que você não me disse que eu precisava correr com tênis um número maior do que o normal?

Ouvi seu pigarro e pensei tê-lo ouvido xingar.

— *Pensei que você soubesse* — ele disse, por fim.

— Ridículo! — gritei. — *Eu* sou a iniciante. *Você* é o especialista... o suposto.

Escutei-o suspirar.

— *Eu sinto muito mesmo, Cady. Eu não treino um iniciante há tanto tempo, eu... esqueci. Vou pagar qualquer despesa médica. Apenas me mande a conta. Você está bem? Quero dizer, tirando... isso.*

Argh! Ele tornava tão difícil ficar brava com ele quando agia como um fofo. *Tão egoísta e irritante!* Eu ainda não tinha terminado de gritar com ele. Bem, talvez tivesse.

— Não se preocupe com isso — murmurei, soltando um suspiro profundo —, mas tem alguma outra coisa que eu precise saber? Qualquer coisa mesmo? Qualquer coisa sobre mamilos em carne-viva, unhas dos pés descoladas, suor na bunda, exercícios que induzem vômito, propulsão de metano? Alguma coisa? Qualquer coisa?

— *Hmm, não. Acho que você já sabe tudo. Embora, use chinelos no chuveiro caso alguém tenha pé de atleta...*

— Aaaaargh!

— Cady? Você está bem?

— Estou bem.

Houve uma longa pausa que não senti vontade de preencher. Finalmente, ouvi um suspiro suave no outro lado da linha.

— Tudo bem. Eu... eu te vejo na quinta.

Rick

Eu me senti mal, muito mal pelo que fiz com Cady. Foi um erro de principiante comprar os tênis de corrida do tamanho errado. Eu *sabia* disso e não contei para ela. Se um dos meus treinadores cometesse esse erro, seria demitido. Merdas assim poderiam trazer uma reputação ruim para a *Body Tech* – ou um processo.

Quando Cady me disse o que aconteceu, fiquei segurando o fôlego, esperando-a me dizer que eu estava prestes a ser ferrado por advogados. Não teria sido a primeira vez. Mas ela aguentou como um homem, hmm, ela aguentou bem – e nem me mandaria a conta das despesas médicas. É claro, ainda era possível que ela me processasse mais tarde, mas eu achava que não. Ela sempre era completamente direta e não fazia joguinhos – era uma mudança agradável.

E ela era sempre tão feliz e otimista. Eu invejava isso nela. Desde a lesão que acabou com a minha carreira, estive lutando contra a depressão de tempos em tempos. Em grande parte, eu a mantinha contida com exercícios – endorfinas alegres depois de um treino não eram brincadeira –, mas, às vezes, eu ainda sonhava com o acidente quando ficava estressado. Como na noite passada.

Assisti ao replay do vídeo tantas vezes que quando penso nisso agora, eu estava vivendo *e* assistindo acontecer ao mesmo tempo, vendo o momento em que dois *forwards*[4] do time adversário se lançaram na minha direção. A multidão estava gritando meu nome *Robbo! Robbo!* E eu corri

---

4   As posições no rugby são divididas em duas categorias, os Forwards (jogadores grandes) e os Backs (velocistas).

para o *flanker*, desviando e costurando por entre a defesa, a caminho de uma tentativa que daria cinco pontos ao meu time para ganhar a partida... e então fui esmagado entre os dois *forwards*, meu joelho torcendo cerca de 90 graus na direção errada. E então veio a dor, tão forte, que eu, geralmente, acordava nesse momento com meu coração disparado.

Mas não na noite passada.

No meu sonho, minha perna balançou inutilmente, tudo abaixo do joelho separado de tudo acima, e minha mente se derreteu em um furor branco de dor paralisante. Eu gritei e gritei e gritei.

E então acordei suando.

É, não é seu típico sonho de ansiedade, a menos que você seja eu.

Como sempre, Cady saltitou até a sala de treinamento para nossa próxima sessão, um sorriso enorme em seu rosto.

— Estou usando o verde hoje, Rick! — ela gritou, do outro lado da sala, exibindo para mim e para todos ali o sutiã esportivo verde-lima que comprei para ela.

Não consegui evitar sorrir, mesmo que tudo sobre o comportamento dela fosse *errado*: antiético.

— E adivinhe o que mais? — ela disse, sorrindo para mim.

— Você descobriu a receita de uma rosquinha sem calorias?

— Não seja estraga-prazeres, Rick! Eu queria que você soubesse que estou mesmo fazendo algo que você sugeriu fora da sala de treino. — A voz dela se tornou um sussurro: — Não se preocupe, bonitão. Não estou falando do Tinder. — Depois sorriu e falou normalmente: — Eu fui andando para casa. — Ela me encarou, sobrancelhas erguidas, esperando uma resposta. — Rick! Eu fui andando para casa! Do trabalho!

— Okay? — falei, incerto sobre qual reação ela queria de mim.

— Ai, meu Deus! Eu *andei para casa do trabalho*! Eu não chamei um táxi. Eu andei os sete quarteirões do trabalho até em casa... e não fiquei sem fôlego nem uma vez!

Agora, eu entendi.

— Cady, isso é ótimo! — Dei um sorriso sincero. — Você está fazendo um progresso real. Deveria estar orgulhosa de si mesma.

— Eu estou! Obrigada, caubói!

— Talvez você possa pensar em ir andando para o trabalho também? Ela revirou os olhos.

— Essa é uma coisa tão Rick de se dizer. *Nem pensar!* Não vou andar sete quarteirões em Manhattan, às 4 da manhã. Você está usando crack?

Fiz uma careta.

— Ah, é. Provavelmente, não é uma boa ideia.

— Você acha?

— Mas andar para casa é bom. Muito bom.

— Aw, obrigada, prof. Eu ganho uma medalha?

— Sim. Quando você tiver corrido uma maratona.

Seu sorriso vacilou e realmente me senti como o babaca que ela me acusou com frequência de ser. Mas ao invés de parecer irritada comigo, ela apenas balançou a cabeça e me deu um pequeno sorriso.

— Pequenos passos, Rick. Pequenos passos... foi isso o que você me disse e estou cumprindo.

Querendo chutar meu próprio traseiro, levei-a para a sala de cardio e a orientei enquanto ela fazia seus exercícios de aquecimento. Eu deveria encorajá-la, motivá-la, não a lembrar de que em 11 meses, ela deveria correr 42 quilômetros ao redor de cinco bairros da cidade de Nova York. Eu precisava melhorar a minha abordagem para fazê-la passar por isso.

— Sabe, você está fazendo isso muito bem agora, Cady. Da próxima vez, quero que faça o seu aquecimento sozinha, antes de começarmos a nossa sessão. Dessa forma, nós podemos fazer mais coisas durante a hora.

Ela me encarou duvidosamente.

— Fazer *mais*? Caramba, você é difícil de agradar. Okay, treinador. Como quiser.

Sorrindo para mim mesmo, levei-a para a sala de musculação para a próxima parte do treino. Eu já sabia que a forma de tirar o melhor da Cady era distraí-la enquanto ela fazia seus exercícios. E acho que hoje ela percebeu isso, porque estava cheia de perguntas.

— Como você começou com a *Body Tech*? É um lugar bem incrível, mesmo que eu tenha que me obrigar a cruzar aquela porta duas vezes por semana.

— Você deveria fazer uma sessão por conta própria também — ressaltei, mas tive que esconder um sorriso quando ela torceu o rosto e colocou os dedos nos ouvidos.

— Não consigo te ouvir! Não consigo te ouvir! — Então abriu um olho e abaixou um dedo. — Me conte sobre como começou a *Body Tech*?

Relembrei aqueles dias em que eu estava tentando sobreviver como *personal trainer*. A única vantagem que eu tinha era ser britânico – os clientes gostavam do sotaque –, quando eles podiam me entender, ao invés de me perguntar se eu era escocês.

— Eu estava trabalhando em outra academia no Village…
— Ih, rapaz! Aposto que você foi paquerado por um monte de caras!
— Alguns — admiti, envergonhado.
Cady riu.
— Imagino. Então, o que aconteceu depois?
— Houve um ator que foi à academia e ele queria ganhar músculos para o papel de um filme que estava fazendo. Eu o ajudei com seu treinamento e funcionou muito bem. Ele recomendou outros clientes para mim, e um deles sugeriu que eu abrisse a minha própria academia. Eu já estava pensando nisso, mas requer muito dinheiro e eu precisava de investidores.
Dei de ombros.
— Depois disso, tudo começou a se ajeitar.
— Uau, essa é uma história incrível. Era alguém famoso? — Ela viu minha expressão e suspirou. — Não vou contar os seus segredos, caubói. Eu só estava perguntando. Não precisa vir para cima de mim com um contrato de confidencialidade.
Esfreguei a testa.
— Eu não...
Houve uma pausa esquisita e então ela ficou com pena de mim.
— Então me fale, onde você conheceu esse cara, o tal Vin? Ele é daqui?
— Não, eu o conheci em Nova York, mas ele é, na verdade, de uma cidade que fica a menos de 130 quilômetros de onde eu cresci. Ele era modelo e desfilava em todas as passarelas da Armani.
— Sério? Você não me parece um cara que vai a desfiles.
— Não. Vin já tinha terminado seu trabalho na moda quando nos conhecemos, em uma academia.
Ela deu uma risada curta.
— É claro que você o conheceu em uma academia. Você trabalha em uma academia, mora em uma academia. O que você faz para se divertir? Vai a outras academias para sondar a concorrência? Sério, Rick, o que você faz no seu dia de folga?
Fiz uma careta.
— Trabalho burocrático, principalmente.
— Uau, você vive ainda menos do que eu. Mas não se preocupe, nós vamos consertar isso.
Eu não tinha certeza se gostava de como aquilo soava.
— Como? — perguntei, cautelosamente.

— Eu sou nova-iorquina e vou te mostrar a minha cidade. Vou te levar para comer *blintzes* no Restaurante Katz, andar de trem até Coney Island; fora de temporada é a melhor época para ir e evitar a multidão. Você vai amar a Orla, quatro quilômetros de Brighton Beach até Sea Gate. É claro, se fosse verão, nós tomaríamos sorvete e comeríamos cachorro-quente, e andaríamos na montanha-russa Cyclone.

— Parece... legal, mas estou muito ocupado, Cady.

— Eu também, Rick, mas você sabe, tem que se divertir.

— Você está dizendo que eu sou chato?

Ela demorou um pouco antes de responder:

— Não, mas você é muito sério. Deixe a diversão entrar. Seja bobo.

— Bobo?

— Você se lembra como? Sabe, espontâneo.

— Eu posso ser bobo — falei, meu tom de voz ofendido. — E espontâneo.

— Vamos fazer assim, se você prometer me alimentar, podemos correr na Orla e voltar andando.

Admito que ela me surpreendeu. Cady se oferecendo voluntariamente para ir correr?

— Vamos fazer isso — falei, e ela levantou a mão para um *high five*.

Ela terminou as repetições do circuito do braço e depois foi para o *leg press*.

— Você estava me falando sobre o seu amigo Vin. Deve ter sido empolgante, ele desfilando para a Armani. Quero dizer, isso é bem legal, certo?

— É, talvez. Por um tempo. Ele morava em Milão. Disse que fez isso por cerca de cinco anos e se esgotou; ele estava viajando em onze meses do ano, fazendo ensaios fotográficos e isso tudo. Ele está morando em LA agora e ganhou muita massa muscular desde então. Ele xinga como um louco... uh, um soldado. A cada duas palavras sai um palavrão. Ele não tem tantas tatuagens quanto eu, ainda, mas está trabalhando nisso. Ele costumava ser bonitão, mas agora ele é um monte de músculos assustador de um metro e noventa e três. Ah, e ele resgata animais em seu tempo livre. Ele ficou com um cachorro de três patas que encontrou em Dubai. Custou uma grana para ele trazê-lo para casa.

Ela ficou boquiaberta.

— Ai, meu Deus, ele parece adorável. Você vai nos apresentar na próxima vez em que ele estiver na cidade?

Nem fodendo.

O pensamento de Cady e Vin ficando juntos provocou uma chama súbita de raiva.

— Rick? Sobre Vin? Faça um favor para uma garota, pode ser?

— Ele não é o seu tipo — resmunguei, rispidamente.

— Ele é gay?

— Não! — gritei, desejando muito que eu pudesse mentir para ela e dizer que Vin só namorava caras.

— Então ele é meu tipo — ela disse, com um sorriso. — Ah, tudo bem, não perca a cabeça, Rick. Eu entendo. Não vou dar em cima dos seus amigos se isso for te estressar.

— Não estou estressado — menti.

E para calá-la, aumentei a resistência do *leg press*. Ela me lançou um olhar que disse que sabia o que eu estava fazendo, mas não me repreendeu. Graças a Deus. Porque eu não sabia o motivo de me incomodar tanto.

Quando ela começou seus exercícios de resfriamento, Ruby veio para dar um oi. E, provavelmente, para conhecer Cady.

— Oi, Rick. Como você está? Planejando mais alguma ida ao shopping?

Ela sorriu ao ver a minha expressão irritada.

— Não. Você não tem que dar uma aula, Ruby?

Mas ela me ignorou e se virou para Cady que estava sentada no colchonete, alongando a parte posterior das coxas.

— Oi, eu sou a Ruby. Ensino ioga aqui. Você deve ser a Cady.

— Oi! É um prazer te conhecer. Eu costumava gostar de ioga.

— Então você deveria, com certeza, dar uma olhada em algumas das minhas aulas.

— Eu irei! Obrigada, Ruby.

As duas mulheres sorriram uma para a outra. Eu esperava que esse fosse o fim da conversa delas. Mas eu não era tão sortudo assim.

— Está gostando dos sutiãs esportivos? Eles serviram certinho? Rick teve que adivinhar o tamanho, mas acho que ele fez um bom trabalho.

Cady pareceu surpresa.

— Ele te contou sobre isso?

— Eu trabalho na loja onde ele comprou. Ele me implorou por ajuda.

Eu a fuzilei com o olhar, mas Ruby continuou me ignorando. Cady apenas pareceu entretida.

— Sério? É, eles são incríveis. E eu amo as cores. Obrigada!

— Ah, não me agradeça! Eu escolhi preto, mas Rick disse que você preferia cores vibrantes. Isso foi tudo por conta dele.

— Ruby! — gritei. — Você tem uma aula.

Ela deu uma piscadinha para mim.

— Estou indo, chefe. Prazer em te conhecer, Cady. Passe lá sempre que precisar de mais alguma roupa esportiva... ou mande o Rick.

Cady riu.

— Obrigada, Ruby. Foi ótimo te conhecer também.

Observei Ruby ir embora e esperei Cady comentar, mas ela não o fez. Em vez disso, ela ficou mexendo no celular.

— O que você está fazendo? Eu disse para fazer o seu resfriamento, não olhar o celular.

E, sim, eu sabia que estava soando como um imbecil miserável. Mas Cady não deu a mínima.

— Você está parecendo o Oscar. Não seja tão rabugento.

— Quem é Oscar?

Seus olhos brilharam quando ela me encarou.

— Você não assistiu *Vila Sésamo*? Deixa pra lá. Só estou respondendo um cara do Tinder.

— Jesus, Cady! Depois que eu te contei sobre o que aconteceu comigo?

Ela riu.

— Não se preocupe, grandão. Eu só estou dizendo para ele... o que é mesmo que você diz? Ah, é. Estou dizendo para ele *dar o fora*.

Sorri, a contragosto.

— Então, por que você está dizendo para esse, hmm, dar o fora?

— Bem, ele disse que eu era nojenta e gorda. Eu disse: "então você acha que sou gorda? Eu acho que você tem um pintinho minúsculo para compensar o seu ego enorme".

Dessa vez não consegui segurar a risada, mas eu ainda estava preocupado com ela. Como eu poderia persuadi-la a parar de usar o Tinder?

Eu precisava de um plano.

Cady

Os treinos do Rick estavam se tornando mais difíceis. Ele me deu menos tempo para descansar entre as séries e me desafiava mais a cada vez. Eu não me importava – muito –, e estava sentindo de verdade os benefícios. Eu não contei a ele porque sabia que ele iria se gabar ou parecer presunçoso – provavelmente, ambos –, mas até subi sete andares de escada até o meu apartamento essa semana. Quase me matou, mas subi.

Embora ainda tivesse que ter uma conversa dura comigo mesma duas vezes por semana, para passar o meu traseiro pela entrada da *Body Tech*, eu meio que entendia o que ele estava falando também. O exercício me fazia sentir melhor mesmo – não apenas fisicamente, mas eu estava mais relaxada, mais feliz do que o normal. E já que Aaron e Bob estavam me pressionando para fazer um programa semanal sobre o meu treino para a maratona, isso queria dizer algo.

Eu ainda me sentia incerta sobre a coisa toda. Eu havia sido humilhada para participar de início – pressão social da terrível Molly McKinney, e a forma como todo mundo no estúdio do *Wendy Williams Show* estava me esperando dar para trás, me esperando desistir. E Molly me encarava tipo: "Ela, correr?!", morrendo de rir. Eu só queria surpreender a todos eles. E talvez quisesse surpreender a mim mesma – os Callahans não eram desistentes.

— *Não importa o quanto você vá devagar, contanto que não pare.* — Confúcio disse isso, mas papai preferia citar Vince Lombardi: — *Vencedores nunca desistem, e desistentes nunca vencem.*

Isso aí, Vince!

O homem era uma lenda. O troféu do *Super Bowl* foi nomeado em homenagem a ele, e ele fez tanto pelo futebol americano – *além disso*, ele era uma cara do Brooklyn, nascido e criado, como o meu pai.

Na manhã seguinte, peguei minha calça de moletom de costume, fazendo uma anotação mental de que ela precisava ser substituída porque o elástico estava gasto, frouxo demais ao redor da cintura, e ainda estava me deixando com a bunda flácida. Minha bunda tinha gravidade o bastante por si só sem precisar de encorajamento de calças de ioga.

Fiz o programa, contente com as entrevistas gravadas que transmiti. Eu conversei com veteranos feridos e suas famílias sobre suas vidas e os desafios diários, e o feedback dos ouvintes foi positivo, muitos contando suas próprias histórias. Eu tentava fazer algo assim todo ano perto do Dia dos Veteranos.

Monica estava esperando na minha mesa com um *latte* da minha cafeteria favorita e duas rosquinhas com glacê de limão.

— Você leu a minha mente! Você é uma salvadora, Mon! — Ela estava me olhando de um jeito estranho. — O quê? Tem alguma coisa no meu rosto?

— Você parece diferente. Você perdeu peso?

Arqueei as sobrancelhas. *Perdi?*

— Não sei — respondi, com sinceridade. — Não tenho uma balança.

Ela escancarou a boca.

— Não tem?

— Não.

A verdade é que me livrei delas anos atrás. Na minha adolescência e nos meus vinte anos, eu costumava me pesar duas vezes por dia, às vezes mais. Mas por que começar e terminar cada dia me sentindo deprimida? Quem faz isso consigo mesmo deliberadamente? Provavelmente, quase todas as mulheres na história do mundo moderno em algum momento, mas eu não, não mais.

— Oh, hmm, okay! — ela murmurou. — Mas acho que você perdeu. Você está... ótima. Você sabe, torneada... e sua calça está folgada demais para você agora.

Era isso o que havia de errado com ela?

— Obrigada — falei, franzindo o cenho enquanto pegava meu café e jogava o saco de rosquinhas na bolsa.

Enquanto andava para casa, reconhecendo que não ficava tão cansada quanto antes, agora que estava dormindo melhor à noite, pensei sobre o que ela disse e me senti em um dilema. Prometi a mim mesma, muito tempo atrás, que me preocupar com o meu peso ou com o que outras pessoas pensavam de mim *não* iria me controlar. Foi aí que as balanças do banheiro foram abandonadas. Então, ser elogiada por outra mulher por perder peso era... estranho. Eu era inteligente, ousada e trabalhava duro. Eu era financeiramente estável, fazia um trabalho que amava, e planejava o futuro; eu tinha ótimos amigos, uma família próxima, e uma vida incrível. Não eram essas as coisas que valiam a pena ser comentadas, e não o número de quilos que eu carregava ou não no meu corpo?

Eu estava feliz por me sentir mais em forma, mas o meu tamanho era parte da minha identidade, não era?

E então relembrei outra coisa: indo assistir ao filme *A Escolha Perfeita* com algumas amigas. Você lembra daquela hora em que apresentaram a personagem "Amy Gorda".

Aubrey: Você se chama de Amy Gorda?

Amy Gorda: Sim, para vacas magrelas como vocês não me chamarem disso pelas costas.

E todo mundo riu. Mas eu não. Fiquei sentada lá, sabendo que era a verdade. Eu era a Cady Gorda. Precisei de muitos anos para ficar em paz com isso. Foi difícil, muito difícil, mas eu consegui.

Livrei-me das balanças, da comida com baixo teor de gordura, sem açúcar, baixas calorias e sem diversão. Eu não fiz dieta *Paleo* ou *Keto* ou *Atkins* ou *South Beach* ou *Raw Food* ou qualquer outro tipo de dieta. Eu comia o que queria quando queria, e eu aproveitava a minha comida.

Dei uma olhada no guia nutricional do Rick e depois o ignorei, e mesmo assim, no último mês, perdi peso. Minha calça de ioga estava grande demais para mim. Era estranho. E eu não tinha certeza se gostava disso.

Puxei a camiseta, alisando-a sobre a minha barriga e... *Uou!* Aquilo era um tanquinho por baixo da gordura? Toquei minha barriga, hesitante. Uma pessoa poderia ter apenas um gominho? Eles não vinham geralmente em pares, como um conjunto de sal e pimenta?

Hmm, poderia ser um gominho, mas eu não tinha certeza. Fazia duas décadas desde que tive aula de Biologia Humana no ensino médio. A pós-graduação em anatomia masculina veio de um método mais prático, graças ao Tinder.

Pesquisei no Google minha nova condição e decidi que era de fato um gominho – o resultado de incontáveis abdominais e horas suportando o Abismo da Dor de Rick.

Acariciei meu único gominho, repleta de uma sensação de admiração e maravilha e conquista.

Depois naquela tarde, ainda me sentindo estranha, segui para a *Body Tech*. Quando entrei na sala de cardio (usando meu sutiã esportivo rosa vibrante por baixo da camiseta cinza), vi Rick conversando com um cara que tinha um cabelo castanho-claro mais longo e que estava de costas para mim.

Eu ainda estava com o saco de rosquinhas que Monica havia me dado. Estava planejando beliscá-los mais tarde, mas, sinceramente, eu e rosquinhas tínhamos nos tornado uma piada recorrente com Rick, então decidi comer pelo menos um na frente dele – ou os dois. Cutucar a fera era meu novo *hobby* favorito.

E então o outro cara se virou e eu o reconheci.

Santos cogumelos shitake! Alex Pettyfer!

Eu sabia que Rick tinha alguns clientes famosos, mas esse era o primeiro que eu conhecia. E, *com certeza*, eu iria até lá para me apresentar.

— Oi, Rick! — falei, alegremente. — Eu trouxe as suas rosquinhas de sempre. — E sorri para os dois homens.

Alex estava encarando Rick com interesse.

— Rick, cara! Você permite rosquinhas? De jeito nenhum!

— Glacê de limão da minha loja de rosquinhas favorita de todos os tempos, e totalmente orgasmilicioso. — Sorri. — Quer uma? Tenho certeza de que Rick não vai se importar em dividir dessa vez.

E então Alex Pettyfer colocou a mão no saco de papel, pegou uma rosquinha e fincou seus dentes brancos e retos ali, gemendo, açúcar lambuzando a barba por fazer ao redor de sua boca. Era como assistir pornô ao vivo – *tão gostoso!* Agora, se ele apenas fizesse alguns daqueles passos de dança de *Magic Mike*...

— Uh, Alex? — disse Rick. — Isso não está no seu plano nutricional e você precisa se preparar para o primeiro dia de filmagem de...

— Estou tendo um dia de folga — Alex murmurou, as bochechas tão cheias que ele parecia um esquilo.

Um esquilo muito gostoso e malhado.

Rick me lançou um olhar irritado, e eu sorri para ele. Seus bíceps se contraíram quando ele cruzou os braços sobre o peito impressionante. Fiquei imaginando se o homem já havia comido alguma rosquinha em sua vida.

— Eu sempre quis ser uma má influência. — Soltei uma risada, enfiando a mão na sacola para pegar a segunda rosquinha.

E então Rick me surpreendeu e tirou a rosquinha da minha mão.

Por um segundo aterrorizante, pensei que ele fosse jogar fora, mas ele não fez isso. Em três grandes mordidas, ele comeu o negócio todo. Escancarei a boca para ele.

— Ai, meu Deus! Você comeu a minha rosquinha! Não acredito que você fez isso!

Ele ergueu uma sobrancelha.

— Pensei que você tinha dito que era a *minha* rosquinha?

— Sim, mas... não... quero dizer... — gaguejei, completamente chocada.

Ele se inclinou para perto de mim.

— Eu posso ser espontâneo — ele sussurrou.

Um brilho caloroso de felicidade tomou conta de mim. Ele ouviu o que eu falei. Ele tinha realmente me escutado.

Alex inclinou a cabeça para trás e riu.

— Eu gosto do estilo da sua namorada, cara!

— Ela não é minha...

— Ah, não, ele não é...

Falamos ao mesmo tempo e Alex nos encarou, seu olhar divertido se alternando entre nós.

— Oi — falei, respirando fundo e falando com calma: — Eu sou Cady Callahan, locutora de rádio da *Larica Matinal* na XKL. E sou cliente do Rick, não namorada dele.

Alex tinha um dos traseiros mais firmes que já vi (tirando o do Rick), e quando ele limpou seus dedos cobertos de açúcar na citada bunda e apertou a minha mão, eu jurei nunca mais lavá-la, *nunca*.

— É muito bom te conhecer, Cady Callahan. Eu sou o Alex.

— Eu sei. Eu te ofereceria outra rosquinha, mas alguém comeu a minha.

Seu olhar se alternou entre nós de novo.

— Então vocês dois não estão namorando?

— De jeito nenhum! — Eu ri.

— Legal! Posso te levar para tomar um café e comer rosquinhas quando você tiver terminado o seu treino com o Rick?

— Isso seria ótimo... — comecei a dizer, perplexa por Alex Pettyfer estar *me* convidando para um encontro de rosquinhas.

Eu estava apaixonada.

— Ela não pode — Rick falou alto. — Ela está ocupada.

— Eu estou?

— Sim — ele disse, com determinação em sua voz.

Alex riu e levantou as mãos.

— Okay, já vi como é. Não pode culpar um cara por perguntar. Espero te ver de novo, Cady. Até mais, Rick. — E se afastou assoviando.

Bati a parte de trás da minha mão contra a barriga do Rick.

— Ai! Isso doeu! — murmurei.

— Por que você está batendo em mim? — ele resmungou.

— Você acabou de arruinar minha chance de um encontro com *Alex Pettyfer e rosquinhas!* Eu oficialmente te odeio! Por que você faria isso comigo?

— Ele não é certo para você.

Encarei-o, meus olhos quase saltando para fora.

— Ele é gato, solteiro e parece ser um cara legal! Por que diabos ele não é certo para mim?

Rick fez uma careta e colocou as mãos em seus quadris estreitos.

— Ele simplesmente não é.

Depois ele virou e se afastou, seguindo para a sala de cardio.

Esfreguei a cabeça. Se fosse qualquer outro cara se comportando daquele jeito, eu presumiria que havia um pouco de ciúmes rolando, mas era do *Rick* que eu estava falando. Foi apenas recentemente que eu o promovi de idiota babaca para Rick, e então o coloquei na *friend-zone* na mesma hora. Mas agora ele estava me empatando com *Alex maravilhoso Pettyfer*! Tinha cheiro de ciúmes para mim.

Andei atrás dele, sentindo-me levemente desorientada e alerta para qualquer sinal de que ele poderia estar interessado em mim. Mas durante a hora seguinte, ele estava silencioso e carrancudo como sempre, e eu não tinha certeza do que tudo aquilo significava.

Não, eu não conseguia ver absolutamente nenhum sinal de atração da parte dele. É claro, eu o achava gostoso, e quanto mais o conhecia, mais gostava dele. Eu só não conseguia enxergar a possibilidade de nós namorando – era como olhar para uma bola de cristal e ver apenas um monte de névoa. Embora ele tenha comprado para mim dois sutiãs...

Enquanto eu fazia meus exercícios de resfriamento, decidi assumir um risco na nossa recém-formada amizade.

— Rick, posso te fazer uma pergunta?

— Pode — ele disse.

Um homem de poucas palavras.

— Você não quer que eu fique com o seu amigo gostoso Vin, e não quer que eu vá em um encontro de rosquinhas com o seu cliente gostoso Alex Pettyfer; você está me empatando deliberadamente?

Ele engasgou com a saliva e parecia estar prestes a engolir sua língua para completar.

— Porque se você estiver, isso não é legal. Mas se estiver fazendo porque você quer me chamar para sair, então talvez eu te dê um desconto. Qual é, grandão?

Ele não me encarou quando respondeu:

— Nenhum. Eles não são certos para você.

— Então você não quer me namorar?

— Eu não namoro clientes — ele respondeu, claramente irritado.

Eu e ele somos dois.

— Se eu não fosse uma cliente, você namoraria comigo?

— Você *é* uma cliente!

Tamborilei no colchonete com a unha.

— Você quer ir a um não-encontro comigo até Coney Island no final de semana e correr na Orla? Vou testar um novo par de tênis de corrida *maiores*.

— Tudo bem — ele disse, ranzinza, passando a mão pelas mechas de cabelo que escaparam de seu coque.

— Tudo bem — falei, imitando seu tom, depois pisquei para ele.

Rick

Acompanhei Cady até o saguão da *Body Tech* e observei ela descer a rua na direção do seu apartamento.

Quando veio até mim pela primeira vez, ela desmaiou em um táxi no final de cada sessão. Mas não mais, e essa pequena conquista me deu uma sensação de orgulho.

Ela era uma mulher e tanto, e chamou a minha atenção mais cedo, me acusando de ser um empata-foda. É lógico que eu era! Nem o Alex nem o Vin chegariam perto dela, e o Vin era meu melhor amigo.

Isso não significava que eu queria namorar com ela, é claro que não, mas eu também não deixaria qualquer um ficar com ela.

Enquanto meus olhos a seguiam pela rua, notei, de repente, a mulher loira parada do outro lado da pista me encarando diretamente.

Merda! Rhona!

Perguntei-me há quanto tempo ela estava lá. Encarei de volta, com o rosto sério, pensando se deveria falar com ela ou não. Tecnicamente, ela não estava perto de mim ou da *Body Tech*, mas era perto o bastante, e ela me viu com Cady. Embora o que ela tenha visto foi um comportamento nem um pouco diferente de como eu tratava qualquer outro cliente. Mas com toda a especulação sobre o nosso relacionamento, ver a minha *stalker* hoje não era bom.

Depois de sustentar o meu olhar por mais alguns segundos, ela inclinou a cabeça e andou na direção oposta de Cady. Soltei o fôlego que estava segurando e voltei para dentro.

A manhã de sábado estava fria e revigorante com nuvens roxas flutuando pelo amanhecer. Cady marcou de me buscar às 6 da manhã, já que eu não tinha um carro ou via o motivo de ter um em Manhattan.

Nós tínhamos o nosso encontro em Coney Island hoje. Não um encontro, uma sessão de treino.

Ela parou na frente da calçada da *Body Tech* cinco minutos depois, dirigindo um Porsche sexy vermelho, e sorrindo para mim.

— Desculpe, grandão. Esqueci como se usa o câmbio manual. Precisei relembrar depressa.

Congelei com meus dedos na maçaneta.

— Você o quê?

— Não esquenta. Voltou tudo à minha mente; você está em boas mãos.

E gargalhou como uma vilã de comédia.

Com cuidado, abri a porta e me sentei no banco de couro.

— Esse não é o seu carro?

— Não, eu o roubei. Ai, meu Deus, Rick, estou brincando! Eu alugo um carro quando quero dirigir. Só faz um tempinho.

— Tem certeza de que você sabe o que está fazendo? — perguntei, colocando meu cinto depressa.

— Em grande parte. — Ela sorriu para mim. — Mas se eu te disser para puxar o freio de mão, você consegue, não é?

Deus, eu esperava que ela estivesse brincando.

Estendi a mão para checar o freio de mão, só por garantia.

— Tem compota aqui! — falei, encarando acusatoriamente a sujeira vermelha em meus dedos.

— Você está no bom e velho Estados Unidos agora, grandão, e a palavra que nós usamos é "geleia".

Lancei um olhar irritado.

— Por que tem *geleia* no freio de mão?

— Bem, caramba, ou é porque você é doce demais, ou é por causa da rosquinha que comi no café da manhã.

Tenho certeza de que o meu rosto entregou o que eu achava sobre isso.

— Se acalme, Rick! Você deveria estar relaxando hoje. Não quero ser responsável por te dar um aneurisma.

— Você deveria estar de dieta para a maratona — salientei.

— Eu estou! — Ela sorriu. — Uma dieta *Vejo*: eu vejo comida, e depois a como.

Fechei os olhos.

— Você está contando até dez, Rick? Caramba, seus cílios são longos. Não é justo.

Abri os olhos de novo e franzi o cenho. Ela sabia como me irritar. Olhei para o meu relógio. Menos de um minuto na companhia dela e eu tinha certeza de que a minha pressão já estava alta.

— Ah, olha! As pontas das suas orelhas estão rosadas e agora você está fingindo checar o seu relógio.

— Uma rosquinha não é um café da manhã saudável — insisti. — Eis o porquê. Aquela rosquinha contém entre 300 e 400 calorias. Sua ingestão de calorias durante 24 horas precisa estar em cerca de 1500, então você acabou de ingerir uns 20% das suas calorias diárias.

— Então, se eu comesse cinco rosquinhas em um dia, essas seriam todas as minhas calorias em uma refeição simples?

Ela olhou para mim, observando a minha expressão aflita.

— Tadinho do Rick. — Ela riu. — É tão fácil te provocar... é divertido demais.

Suspirei.

— Cady, você pode comer o que quiser no café da manhã, mas rosquinhas têm muitas calorias e pouquíssimos nutrientes verdadeiros. Nosso corpo precisa de legumes variados, uma omelete, ovos pochê, ou mingau. Você deveria estar buscando uma fonte de proteína a cada refeição, vegetais e carboidratos em toda refeição dentro do seu objetivo de déficit calórico.

— Caramba, quando você se juntou à polícia antidiversão? — ela reclamou. — Quando você ainda estava usando fraldas?

Minha expressão endureceu.

— Se perda de peso é o seu objetivo, uma rosquinha não é uma escolha inteligente.

Ela pisou no freio, agarrando o volante, depois subiu na calçada quando o carro derrapou até parar, buzinas soando para nós de todas as direções.

Coloquei os braços no painel, choque tomando conta do meu rosto.

— Escuta, *Dick*! — ela gritou. — Meu objetivo *não*, eu repito, *não* é perda de peso! Certo! Eu estou feliz com as minhas curvas! Eu *gosto* dos meus peitos! Estou confortável na minha pele. Por que isso é tão difícil de você entender?

Raiva percorreu o meu corpo.

— Maldição, Cady! Não é sobre isso que estou falando! Estou falando sobre o fato de que você costumava pegar um táxi para ir e voltar do trabalho todos os dias a menos de um quilômetro de distância! Estou falando sobre o fato de que você fica sem fôlego ao subir um lance de escadas! O que estou fazendo... o que *nós* estamos fazendo é te ajudar a ficar mais saudável!

Ela respirou fundo.

— Certo. Desculpe, Rick.

Soltei meu agarre no painel.

— É, tudo bem. Me desculpe por você ter pensado... me desculpe também.

Um sorriso brilhante substituiu seu olhar furioso.

— Ah, Rick! Essa foi a nossa primeira briga oficial? Quer comprar um *latte* e uma rosquinha para mim para fazer as pazes?

Revirei os olhos.

— Tudo bem. Você pode tomar um *latte* desnatado e um *muffin* keto e uma banana.

Ela sorriu para mim.

— Você é um príncipe!

Cady

Eu ainda estava irritada com o comentário do Rick sobre perda de peso, mas ele pediu desculpa e eu não deixaria isso estragar a nossa manhã.

— Você sempre esteve em forma? — perguntei a ele. — Tipo um bebê atleta, ganhando todas as corridas de engatinhar com sua pequena fralda de *lycra*? Porque isso seria muito fofo.

Sua expressão rabugenta familiar havia voltado.

— Você está me entrevistando? — ele grunhiu.

— Não. Isso se chama conversar. Quer tentar?

Ele suspirou e se recostou no banco, a mão só um *pouquiiiinho* perto demais do freio de mão. Eu devo ter realmente o assustado. Nenhuma mudança aí então.

— Não, eu nem sempre estive em forma — ele disse, finalmente, as palavras soando como se as tivesse arrastado sobre arame farpado.

— Sério? Tem um Rick gordinho tentando sair? — Ele me lançou um olhar torto. — Tudo bem, não vou interromper. Quando você não esteve em forma?

— Eu me machuquei — ele disse, brevemente.

Olhei para ele depressa. Sim, eu o pesquisei no Google assim que fui encurralada contra essa merda de maratona. Eu sabia que ele tinha sido um atleta profissional, mas uma lesão acabou com a sua carreira. Não era uma história tão incomum, embora eu tenha entrevistado uma quantidade suficiente de atletas profissionais para saber que era devastador para o indivíduo. Estive tão ocupada desgostando do Rick naquela época, que não dei muita importância. Agora eu dava.

— Você quer me contar sobre isso? — pergunto, suavemente, vendo a expressão amargurada e taciturna em seu rosto. — Isso não é uma entrevista — complemento. — O que você me contar não vai acabar na imprensa. Nós somos amigos. Você pode confiar em mim, Rick.

— Eu sei — ele disse, baixinho. — Só é... difícil conversar sobre isso.

Sua confissão suavizou tudo dentro de mim. Detectei o sofrimento em sua voz, e sua relutância em admitir o que ele claramente enxergava como fraqueza.

Ele permaneceu em silêncio por tanto tempo que pensei que a conversa tinha acabado, e eu estava esticando a mão para o rádio quando ele começou a falar de novo:

— Comecei a jogar rúgbi quando eu tinha nove anos. — Ele olhou para mim. — Rúgbi é um pouco parecido com futebol americano. É...

— Sim, eu sei: homens com bolas de formatos engraçados.

Um pequeno sorriso repuxou seus lábios.

— Essa é uma piada velha.

— Essas são as melhores. Continue... você jogava no ensino fundamental.

— É. Não rúgbi de contato total, mas uma versão para crianças. Era um jogo rápido e eu gostava.

— Aposto que você era uma daquelas crianças esportistas e amava a aula de educação física.

Ele deu de ombros.

— Era a única coisa na qual eu era bom.

Isso me fez parar por um instante. Inglês foi a minha melhor matéria na escola, mas eu era bastante acadêmica, então as aulas não eram tão desafiadoras. Eu odiava, abominava e detestava educação física, é claro. Mas nunca fiz qualquer esforço em tentar entender o outro ponto de vista.

— Mas você era o astro do time de rúgbi, rei do baile de boas-vindas e tudo aquilo?

Ele balançou a cabeça.

— Rúgbi não era grande coisa na minha escola. Futebol americano... quero dizer, futebol... isso era muito mais popular. Todo mundo queria ser David Beckham.

— Você não queria jogar futebol, então só ficou com as tatuagens dele?

— Não! — ele disse, parecendo ofendido. — Minhas tatuagens são pessoais. Todas elas significam alguma coisa. — Depois ele me lançou um olhar malicioso. — Embora namorar uma *Spice Girl* fosse algo que todos os caras pensavam.

— Ooh! Deixe-me adivinhar! Sporty Spice[5], certo? Não, espere, Baby Spice[6]... uma garota muito feminina.

Ele riu.

— Não, errado e errado. Eu gostava da Scary Spice[7], porque ela era do norte da Inglaterra. Nós temos o mesmo sotaque. E ela era gostosa.

— Hmm, interessante. Então, rúgbi não era importante na sua escola.

— Não muito. Algumas pessoas gostavam. E nós não tínhamos nada de baile de boas-vindas; ainda não sei direito o que é isso. Mas tivemos uma discoteca no final do ano letivo: todos os garotos parados perto das paredes enquanto as meninas dançavam no meio.

— Não é um abismo cultural tão grande. — Sorri.

— Não, acho que não. Então, eu saí da escola com dezessete anos, fiz um curso para ser mecânico, mas fui recrutado para um time profissional quando tinha dezenove. Joguei pela Inglaterra Sub-21, e depois alguns anos mais tarde pela seleção principal. — Seu tom de voz diminuiu, então tive que me esforçar para ouvi-lo. — Eu tinha 24 anos quando me machuquei. Destruí meu menisco lateral e ligamento cruzado posterior. Depois que me recuperei da cirurgia, me disseram que nunca mais jogaria profissionalmente. Mas fiz mais duas cirurgias depois disso, porque não queria acreditar que era o fim. Não ajudou em nada, e só significou que demorei muito mais tempo para me reerguer. Andei de muletas por quase dois anos. Então, sim, eu não estava em forma naquela época.

Ele estava encarando o lado de fora da janela, a mandíbula cerrada, o olhar sombrio. E me perguntei se Rick realmente já havia aceitado o que tinha acontecido com ele.

---

5 Referência à Melanie C, das Spice Girls.
6 Referência à Emma Bunton, das Spice Girls.
7 Referência à Melanie Brown, das Spice Girls.

Como seria ter tudo desmoronando ao seu redor com tão pouca idade, ter tudo – e perder tudo?

Ele estendeu os braços acima da cabeça, e não consegui evitar dar uma olhada nos movimentos dos músculos que eram simplesmente de dar água na boca.

— Foi há muito tempo. — Deu de ombros.

— Então você veio para os EUA?

— No começo, eu estava aqui com um visto de trabalho de três meses, mas conheci Vin naquela época e ele estava trabalhando entre LA e Nova York. Ele disse que poderia me arranjar alguns trabalhos como modelo. Pensei, por que não? Eu não tinha mais nada no Reino Unido e estava pronto para tentar alguma coisa diferente.

— Aposto que você arrasou naquelas poses pensativas, parecendo todo malvado e macho.

Ele deu um pequeno sorriso.

— Nada, só tentei algumas vezes, mas não gostei daquilo, nem de ir a todos os testes. Enquanto eu estava de cama, fiz algumas provas para ser *Personal Trainer*, então comecei a ensinar em vez disso. Eu gostava muito.

Ri alto.

— Você poderia ter me enganado! Você parecia estar tendo os dentes arrancados toda vez que treinávamos juntos.

Ele me deu um sorriso envergonhado.

— Eu *gosto* de treinar as pessoas.

— Então sou só eu? Eu deveria ficar lisonjeada por você me fazer sentir tão especial?

Seus lábios se contraíram.

— É, com certeza.

Ri outra vez.

— Você é um pé no saco, Rick.

E então o apresentei para outra tradição americana quando lhe dei o dedo. Ele apenas sorriu para mim, e nós seguimos em um silêncio confortável.

Naquela hora da manhã, o trânsito era leve. Depois de tantos anos acordando antes do amanhecer, começar às 6 da manhã me dava bastante tempo para dormir.

Coney Island no final do outono era austera, mas linda, uma paisagem marinha urbana que era uma ótima escapada da cidade.

Eu tinha tantas lembranças boas de Coney Island de quando era criança.

Ir aos passeios, brincar de jogos, ir ao oceanário, comer na lanchonete *Nathan's*, ouvir as ondas do mar, e as gaivotas grasnando. Vovó Dubicki e Vovô não moravam longe daqui, e nós andávamos pela orla até o quiosque *Mrs. Stahl's* para comer um *knish* de espinafre; Davy sempre comia um de batata doce. Vovó comprava uma caixa inteira e esquentava durante a semana. Ainda consigo sentir o gosto delicioso. Dias felizes.

A praia e o parque de diversões estavam fechados desde setembro, mas eu amava e vinha aqui com frequência para curtir a relativa paz — e devorar um cachorro-quente do *Nathan's* — o original e o melhor. Não que eu faria isso hoje com o Duque da Negação me encarando, embora ele *tenha* prometido um *muffin* para mim. Eu estava trazendo-o para o lado sombrio — as coisas estavam melhorando.

Na hora em que chegamos em *Brighton Beach*, o sol estava começando a aparecer no horizonte. Parei no lado leste para que corrêssemos a oeste, assim a luz do sol não bateria nos nossos olhos.

E eu, com certeza, não estava acostumada com a primeira pessoa, no singular ou no plural, em uma frase que continha a palavra "correr".

Senti-me um pouco nervosa, mas também, depois dos meus recentes ganhos de condicionamento, eu estava quase ansiosa para saber se conseguiria fazer isso. Claro, poderia ser algo ambicioso demais, mas Rick me fez correr na esteira em todas as sessões. Bem, começando com uma caminhada rápida, ele foi aumentando aos poucos. E nós corremos no Central Park algumas vezes — evitando a ciclovia. De qualquer forma, se fosse demais para mim, teríamos apenas que ir caminhando.

Assim que estacionei o carro, Rick puxou o zíper de seu casaco e colocou um gorro cobrindo as orelhas. Ele saltou do carro parecendo pronto para uma expedição polar. Eu, por outro lado, usava um short vermelho e uma camiseta azul com um casaco amarelo amarrado na cintura.

Rick observou de canto de olho minha roupa colorida e sumária.

— O quê? Estou sempre quente.

— Verdade — ele disse, depois se virou e começou a fazer seus alongamentos dinâmicos de sempre.

Hesitei por um instante. Ele tinha acabado de dizer que eu era *quente*? Ou ele estava falando de outro tipo de quente, como uma cara vermelha e suada? Eu queria saber... mas não o bastante para perguntar a ele.

Copiei seu aquecimento da melhor forma que eu conseguia, já ficando um pouco sem fôlego.

— Pronta para correr? — perguntou, o sol formando uma aura ao redor de seu lindo rosto.

Santo Deus, os anjos nem se comparavam a ele, embora eu suspeitasse que até o final dessa manhã, eu estaria o comparando com uma criatura sobrenatural diferente e provavelmente ímpia.

— Claro — falei, dando um sorriso.

Começamos a correr devagar pela Orla. Estava quase vazia a essa hora do dia, com apenas duas mulheres correndo na direção oposta. As duas se viraram para olhar enquanto passavam por nós.

— O que você acha de ser visto como um objeto? — perguntei a Rick, apontando o queixo para as mulheres que ainda estavam observando a bunda firme dele em seu short de corrida.

Ele não diminuiu o ritmo ou olhou por sobre o ombro para encará-las.

— É legal que todo o meu esforço na academia seja reconhecido, mas não me importo, de uma forma ou de outra. Não as conheço e elas não me conhecem.

— Disse o homem que encontrou sua própria psicopata no Tinder.

Ele franziu os lábios.

— Eu estou com uma cliente; não seria profissional.

— Oh, uau! Estamos de volta ao passado, não é? Claro, Rick. Como quiser.

Não conversamos por um tempo depois disso, provavelmente porque ainda estávamos um pouco irritados um com o outro, mas também porque puxar oxigênio para os meus pulmões com o objetivo de respirar, vencia qualquer ideia de me esforçar para falar.

Eu estava ofegando como um par de sanfonas enferrujadas, mas não desistiria. Além disso, eu meio que gostava de correr ao ar livre com ninguém em volta. Correr no Central Park era legal (quando Rick não estava trombando em ciclistas inocentes), mas estar aqui, correndo pela orla, dava uma sensação boa.

Cinquenta minutos depois, chegamos no final da Orla e eu completei a minha primeira corrida de um quilômetro e meio. Eu sabia muito bem que era uma velocidade na qual a maioria das pessoas caminhariam, mas aprendi há muito tempo que me comparar com os outros era inútil, e um caminho rápido para a decepção. Ao invés disso, eu queria ser a melhor versão de mim.

E consegui – corri o caminho inteiro sem parar! Entendi totalmente como o Rocky se sentiu quando subiu correndo os degraus do Museu de Arte na Philadelphia e deu um soco no ar. Tive a mesma onda de adrenalina percorrendo o meu sistema, a mesma sensação de conquista.

Rick sorriu para mim e ergueu sua mão.

Trocamos um *high-five*, e comemorei como se tivesse acabado de curar o câncer. Eu me sentia bem! Eu me sentia incrível! Oh, Deus, eu estava destruída.

— Muito bem, Cady — ele disse, e de novo senti a onda de alegria que vinha da certeza de que conquistei algo.

— Obrigada! — falei, arquejando e sorrindo tanto que ele precisaria de óculos de sol para olhar para mim.

Voltamos caminhando pela Orla, procurando um lugar para tomar um café e comer o meu *muffin* citado anteriormente.

A maioria dos lugares estava fechado e vedado para o inverno, mas nós, finalmente, encontramos uma pequena cafeteria familiar que nos serviu cafés e *muffins* recém-assados com mirtilos escorrendo, e nenhum *keto* à vista.

Caminhando, bolinhos em uma mão, café na outra, com Rick ao meu lado, encurtando suas passadas para que eu não precisasse me apressar; senti uma tranquilidade dentro de mim, uma satisfação que veio por conquistar algo que eu não achava que conseguiria. E pela primeira vez, comecei a perguntar seriamente a mim mesma: eu conseguiria mesmo correr uma maratona? Eu só teria que fazer o que fiz essa manhã dez vezes seguidas. Talvez eu conseguisse? Talvez, com a ajuda do Rick, eu poderia mesmo fazer isso? Talvez só terminaria de fato quando eu fosse até o fim.

Terminei o meu *muffin*, lambendo o líquido azul nos meus dedos manchados.

— Rick, brincadeiras à parte, você acha mesmo que posso fazer isso? Correr uma maratona, quero dizer.

Ele respondeu na mesma hora sem hesitação:
— Sim.

Entrecerrei o olhar quando me virei para ele.
— Só isso? Só "sim"?

Ele analisou o meu rosto, sua expressão séria.
— Sim, Cady, eu acho que você consegue correr uma maratona.
— Puta merda! — sussurrei.

Capítulo 13

Rick

Eu não estava mentindo. Vi a garra e a determinação de Cady. Quando ela reclamava, era sempre cômico, mas seja lá o que eu pedisse para fazer, ela nunca dizia não. Exceto, é claro, quando se tratava de cortar carboidratos ruins, mas seu condicionamento físico estava certamente melhorando, e apesar de sua óbvia mescla de sentimentos quanto a perder peso, isso estava acontecendo gradualmente também.

No entanto, havia algo que não contei a ela, algo que não tinha admitido: eu também nunca corri uma maratona.

As cirurgias reconstrutivas no meu joelho tinham sido razoavelmente bem-sucedidas – o suficiente para viver uma vida comum, até mesmo para me tornar um *Personal Trainer*. Mas eu nunca quis viver uma vida assim – por um tempo, fui extraordinário, só que isso não durou. E então me tornei um inútil, um ninguém, um dos dez mil *personal trainers* em Nova York.

Meu sonho reserva foi projetar a *Body Tech* como um centro de treinamento de elite, mas só conseguiria fazer isso em um grau menor. Eu precisava de clientes, o que significa aceitar qualquer um que conseguisse pagar as altas taxas de adesão, mas, mesmo assim, fiz de tudo para torná-la a melhor. Por isso que atores como Alex Pettyfer e James Jacobs vinham até mim quando precisavam ganhar corpo para um papel. Também trabalhei com dois atletas profissionais que se recuperavam de uma lesão e que haviam sido dispensados por seus clubes. Eu sabia qual era essa sensação, e para eles, eu cobrava apenas uma taxa de inscrição de 10 dólares, e só então poderia fazer alguma coisa para manter os contadores felizes.

Eles se tornaram dois dos meus clientes mais leais e falavam bem de mim nas redes sociais sempre que podiam. Sempre soube que você não poderia comprar esse tipo de lealdade, e me fazia sentir bem por ajudar.

Um deles estava agora jogando beisebol pelo *Nw Britain Bees*, em Connecticut. Ele até conseguiu alguns ingressos da temporada para mim, e fui assisti-lo jogar algumas vezes.

Mas mesmo se ele não tivesse voltado para um time profissional, eu ainda o teria apoiado. Nunca esqueci como era ser chutado quando você estava no chão, e nunca me esqueceria.

Por isso que eu entendia de onde Cady estava vindo. Eu presenciava o chute verbal que ela recebia por conta de seu peso praticamente todos os dias. Geralmente, ela transformava em uma piada – é, ela estava "levando na esportiva", mas isso não significava que eu não tinha reconhecido a velha vulnerabilidade ali dentro. Quando ela estava cansada ou estressada, isso a deixava irritadiça e na defensiva.

Eu queria que ela soubesse qual era a sensação quando seu corpo ficava mais forte e você conquistava coisas que achava serem impossíveis apenas algumas semanas antes. Então quando ela virou seus lindos olhos para mim e perguntou se eu achava mesmo que ela conseguiria correr uma maratona, nem precisei pensar na resposta – eu sabia que ela conseguiria. Eu garantiria isso.

Ela me tirou dos meus pensamentos quando me cutucou sem muita gentileza nas costelas.

— Ei! Para onde você foi?

— Ah, desculpe. O que você disse?

— Perguntei o que você vai fazer no Dia de Ação de Graças. Porque se a resposta for "nada", você seria muito bem-vindo para se juntar a mim e à minha família. — Agitou as sobrancelhas. — Minha mãe é uma ótima cozinheira; a torta de abóbora dela é quase orgástica.

— Hmm...

Ela deu de ombros.

— Não diga não ainda, pense nisso por alguns dias. Meus pais moram em Borough Park, então não é muito longe de Manhattan. Nós passamos pela vizinhança deles no caminho para cá. Você poderá dar uma escapada se não aguentar. Normalmente, vou embora antes da gritaria começar, que é mais ou menos durante o tradicional jogo de futebol na televisão pós-almoço e pós-cochilo.

Eu não costumava fazer nada no Dia de Ação de Graças. Eu até gostava de ficar em casa porque não era fã de toda a multidão que vinha para assistir ao desfile da *Macy's*. E eu só entrava naquele coma alimentar quando visitava meus pais no Reino Unido, no Natal, e mesmo assim, não era todo ano.

— Caramba! Pare de pensar tanto! Você vai ficar com dor de cabeça. Se quiser ir, me avise uns dois dias antes, okay, caubói?

Franzi o cenho para ela.

— Por que você me chama de caubói?

— É com *isso* que você está preocupado? — Ela riu. — Bem, se você quer saber, é porque quando você entra em um cômodo, é como um antigo pistoleiro das antigas, como *Shane* quando ele entra no bar e todo mundo para de falar; ele analisa o cômodo procurando por inimigos, lançando aquele olhar gélido, "Quer fazer o meu dia, fedelho?"[8]... Sabe?

— Esse é o Clint Eastwood.

— Tanto faz. — Ela deu um sorrisinho.

— E eu não faço isso, de qualquer forma.

Ela riu de novo.

— Você meio que faz, principalmente quando tem mulheres por perto; você faz cara feia e passa aquela vibe fica-longe-de-mim. Por outro lado, eu entendo, já que você tem sua própria *stalker*. Como está isso, aliás? Ela deixou mais algumas pétalas de rosa ou velas ou refeições de três pratos dignas de estrelas Michelin? Porque ainda estou com fome. — Arregalou os olhos. — O quê? Sério? Ela deixou?

— Não, não, nada assim, mas...

— Mas o quê?

— Ela estava nos observando na semana passada quando você foi embora da *Body Tech*. Eu a vi, do outro lado da rua.

— Ai, merda, sério? Eu pensei... bem, eu esperava que ela tivesse entendido o recado.

— É, eu também.

— O que a polícia disse?

Fiz uma careta.

— Rick! Por favor, me diz que *dessa* vez você chamou a polícia?

Curvei os ombros.

— Ela só estava parada na rua. Isso não é um crime. E de qualquer forma, eu lembrei o pessoal de não deixar ninguém entrar sem uma carteirinha de sócio ou a identidade.

E aquela foi uma reunião de equipe bem desconfortável quando Freya me perguntou se a minha "ex-namorada" estava incluída nisso. Pelos menos agora eu sabia quem deixou Rhona entrar na última vez. Não sei como consegui manter

---

8 Referência ao filme Impacto Fulminante, com Clint Eastwood.

a calma, mas falei que segurança era importante e *ninguém* tinha permissão de entrar no meu apartamento a menos que eu estivesse lá ou houvesse informado alguém anteriormente. Acho que consegui passar o recado.

— Rick — Cady falou, com gentileza. — Você precisa denunciá-la caso ela piore, porque pelo que você acabou de dizer, ela não vai parar por aqui. — Ela fez uma careta. — Você disse que o nome dela era qual mesmo?

— Rhona, por quê?

— Ah, provavelmente, não é nada... é só que ando recebendo umas mensagens desagradáveis no Twitter. Quero dizer, todo mundo que é figura pública recebe, certo? Mas isso pareceu mais... pessoal. Eu bloqueei quem quer que esteja fazendo, mas então a pessoa só cria uma conta nova, mas reconheço o estilo agora.

Um lampejo ardente de raiva acendeu dentro de mim.

— O que ela andou dizendo?

Cady balançou uma mão com desdém.

— Ah, o de sempre. "Você é gorda e feia", "você é uma piada", mas apenas recentemente foi mais sobre você.

Ela achava que as outras coisas não eram pessoais?

— Como por exemplo...?

Cady me observou de canto de olho com cautela, como se eu estivesse prestes a ficar verde e começar a destruir os móveis.

— Coisas como, "ele é bom demais para você", "o que ele vê em você, sua vadia gorda". Fiquei pensando se talvez pudesse ser a sua *stalker*.

Pressionei os lábios um ao outro.

— Por que você não me contou?

Ela ergueu as sobrancelhas.

— Pelo mesmo motivo que você não chamou a polícia: não tenho certeza se era ela e recebo muitas mensagens assim, de qualquer forma.

Esfreguei as têmporas para afastar uma dor de cabeça que começava.

— Okay. Vou denunciar para a polícia hoje.

Os olhos dela se suavizaram.

— Acho que é uma boa ideia, Rick.

Andamos até o carro e Cady nos levou de volta para a cidade, deixando-me na *Body Tech* com a promessa de me encontrar na delegacia do centro, no final da tarde. Ela foi embora, acenando freneticamente, como se não se importasse com nada no mundo.

Mas eu a conhecia melhor do que isso agora. Ela dava um bom espetáculo, mas por baixo sentia tudo profundamente. Eu odiava ter lhe trazido mais problemas – ela não merecia minhas merdas deixando-a para baixo.

Depois que tomei banho, almocei e atravessei uma montanha de papeladas, caminhei até a delegacia de polícia, perguntando-me se estávamos fazendo a coisa certa. Claro, Rhona tinha um parafuso a menos, mas eu não gostava de trazer a polícia para os meus assuntos. Se ela não tivesse ido atrás de Cady nas redes sociais, eu teria lidado com isso sozinho. *É, porque fiz um trabalho e tanto até agora.*

Não precisei procurar muito por Cady na delegacia – ela estava de pé ao lado da mesa do Sargento, rindo alto ao entregar uma caixa enorme de... você adivinhou... rosquinhas. O policial estava sorrindo para ela enquanto escolhia algo da caixa.

— Obrigado, Cady — ele disse. — A equipe vai acabar com isso mais rápido do que você pode dizer o nome de Usain Bolt.

— De nada! Ah, e o glacê de limão é fantástico, só estou dizendo. — Baixou o tom de voz para um sussurro conspiratório: — Se você pegar dois, eu não vi nada, Sargento.

Ele sorriu alegremente enquanto pegava a segunda rosquinha para a qual ela estava apontando e escondeu embaixo de sua mesa. Cady deu uma piscadinha para ele, e não consegui evitar balançar a cabeça enquanto sorria de suas brincadeiras.

Jesus, a mulher era letal. Ela testava a paciência de um santo e então o iludia. Perguntei-me se havia uma padroeira das rosquinhas. Porque se não se houvesse, ela arrasaria nessa entrevista de emprego.

— Rick! — ela gritou, seus olhos se iluminando quando me viu. — Há quanto tempo!

Ela, certamente, não parecia uma mulher que estava aqui para denunciar uma *stalker* sinistra.

Fomos levados para uma sala monótona sem janelas e interrogados pela Detetive Joan Peters que levou tudo muito a sério. Acho que Cady também, porque ela imprimiu todos os *tweets* desagradáveis que tinha. E havia muitos deles.

— Maldição, Cady! Há quantos desses?

Ela me lançou um olhar de esguelha.

— Mais do que alguns. Mas não fique preocupado com isso, eu não estou.

A detetive ergueu o rosto.

— Acho que o Sr. Roberts tem razão em se preocupar — ela disse. — A quantidade e a intensificação dessas mensagens mostram uma persistência incomum; se for a mesma pessoa, o que parece provável, ele ou ela usou mais de 27 contas diferentes e mandou várias centenas de *tweets*.

Cerrei a mandíbula enquanto Cady me lançava um olhar arrependido.

— Você devia ter me contado — gritei com ela, e depois vi quando o fogo em seus olhos se tornou gelo.

— *Eu* cuido de mim, Rick. Não preciso que você dê uma de Neandertal para cima de mim. Só estamos aqui porque você viu sua *stalker* do lado de fora da *Body Tech* quando estávamos juntos. — Ela respirou fundo, voltando-se para a detetive. — Quero dizer, quando Rick me acompanhou até a entrada. Nós não estamos juntos; ele não é meu namorado. Eu sou apenas cliente dele.

— Nós somos amigos — afirmei, apreciando a confusão no rosto de Cady.

Eu estava sendo um babaca de novo, porque fui eu quem insistiu o tempo todo que ela era só uma cliente, mas isso não era verdade. Em algum momento, nós nos tornamos amigos. É, bem, levei muitas pancadas na cabeça e não era tão esperto para começar – Cady já sabia há algum tempo que agora éramos amigos. Por que outro motivo ela teria me convidado para a casa de seus pais no Dia de Ação de Graças?

A Detetive Peters anotou tudo o que eu sabia sobre Rhona, e olhou para mim do mesmo que jeito que Cady fez quando precisei admitir que dormi com ela duas vezes. Eu sabia que me fazia parecer um imbecil idiota.

— Você tem o sobrenome dela?

— Não, só seu nome do Tinder. Nem sei se esse é o verdadeiro.

— Espere! — Cady falou, de repente, pegando o celular das minhas mãos. — *Essa* é a sua *stalker*, Rhona? — Assenti. — Caramba, Rick! Você não sabe quem é essa? Você não a reconheceu?

Balancei a cabeça enquanto Cady mostrava meu celular para a Detetive Peters.

— É ela, não é? — disse Cady, apontando para a foto de Rhona.

— Com certeza se parece com ela — afirmou a Detetive Peters, olhando minuciosamente.

— Quem? Quem é ela? — resmunguei, frustrado por ser ignorado na minha própria festa de perseguição.

— Bem — Cady falou, mastigando suas palavras como se fosse caramelos —, ela se parece pra caramba com Rhona Epstein.

Pisquei.

— Quem?

— Credo, Rick! Rhona Epstein! A melhor amiga da Paris Hilton! Criadora de caos em cinco continentes, talvez seis, dada a chance. Você sabe, aquela que tomou um banho de champanhe naquele *reality show* da televisão, qual era o nome...?

— *Acesso ao Excesso* — Detetive Peters respondeu.

— Esse mesmo! Ela é completamente louca! Não acredito que ela é a sua *stalker*!

— Hmm, ouvi falar da Paris Hilton, acho — falei, coçando a cabeça —, mas... Rhona Epstein?

Cady revirou os olhos.

— Pesquise no Google. Nós vamos esperar.

Coloquei o nome dela no meu celular e arqueei as sobrancelhas: 27 milhões de resultados. Puta merda! Quem era essa mulher?

Enquanto abria algumas páginas nas quais ela estava marcada, meu estômago começou a revirar enquanto um mal-estar retorcia as entranhas. Que sorte de merda – transei com uma socialite herdeira, gananciosa por atenção e ávida por fama que era conhecida por seus golpes publicitários e comportamento insano. Isso era ruim, muito ruim. Estar conectado a ela era, praticamente, a pior situação possível – e poderia ser fatal para a *Body Tech*.

Ergui o rosto para Cady, vendo a simpatia em seus olhos. Ela suspirou.

— Acho que você devia pedir uma ordem de restrição contra ela.

Arregalei os olhos.

— Isso é mesmo necessário?

Ela deu de ombros.

— Você me diz, Rick. Essa mulher não é flor que se cheire. "Não" é uma palavra que ela não ouve com muita frequência e agora parece que ela está obcecada por você.

Detetive Peters assentiu.

— Nessas circunstâncias, isso seria sensato. Mesmo se não for concedido, irá reforçar o quanto a situação é séria.

Quando ela saiu para falar com um de seus colegas, passei a mão pelo meu cabelo.

— Deus, Rhona me fez parecer tão idiota!

— Não, você fez isso sozinho, caubói.

Fiz uma careta, porque Cady estava certa. Não podia culpar ninguém a não ser eu mesmo – e a louca *stalker*/celebridade/socialite.

Se fosse apenas eu, provavelmente eu não teria me incomodado em levar isso à frente, mas agora parecia que ela estava importunando Cady também.

— Okay, vou começar o processo da ordem de restrição. Vou falar com o meu notário, digo, advogado, na segunda.

— Bom garoto! Não deixe a vadia te colocar para baixo. Então, quer ir jantar depois daqui? — Cady propôs. — Veja como um agradecimento por essa manhã. Correr pela orla foi fantástico. Acho que vou tornar um encontro habitual. — Ela olhou para mim. — Quero dizer, eu, o Porsche e Coney Island, mas se você alguma vez quiser vir comigo de novo, não vou ter um ataque.

Seu apetite pela vida, por tudo, era contagioso. Ela era uma força da natureza, e eu me senti mais vivo com ela do que senti em anos. Era uma combinação possivelmente perigosa, mas achei que poderia lidar. *É, sei.*

— Sim para correr pela Orla, mas o jantar é por minha conta. — E encarei as paredes vazias da sala de interrogatório. — Para compensar por você passar a tarde do seu sábado fazendo isso.

Ela sorriu e apertou o meu braço.

— Bem, okay! Conheço uma pizzaria ótima que...

— Não! — interrompo depressa. — Nada de pizza. Calorias demais sem proteínas o bastante. — Ela revirou os olhos, mas eu continuei: — Tem um lugar tailandês muito bom que não é longe daqui: *curry* de excelente sabor, mas leve.

Ela bateu as mãos em suas coxas generosas e sorriu para mim.

— Vá em frente, parceiro. Mas é bom ter sobremesa ou a Cady Ranzinza vai aparecer.

— Eles fazem uma mousse de lichia deliciosa.

Ela fungou com desconfiança, mas havia um brilho risonho em seus olhos.

— Isso soa suspeitamente como uma fruta, não importa o quanto você tente me enganar.

— Me pegou. — Sorri para ela.

A Detetive Peters ergueu as sobrancelhas quando nos viu, e percebi que havíamos nos inclinado tão perto um do outro, que estávamos quase nos tocando.

A policial anotou mais alguns detalhes e disse que entraria em contato.

Cady sorriu para mim e senti um entusiasmo de expectativa. Eu deveria estar me mantendo distante dessa mulher, não a levando para jantar, não notando que todo o seu corpo se ilumina quando ela está muito feliz, como se brilhasse por aproveitar a vida. Eu não deveria estar notando que ela tinha um sorriso completamente diferente e profissional para desconhecidos. Eu não deveria estar notando que seus olhos se tornavam quase violetas sob algumas luzes, e que seu abundante cabelo preto tinha mechas vermelho-douradas sob o sol do inverno.

Eu não tinha tempo para um relacionamento; eu precisava administrar um negócio. E tinha muita bagagem e um hangar cheio de problemas de confiança – minha ex-esposa garantiu isso. E Rhona não ajudou. *Merda, Rhona!* Eu não podia fazer isso com Cady. Que diabos eu estava pensando? Ou não pensando?

Antes de sairmos do prédio, falei para Cady que precisava usar o banheiro, e fiz uma ligação rápida para Vin.

— Ei, cara, preciso de um conselho.

— *O que foi agora, seu desgraçado? É sobre a sua stalker?* — Ele riu. — *Recebeu mais alguma coisa, foi?*

— Não exatamente, mas eu a denunciei para a polícia, então espero que pare agora. — Respirei fundo. — Ela tem importunado a Cady.

— *Maluca sinistra* — ele bufou. — *Quem caralhos é Cady?*

— A locutora de rádio que eu te falei.

— *A puta gorda?*

— Jesus, Vin. Ela é uma boa pessoa.

Ele riu.

— *Ah, pegando essa, não é?*

— Não! Mas...

— *Mas o quê?*

— Eu gosto dela — admiti, finalmente. Houve um longo silêncio. — Vin, cara? Você ainda está aí?

— *Sim, sim* — ele disse, baixo.

— Bem, o que eu faço?

Outro longo silêncio.

— *Sobre o quê?* — murmurou, afinal.

— Sobre gostar dela, seu idiota! Estou ocupado demais para... você sabe... namorar.

— *Oh!* — ele disse, sua voz relaxando de novo. — *Bem, transa com ela e a tire do seu sistema.*

POR QUE eu liguei para o Vin mesmo?

— Eu não quero fazer isso. Quero dizer, é, eu quero, mas ela é uma cliente e é uma *boa pessoa*.

— *Ah, então você está ferrado, amigão. É melhor você maneirar com ela ou as coisas vão ficar complicadas bem rápido.*

E ouvi o tremor na voz dele. Ele tinha razão – eu devia ir com calma com Cady antes que ela me tirasse ainda mais do rumo. Embora eu estivesse gostando de ser tirado do rumo.

— *Então a coisa da stalker está resolvida agora, é?*

— Eu espero que sim. Aparentemente, ela é famosa.

— *É o quê?*

— Já ouviu falar de Rhona Epstein?

Houve um curto silêncio antes de ouvir Vin gargalhando como uma hiena em um *buffet* com toda-espécie-de-filhotes-de-gazela-disponíveis.

— *Você está de palhaçada comigo!*

— Então, você já ouviu falar dela?

Ouvi seu suspiro profundo.

— *Caramba, irmão! Se alguma vez você saísse da porra da academia e tirasse a cabeça do seu traseiro, você teria ouvido falar dela também. Ela é gostosa pra caralho e uma cabeça de vento louca do cacete! Completamente pirada! Não acredito que você não sabia quem ela era, seu burro! Como você descobriu?*

— Cady a reconheceu na foto do Tinder. Disse que ela teve um programa de televisão por um tempo.

— *Ah, cara, você está tão ferrado!* — Vin gargalhou do outro lado. — *Aquela vadia é uma louca do caralho.* — Ele parou. — *Ela era louca nos lençóis também?*

— Maldição!

— *Isso é um não? Uau, pensei que ela seria pelo menos uma boa transa. Enfim. Não se pode ganhar sempre. Tenho que ir. Um dos meus cachorros acabou de cagar no chão.*

Conversar com Vin era como colocar meu cérebro em um liquidificador: inútil e doloroso. Mas ele disse uma coisa que fez sentido – eu precisava esfriar o lance com Cady. Eu precisava voltar à relação cliente e treinador. Principalmente porque toda essa merda com Rhona estourou – e eu tinha uma sensação sinistra de que esse não seria o fim dela.

Doce Combinação

Eu fui ríspido, quase grosso com Cady enquanto íamos jantar, até que ela parou na rua e me cutucou com força no peito.

— Rick, pare. O que é isso? Você está agindo como um imbecil. Se mudou de ideia sobre o jantar, fale. Porque estou te dizendo agora, não vou ficar sentada na sua frente e tentar digerir comida enquanto você age como se quisesse estar em outro lugar. *Capisce?*

Nunca vi ninguém de fora de um filme de máfia dizer *"capisce"*, mas há uma primeira vez para tudo.

— Me desculpe — falei. — Pensei que eu devesse... não sei... ir com calma ou algo assim. Cady, não estou em um bom momento para... namorar ou algo do tipo.

Ela estreitou o olhar.

— E você teve essa revelação no banheiro masculino dez minutos atrás? — Colocou as mãos sobre os quadris largos. — Ou talvez você tenha ligado para o seu amigo cretino, Vin?

Inclinei a cabeça, constrangido porque mais uma vez, ela acertou.

Depois de dar um longo suspiro, menti na caradura.

— Não, só foi uma tarde maluca. Ver o que Rhona escreveu para você e descobrir quem ela é...

— Não se preocupe, grandão — ela disse, com uma voz mais gentil. — Precisa mais do que uma louca como ela para me assustar. Seu plano nutricional, por exemplo. Aquilo me assusta pra caramba, mas a moça doida das velas, não muito. Além disso, eu cresci com um irmão mais velho que costumava praticar suas manobras de luta em mim; aprendi a jogar sujo antes mesmo de sair das fraldas. E só para constar, eu não estava te chamando para um encontro: apenas dois amigos compartilhando uma refeição juntos. Se você não consegue lidar com isso, sem problemas. Mas você parece para mim um cara que poderia ter outro amigo, mas... você que sabe. — Ela esperou, um pequeno sorriso de compreensão em seu rosto, depois seu estômago roncou alto. — O tempo está passando, Rick. Me alimente agora ou me perca para sempre.

Forcei meus ombros a relaxarem quando tomei uma decisão melhor.

— Você vai amar esse restaurante tailandês.

Ela sorriu alegremente, e fiz uma anotação mental de nunca mais pedir conselhos para Vin – ele era uma merda nisso. Ou talvez perguntar a ele, e fazer o contrário. Isso poderia funcionar.

Enquanto caminhávamos para o restaurante, Cady pareceu perdida em pensamentos.

— Aconteceu alguma coisa? — perguntei, desconfortável com o silêncio. Cady nunca ficava quieta: ela falava muito.

— Vou ligar para Rhona louca — ela disse. — Me dê o seu celular.

— O quê? Não? Essa é uma péssima ideia. Deixe a polícia resolver isso.

Ela me deu aquele tipo de sorriso condescendente reservado a crianças e idiotas.

— Rick, eles não têm as fontes para lidar com crimes cibernéticos sérios, muito menos algumas pequenas ameaças. Nós denunciamos, eles têm um registro do que aconteceu, e você precisará disso se ela conseguir causar algum dano ao seu apartamento ou ao meu carro alugado, certo? E então quando nós relatarmos às nossas companhias de seguro, temos um número da polícia para dar a eles. Foi só para isso que essa tarde serviu. Deixe-me falar com ela.

— Só vai piorar as coisas!

— Olha, eu não queria te dizer isso — ela suspirou —, mas as chances de você conseguir uma ordem de restrição são pequenas. Não faça cara feia para mim, vale a pena tentar. Isso será mais rápido.

Continuei protestando até que ela enfiou a mão no meu bolso e pegou meu celular. Eu era muito cavalheiro para tomar de volta – e de qualquer forma, Cady era persistente, como um pequeno Terrier, ou talvez um Bulldog que achava que era um Rottweiler –, recusando-se a deixar pra lá, seja como for.

Observei quando Cady desbloqueou o número de Rhona, e depois ligou. Seus olhos se iluminaram quando ela atendeu na mesma hora.

— Rhona, aqui é Cady Callahan. Até agora, estou sendo gente boa, mas você deveria saber que nessa tarde denunciei suas ameaças para a polícia. Eles têm o seu número, sua foto, e uma lista de todas as contas do Twitter que você usou para me ofender. Rick é um cara legal, mas agora ele sabe a maluca que você é, e a vadia que você foi comigo, amiga e cliente dele... então, ele *nunca* vai atender as suas ligações, ele *nunca* vai responder suas mensagens, e ele prefere ter as bolas cortadas e servidas como almôndegas do que dormir com você de novo. Apague o número dele. Essa sou eu te dizendo *gentilmente*, e você não quer me deixar brava. Entendeu?

Ela parou, escutando, depois sorriu.

— Estou contente por termos nos entendido.

Ela terminou a ligação e devolveu o celular para mim.

— Bem, o que ela disse?

Cady me deu um grande sorriso.

— Ela disse: *"Vá se foder, sua vadia gorda. Ele não era tão bom de cama assim, de qualquer forma"*.

Entrecerrei o olhar.

— E isso é *bom*?

Cady assentiu.

— É, significa que ela desistiu. Como raios você conseguiu sobreviver tanto tempo na área de encontros em Manhattan quando não entende a terminologia?

Balancei a cabeça e soltei um fôlego tenso.

— Eu não vou a muitos encontros — admiti, na defensiva, colocando o celular de volta no bolso. — Obrigado por isso. Te devo uma.

Ela sorriu.

— Eu sei. E é por isso que você irá ao jantar do Dia de Ação de Graças da minha família comigo.

Capítulo 14

Cady

Depois de seu miniataque, Rick e eu voltamos a ser amigos, embora eu estivesse um pouco mais cuidadosa para não cruzar o limite invisível que ele determinou. Mas todo sábado de manhã, eu alugava um carro e nos levava para Coney Island e nós corríamos pela Orla. Na terceira semana, logo antes do Dia de Ação de Graças, corremos todo o caminho da ida e metade do caminho de volta. Quebrei a marca dos cinco quilômetros, e eu estava totalmente empolgada com isso.

Rick não tinha voltado atrás com o nosso trato de ir comigo à casa dos meus pais no feriado. Deduzi que *de jeito nenhum* era mais a cara dele, então fiquei surpresa, porém satisfeita, quando ele não inventou um monte de desculpas sobre o porquê não poderia ir. Além disso, fiquei feliz porque ele não ficaria sozinho no Dia de Ação de Graças, embora só Deus saiba o motivo de ele, deliberadamente, se sujeitar a mais pessoas como eu. Eu o tinha avisado, então ele não poderia dizer que não sabia.

E por isso, na manhã do Dia de Ação de Graças, ele estava esperando do lado de fora da *Body Tech* parecendo mais o homem que conheci na festa beneficente dois meses atrás do que o atleta suado e desleixado com quem venho treinando.

Uma calça preta estava combinando com um casaco preto de couro, a barba perfeitamente aparada, o cabelo domado, e ele estava segurando uma caixa de vinho sob um braço.

— Álcool, definitivamente, ajuda quando se trata da minha família. — Sorri para ele. — Pronto para fugir para as montanhas, grandão?

Abri o porta-malas e ele guardou a caixa ali.

— Pegue leve nas curvas ou aquelas garrafas de champanhe vão estourar as rolhas como fogos de artifício — ele avisou.

— Uau, champanhe? A quem você está tentando impressionar?

Suas bochechas coraram. *Ainda* era tão fácil brincar com ele.

— Eu não apareceria no almoço do Dia de Ação de Graças da sua família de mãos vazias. Não sou um néscio tão deplorável assim.

— Ah, você não é deplorável, você é simpático. Ei, o que é um néscio?

Ele me olhou torto e se sentou no banco de couro macio.

— Então, quem vai estar na casa dos seus pais hoje?

— Meu irmão Davy estará lá. Ele conseguiu uma licença e pegou um voo ontem à noite.

— Ele é um soldado, não é?

— Sim, um Patrulheiro. A base dele fica em Fort Benning, Geórgia. Eu não o vejo desde janeiro. — Eu esperava que Davy não agisse como um babaca com Rick. Eu amava o meu irmão, mas ele podia ser um supremo idiota. — Minha mãe se chama Rachel e meu pai Sandy, apelido de Alexander. E a Vovó Callahan estará lá, a mãe do meu pai; tio Gerald, irmão do meu pai; e Vovó Dubicki, mãe da minha mãe. Talvez alguns vizinhos aleatórios estejam por lá, não sei ainda. — Olhei para Rick. — Pronto para ir agora?

— Só estou tentando lembrar o nome de todo mundo.

— Bem, não se preocupe, todos eles sabem quem você é. — Ele franziu o cenho ao ver meu sorriso. — Falei para eles que nós somos amigos e que você não é meu acompanhante. Vai ficar tudo bem.

Ele grunhiu alguma coisa que se assemelhava com o nosso idioma. Eu não perguntei.

Quando estacionei do lado de fora da casa, Rick parecia um pouco tenso, mas já que essa situação era normal para ele, não me preocupei.

Davy escancarou a porta da casa, deixando todo o calor sair, e mesmo da calçada, eu consegui ouvir mamãe gritando com ele.

— Uou! É a Incrível Balofa!

Ele riu e me puxou para um abraço enquanto eu saía, sem jeito, do Porsche rebaixado.

— Oi, seu bosta! — falei, abraçando-o de volta. — Como você está? Mais feio do que nunca! Como isso é possível? Quero que você conheça um amigo meu: Davy, este é Rick Roberts; Rick, esse é o meu irmão mais velho e mais feio, Davy.

Os dois homens apertaram as mãos, fazendo aquela avaliação/comparação levemente agressiva que dois machos alfas sempre fazem quando estão no mesmo lugar pequeno. Mas quando Rick foi para o porta-malas pegar a caixa de champanhe, Davy me puxou para o lado.

— Você está dormindo com ele, Cady?

Afastei meu braço de seu agarre.

— Não é da sua maldita conta, Davy, mas não. Eu já te falei que nós somos amigos.

— É, imaginei que não; ele é muita areia pro seu caminhãozinho.

Davy e eu fazíamos isso o tempo todo – ver quem inventava a ofensa mais cruel. Acontecia há tanto tempo, e eu quase nunca pensava nisso, mas essa acertou em cheio, e dava para ver pelo sorrisinho no rosto de Davy que ele sabia disso e usaria contra mim sem misericórdia.

Esse é o problema com as famílias – elas sabem exatamente como te atingir.

Mas então Rick voltou com a caixa debaixo do braço, e estendeu a mão para segurar a minha.

Eu o encarei, uma expressão de dúvida em meus olhos. Ele balançou a cabeça de leve e seu rosto estava sombrio enquanto seguíamos Davy para dentro da casa.

— Não se preocupe com ele — falei, imaginando se Rick achava que precisava me defender. — Davy nasceu um idiota e isso só foi aumentando com o tempo. Ele só fala da boca para fora.

Rick pareceu incerto, mas não disse nada.

Eu o apresentei para o restante da família e soube que ele ganhou o meu pai quando as seis garrafas de vinho foram identificadas como garrafas de champanhe de setenta dólares. *Ele gastou mais de quatrocentas pratas em bebidas para a minha família?* Meu coração deu uma pequena cambalhota de felicidade. Ele realmente causou uma boa impressão, e não só no meu pai.

Apertei a mão dele.

— Obrigada, caubói. — E não me referi apenas ao champanhe.

Ele deu um pequeno sorriso/careta típico de Rick, e balançou a cabeça.

É claro, todos estavam curiosos sobre ele, e nenhuma das minhas avós podia ser persuadida que nós não estávamos "pulando a cerca", como Vovó Dubicki falou, ou "namorando", como Vovó Callahan insistiu.

— A verdade é que — falei, interrompendo quatro conversar diferentes — Rick não é apenas um amigo...

— Eu *sabia* — sibilou Vovó Dubicki.

—... mas ele também é meu *personal trainer*. Eu realmente vou correr na Maratona de Nova York no ano que vem.

Um silêncio mortal prosseguiu, e então Davy o rompeu com sua gargalhada escandalosa.

— Caramba, irmã! Eu quase acreditei em você! Não é 1º de abril, sabia? O pensamento de você levantando o seu tamanho por 42 quilômetros e...

— Ela não está brincando — disse Rick, com um tom gélido. — E ela já está correndo cinco quilômetros em cada uma das nossas sessões de treinamentos.

Bem, apenas uma vez. Mas eu não diria isso a eles. E eu amava o fato de que Rick estava pronto para distorcer a verdade para me apoiar.

Davy piscou, a boca escancarada.

— É sério? — ele perguntou, voltando a me encarar com descrença.

— É, vou mesmo fazer isso — falei, me servindo de mais recheio de cogumelo.

Mamãe estendeu a mão e tocou no meu braço.

— Isso é mesmo uma boa ideia, Cady? Correr não é ruim para as suas articulações quando você está um pouquinho acima do peso?

Eu conseguia enxergar descrença misturada com preocupação em seus olhos.

— É, Cady — meu irmão disse, seus lábios se franzindo em zombaria. — Desde quando você se tornou uma aberração *fitness*? Bem, você sempre foi uma aberração...

Vovó Dubicki balançou a cabeça e murmurou sobre correr ser "deselegante". Ela achava que mulheres não deveriam suar. Ouvi tantas vezes quando criança: *cavalheiros transpiram, moças brilham, apenas cavalos suam.*

— Não, estou indo devagar e Rick está garantindo que eu não exagere. — *É, sei.* — Prometo que não vou fazer nada estúpido. Talvez eu não consiga, mas, com certeza, vou tentar.

Rick se recostou à sua cadeira.

— Eu acredito que ela consegue — ele disse, baixinho.

Todos os olhos se viraram para ele.

Rick

A família dela estava me irritando, mas a pior parte era que eles estavam dizendo todas as coisas que pensei quando conheci Cady. Sim, havia um risco de lesão nas articulações para qualquer um que planejava correr por 42 quilômetros, mas era por isso que estávamos fazendo todo o treino com pesos para construir músculos. Eu estava irritado por eles pensarem que eu deixaria alguma coisa acontecer com ela – eu treinei pessoas por muitos anos; eu era um profissional e sabia o que estava fazendo.

Mesmo que ela me deixasse tenso em todas as sessões.

— Obrigada, Rick. — Cady deu um tapinha no meu joelho. — Então é isso. Vou dar o meu melhor. E já que todos estão aqui, vocês podem me patrocinar. Vou correr pela instituição de caridade dos veteranos, Davy.

Isso era novidade para mim. Ela não tinha mencionado a parte da caridade, mas já que foi lá que nos conhecemos, eu deveria ter adivinhado.

Ela pegou um *iPad* em sua bolsa, e pela primeira vez, Davy lhe deu um sorriso caloroso.

— É? Isso é incrível. Quanto você conseguiu até agora, tampinha?

— Quarenta e três mil dólares... e uns trocados.

Davy engasgou e começou a tossir. Eu estava tão atônito quanto qualquer um deles. Cady deu de ombros e colocou outra garfada de comida na boca enquanto observava ele pegar um copo d'água.

— Temos tido muita publicidade — ela disse, subestimando a tormenta midiática pela qual tem passado.

— Cacete! — gritou Davy. — Isso é fantástico, irmã! Aqui, me dê isso!

Acho que nenhum dos outros percebeu enquanto o *iPad* passava ao redor da mesa e suas duas avós contribuíam com cinquenta dólares cada (com a ajuda do pai dela), mas pude ver o brilho de lágrimas nos olhos da Cady. Ela realmente pensou que eles iriam rejeitá-la?

Os pais dela contribuíram com cem dólares, seu tio, duzentos, mas Davy deu quinhentos dólares.

— Davy, isso é muito dinheiro — disse Cady, arqueando as sobrancelhas.

— É, eu sei. Imagino que não terei que desembolsar. — E deu uma piscadinha para ela.

Seus olhos brilharam perigosamente, e então, sem aviso, ela jogou uma colherada de purê de batata na camiseta dele.

— Oops! — Ela sorriu, e não consegui evitar dar uma risada.

Davy balbuciou, agarrou a molheira, pronto para jogar em cima de Cady. Tio Gerald tentou impedi-lo e o molho acabou todo por cima da toalha da mesa. Cady estava gargalhando tanto, que ela peidou como um trompetista anunciando a chegada da Rainha, e chorou tanto que sua maquiagem escorreu pelo rosto.

A mãe da Cady gritou e soltou uma enxurrada de xingamentos bem-educados sobre seu filho que pareceu apenas levemente envergonhado. Ele também parecia estar prestes a revidar de novo quando a mãe de Cady lhe deu um tapa na cabeça e falou com firmeza:

— Pelo amor de Deus! Abaixe essa molheira, Davy! Não ouse jogar sobre a Cady. Você tem 38 anos, não 13. E quanto a você, Cady, você está se envergonhando na frente do seu convidado!

A Sra. Callahan era um pouco assustadora e dava para ver de onde Cady puxou seu temperamento.

— Desculpe, mãe — Cady disse, depois deu uma piscadinha para Davy.

Ele murmurou algo sobre se vingar, mas a guerra de comida chegou ao fim.

Quando todos os outros estavam comendo, puxei seu *iPad* na minha direção, afastei algumas migalhas, e adicionei o meu nome.

— Rick, você não precisa fazer isso — ela disse, baixinho. — Você já me deu uma assinatura da academia *e* está me treinando de graça.

— Está tudo bem. — Sorri para ela. — Tenho tempo para economizar.

Depois disso, a refeição continuou sem incidentes, e Cady explicou nossa rotina de treinamento para sua família.

Ainda havia um pequeno vestígio deles tratando como uma piada, mas pude ver que estavam começando a entender o compromisso que ela assumiu. Eu estava orgulhoso demais dela.

Sua mãe e avós continuaram a empurrar comida na minha direção, mas eu estava tão satisfeito, que não conseguia comer mais nada, nem mesmo a torta de abóbora com *chantilly* que Cady descreveu como orgástica.

— Ele vai levar um pouco — ela disse, erguendo as sobrancelhas para mim para passar uma mensagem clara. — Rick é um tirano quando se trata de torta.

Ela certamente parecia estar gostando enquanto gemia e grunhia, lambia sua colher e depois os dedos. Tive que desviar o olhar e Davy me deu um sorriso sugestivo – depois estalou os dedos e arrastou o indicador por sua garganta. É, isso foi bastante claro: ele, com certeza, estava me avisando para sair de perto da sua irmã.

Ele era um cara difícil de entender – seus comentários sobre o peso de Cady foram muito desagradáveis, mas pude ver que ele se importava com sua irmãzinha também. Embora achasse que, às vezes, ele tinha um jeito muito engraçado de demonstrar – e era difícil acreditar que o cara era um Sargento dos *Rangers*[9] do Exército. Talvez isso fosse apenas todo mundo entrando na rotina desde a infância que era esperada deles.

Era uma revelação ver Cady com sua família: a mãe dela e suas avós pareciam igualar comida com amor, e quanto mais você comia, mais felizes elas ficavam. Os homens da família comentaram sobre tudo que foi servido e compararam com os Dias de Ação de Graças passados, que soaram mais como guerras declaradas do que encontros de família. A mesa parecia um campo de batalha.

Eu sabia que teria que treinar horas extras na academia a semana toda para compensar essa refeição.

Cady cutucou meu cotovelo.

— Quer ir desmaiar na frente da TV?

— Vou ajudar a limpar — ofereci.

— Não, você é um convidado.

— Eu não me importo.

— Ele pode limpar por mim — disse Davy, passando por nós até a sala de estar.

Cady jogou um pano de prato nele e riu quando ouviu um grito.

— Crianças! — falou a mãe deles, irritada.

Enquanto Cady me levava para a cozinha, analisei as fotografias de família na parede.

— Aquela é você? — perguntei ao apontar para a garotinha de maria-chiquinha que parecia ter cerca de cinco anos.

— Sim. Muito fofa, né?

Ela era mesmo. E era magra, seus braços e pernas finos como gravetos. Mas na época em que ela chegou ao ensino médio, foi uma história

---

9   Os United States Army Rangers, ou Rangers somente, são membros de elite do Exército dos Estados Unidos. Os Rangers têm servido em unidades Ranger reconhecidas do Exército, ou se formaram na United States Army Ranger School.

diferente, e a criancinha feliz foi substituída por uma adolescente que se escondia por trás dos grupos de família e raramente sorria. Ela já era bem mais pesada.

— Eu sei — disse Cady, observando o meu rosto. — Eu amava o ensino fundamental I, mas no fundamental II comecei a sofrer de ansiedade e ataques de pânico. Fui feliz em uma escola pequena, mas, de repente, estava em um lugar com 1700 pupilas. Não lidei muito bem com isso. Piorou na época em que fui para o ensino médio e ganhei bastante peso. — Ela me deu uma olhadela rápida. — E nunca realmente perdi. Demorei muitos anos para aceitar quem eu era, quem eu sou.

Dava para perceber pela sua voz que ela estava em algum lugar do passado, e não era um lugar muito feliz. Eu entendia isso. De verdade.

— Mas não gosto dessas fotos — ela admitiu.

— Os seus pais não tirariam se você pedisse?

— Claro, mas por quê? É assim que eu era, e não posso mudar. O passado é inalterável. Você pode alterar o seu futuro, apenas isso. Vejo como uma daquelas antigas placas de sinalização à beira de estrada: às vezes, você só quer saber o quão longe chegou.

Ela me deu um sorriso e continuou andando.

— Cady — falei, baixinho, e ela se virou para me encarar. — Quando estiver correndo na sua maratona, e eu sei que vai, haverá momentos em que você vai duvidar de si mesma. Você não deveria, mas vai, essa é a natureza humana. Então se isso acontecer, o que você vai dizer é o seguinte: *Eu sou forte. Eu treinei para isso. Sou forte*, e então siga em frente. Okay?

Ela inclinou a cabeça para o lado.

— É isso o que você diz para si mesmo quando as coisas estão difíceis? — Assenti. — E funciona? — ela perguntou.

— Ajuda — respondi, devagar. — Certamente ajuda.

Ela deu um sorriso meigo.

— Obrigada, Rick. Gostei disso e, com certeza, vou tentar... embora algo como... *Eu consigo, eu sou incrível!*

— É, isso funciona também — falei, assentindo de novo.

E fiquei mais determinado do que nunca em garantir que ela esteja pronta para a maratona. O que significava que eu tinha que manter as coisas profissionais.

Mesmo que estivesse começando a desenvolver sentimentos por Cady Callahan.

Capítulo 15

Cady

— Senti muito a sua falta — falei, e Rick me deu um sorriso sedutor.

Era verdade. Quando ele viajou de volta para o Reino Unido para visitar seus pais no Natal e Ano Novo, ter que ir à academia sozinha foi bem chato. Okay, bem, a única vez em que fui sozinha, fiquei superentediada. Eu não tinha percebido o quanto dependo de Rick para me fazer aguentar o tédio que é malhar, o quanto ele me motivava.

Além disso, fui em tantas festas durantes os feriados, e aproveitei os convites para jantares e bebidas que vinham de todos os lugares, inclusive indo ao apartamento de Grace no dia do Natal para observá-la cozinhar do zero. Ela amava fazer isso e eu amava comer: ambas saíam ganhando!

Rick me deu um sorriso sagaz, embora eu não tivesse certeza do porquê ele estava parado na minha cozinha usando seu uniforme da *Body Tech* e me encarando como se eu fosse o prato principal e a sobremesa.

E então ele se virou para vasculhar meus armários. O que ele estava procurando – biscoitos contrabandeados? Sorvetes ilegais? Uma gama variada de frutas proibidas?

— Eu sei — falei, franzindo o cenho. — Ganhei um pouquinho de peso durantes os feriados, mas quem não ganhou? Eu estava entediada. Senti saudades de você e da sua bunda firme. — Minhas bochechas coraram. — Deus, o que estou falando? Só quero dizer que a sua bunda é muito firme. Você vai me deixar jogar moedas de cima dela algum dia?

Ele balançou a cabeça e me perguntei quando ele havia soltado o cabelo e o deixado cair quase até os ombros. Era um monte de cachos e eu estava morrendo de vontade de passar a mão.

Ele puxou uma caixa de rosquinhas do fundo de uma prateleira, o que era estranho, porque eu não me lembrava de ter colocado qualquer comida ali, ainda mais sem ter comido. Ele abriu a caixa e então ergueu uma rosquinha com glacê de limão até o meu rosto.

— Eu sei. — Suspirei. — Rosquinhas sempre foram minha melhor escolha de comida para me aninar. Começou no ensino fundamental. Implicavam comigo por ser inteligente. O *bullying* ficou muito pior antes que eu contasse para alguém. Você sabe que muitas mulheres dizem que elas perdem peso quando estão deprimidas? Eu não. Eu coloco uma cadeira na frente da geladeira e meto bala. Depois de um dia ruim, comida é sempre minha primeira escolha.

Rick balançou a cabeça lentamente e pegou uma barra de chocolate ao leite, depois desembrulhou-a e deu uma mordida enorme.

Minha boca escancarou enquanto eu observava seus olhos se fechando de prazer. E então ele sorriu perigosamente como um leão prestes a atacar.

— Precisamos reeducar o seu cérebro, Cady.

— Boa sorte, bonitão — falei, com amargura. — Minha família tem tentado fazer isso há 36 anos.

Ele balançou a cabeça de novo.

— Não. Eu não vou reeducar o seu cérebro: você vai.

— T.C.C[10], Rick?

— Não, Cady. S.E.X.

E avançou na minha direção, gostoso e letal, a barra de chocolate ao leite derretendo sobre seus dedos. Eu queria lamber os dedos dele. Eu queria lamber o Rick!

Chocolate ou Rick? Essa era uma escolha difícil. Ah, que se dane. Eu teria ambos. Juntos. Um sanduíche de Rick-chocolate-Rick. Talvez um *buffet*.

Ele arrancou a camiseta e ficou na minha frente em um esplendor seminu, suas tatuagens formando sombras escuras de promessas por todo o seu corpo.

— Me reeduque, Rick! Mas me dê um pouco de chocolate primeiro!

— Não. — Sorriu de maneira provocante, depois começou a esfregar o chocolate derretido sobre seu peito.

Engasguei com a minha própria língua...

... e acordei tossindo.

Meus lençóis estavam emaranhados ao redor da cintura e eu estava a segundos de ter o orgasmo mais maravilhoso do mundo. E agora estava completamente desperta. *Fracasso épico!*

---

10 Terapia Cognitivo-comportamental, T.C.C.

Acendi a luz de leitura ao lado da cama, consciente da umidade entre as pernas e do suor que cobria a minha testa.

Droga! Esse foi um sonho e tanto. Imaginei se poderia fechar os olhos, voltar e acabar, ou o Rick acabar comigo. Mas eu sabia que não era possível.

Arrastei-me até a cozinha para tomar um copo d'água.

A situação era pior do eu imaginava. Há semanas estive suprimindo meus desejos mais profundos, mas tudo foi revelado em um sonho: eu era uma mulher independente de 36 anos com seu próprio apartamento e um emprego que as pessoas matariam para ter... e eu tinha a maior quedinha *do mundo* pelo meu *personal trainer*.

Merda! Merda! Merda!

Rick

James Jacobs era famoso – alguém que os jornais descreviam como sendo uma celebridade de alto escalão.

Eu não lia as páginas de entretenimentos, mas gostava de filmes de ação, então sabia quem ele era – também porque quando sua assistente pessoal marcou uma sessão para ele comigo, pela primeira vez, há três anos, ela mandou várias informações sobre seus prêmios por atuação, inclusive uma indicação ao Oscar – que ele não ganhou.

O cretino era forte e bonito – e parecia uma estrela de filmes de ação. Eu tinha que lembrar a equipe da *Body Tech* a ser profissional o tempo todo. E para não o incomodar enquanto ele estivesse treinando, ou pedir autógrafos ou *selfies*.

Eu esperava que ele fosse arrogante ou egocêntrico, talvez até um pouco idiota, mas estava errado. Ele era um cara realmente genuíno e nunca criou caso por causa do fato de ser superfamoso. E já que ele preferia morar em Nova York ao invés de LA, treinei Jimbo de tempos em tempos durantes esses três anos, e ele era o cliente perfeito: 100% empenhado quando estava na academia, sem distrações, sem desculpas, sem mexer em seu celular, apenas totalmente focado. Ele é o tipo de cliente que você quer como um PT. Ele também era ótima publicidade para a *Body Tech* e um dos motivos da nossa lista de espera ser tão longa.

Eu sabia melhor do que ninguém que era fácil encontrar desculpas e perder o empenho quando seu estilo de vida é ocupado, o que certamente era verdade para James Jacobs, mas o cara era uma máquina – ele apenas continuava trabalhando.

Esta tarde, tínhamos quase terminado um treino de duas horas bastante decente. Ele estava malhando muito para seu novo papel em *Redemption*, um sucesso de bilheteria repleto de ação que era baseado no livro *best-seller*, previsto para começar as filmagens no verão. Ele me disse que o estúdio tinha muita coisa em jogo, então precisava conseguir o peitoral, os bíceps e tríceps, o tanquinho todo definido. Ele não havia perdido tanto tônus muscular entre projetos, mas ninguém fica em sua melhor forma os 365 dias do ano, e o estúdio o queria todo talhado para esse.

Mesmo que ele estivesse totalmente focado, eu estava mais distraído do que deveria. Eu não gostava de admitir isso para mim mesmo, mas estava ansioso para ver Cady. Eu não a via há mais de duas semanas e senti falta dela enquanto visitava os meus pais no Reino Unido.

Balancei a cabeça para arejar a mente e me virei para o meu cliente mais importante. Ele ainda estava ofegando, com dificuldades para se recuperar de seu terceiro set de um circuito de resistência que preparei para ele.

— Vamos lá, Jimbo! Vamos em frente!

— Caramba, Rick! Você não estava brincando quando disse que essa sessão não seria fácil. Estou exausto, cara!

— Ninguém disse que esses exercícios seriam fáceis, amigo. Pensamento positivo, você consegue! Ainda tem quarenta e cinco segundos de descanso, depois vamos de novo: faltam mais dois *rounds*. Sem desistir!

Ele ainda estava ofegando quando me deu uma olhada mortal que se traduzia como: *Eu nunca desisto, babaca!*

Então pelo canto do olho, vi Cady entrando. Ela estava dez minutos adiantada, o que era incomum – ela, geralmente, chegava atrasada para as sessões.

— Volto em um minuto — murmurei para Jimbo, ocupado demais amaldiçoando meu nome para se importar.

Olhei duas vezes quando a vi: Cady estava péssima, como se ela não dormisse há uma semana. Embora conhecendo o bastante sobre mulheres, eu soubesse que dizer a ela que estava parecendo acabada não cairia bem.

— Oi! Feliz Ano Novo! — falei, tentando inserir um pouco de leveza no processo.

— É — ela disse, emburrada. — Claro. Boas festas. Ano Novo. Tanto faz.

Hmm, não foi um bom começo.

Ela tinha círculos escuros sob os olhos e seu cabelo que geralmente ficava preso em um rabo de cavalo brilhoso estava opaco e sem vida. Sua pele estava manchada e os olhos vermelhos. Parecia que estava de ressaca, mas não consegui sentir nenhum cheiro de álcool exalando dela. Bem, se tivesse algum em seu corpo, ela estaria suando logo mais.

Ela parecia tão feliz de estar aqui quanto no primeiro dia em que entrou na *Body Tech*, possivelmente ainda menos. *Aconteceu alguma coisa com ela? Ela geralmente era tão alegre.*

E então ela viu a minha expressão preocupada e deu um pequeno sorriso.

— Me ignore. Eu não dormi ontem à noite e estou sendo uma *kvetch*[11].

— Certo. — *Seja lá o que isso fosse.*

— Como você está, Rick?

— Razoavelmente bem.

Ela piscou duas vezes.

— Como é?

Visitar meus pais por duas semanas, definitivamente, aprofundou meu sotaque de Yorkshire.

— É, estou bem, obrigado. Okay, então você está um pouquinho adiantada e só preciso terminar com um cliente, mas pensei em agitar um pouco as coisas hoje, fazer algo diferente.

Decidi mudar nossa rotina de sempre, porque ela parecia exausta. Mas ao invés de estar animada, ela franziu o lábio e soltou um suspiro profundo.

— Nós precisamos mesmo? Eu só quero encontrar um sofá e dormir. Pegue leve comigo hoje, bonitão. Seja gentil.

Segurei um suspiro. Apenas outro dia na academia treinando clientes, era isso o que eu precisava me lembrar... e não deixar Cady me enrolar como de costume.

Na verdade, planejei fazer a primeira série de exercícios pós-feriado levemente mais fácil porque eu tinha checado a presença dela no banco de dados da academia, e sabia que ela só tinha vindo uma vez nas últimas duas semanas. Mas menos de dois minutos se passaram e ela estava me irritando.

---

[11] Pessoa que reclama muito.

Por que raios pensei que senti falta dela?

De repente, seus olhos se arregalaram e percebi que ela havia avistado Jimbo malhando atrás de mim. Franzi o cenho – ele parecia ter superado seu cansaço bem rápido.

— James! — ela gritou, com um sorriso alegre que era um completo oposto da careta que me deu. — Cady Callahan, da *Larica Matinal*; eu não sabia que o Rick estava te treinando também! Caramba, você ganhou músculos desde que foi ao programa. Estou gostando do novo visual, rapaz. — E deu uma piscadinha para ele, apertando seus bíceps depois.

O canalha riu.

— Você me mata de rir, Cady Callahan. Como você está, querida?

Ele se inclinou e a beijou na bochecha. Pontos vermelhos surgiram na frente dos meus olhos e senti a mandíbula cerrar com uma raiva irracional.

— Estou falando sério! Você está muito bem e eu gostei, só estou dizendo isso. As mulheres vão te amar, isso é certeza.

Ele sorriu descaradamente.

— Valeu, fico grato por isso.

Bati as mãos e os dois olharam na minha direção.

— Vamos lá, gente, afastem-se. Cady, estou tentando trabalhar aqui. — E eu deveria ter parado de falar nesse momento. — Eu não sabia que vocês se conheciam — falei, soando como um idiota rabugento.

Cady apenas me deu um sorrisinho.

— Ah, Rick, não fique com ciúmes. James e eu temos uma história; ele esteve no meu programa várias vezes para promover filmes diferentes, jogar conversa fora, sabe? Você ainda é o meu favorito, então não se preocupe. — Ela deu um tapinha no meu ombro.

Senti as bochechas esquentarem mesmo que tenha tentado agir com naturalidade.

— Você está partindo o meu coração, Cady — Jimbo grunhiu. — Você sempre disse que eu era o seu favorito!

— É, okay, vamos manter o profissionalismo, por favor — afirmei. — Cady, você pode se aquecer no estúdio de ioga até eu terminar aqui?

— Sempre tão mandão, mas seu desejo é uma ordem. — E então ela se virou outra vez para Jimbo. — Até mais, musculoso! — E mandou um beijo para o desgraçado.

— Cady! — gritei, mas ela me dispensou com um gesto.

— Relaxe, zé-mandão, estou indo.

Ela deu mais uma longa olhada para Jimbo, e eu cruzei os braços, flexionando meus músculos sem querer.

— Ela é legal — disse Jimbo, enquanto Cady desaparecia de vista. — Você deveria convidá-la para sair.

— Ela é uma cliente. — Franzi o cenho.

Ele me lançou um olhar sagaz antes de voltar para suas repetições.

Esfreguei as têmporas, cansado. Eu realmente precisava tirar a cabeça do traseiro e entrar no jogo.

Finalizei com Jimbo, pressionando-o um pouquinho mais do que planejei, mas foi ele que me disse para pegar pesado – o cliente estava sempre certo.

Suor estava escorrendo de nós dois à medida que ele seguia para os chuveiros.

— Te vejo na quinta — ele disse, esfregando uma toalha no rosto. — E diga tchau para Cady por mim.

Grunhi algo evasivo, e ele riu ao se afastar.

Então vi Melinda aproximar-se furtivamente dele. Era irritante e chato de verdade, mas Jimbo era um grande mestre em espantar mulheres indesejadas.

Virei para o outro lado depressa, já que também não queria ser pego por Melinda.

Depois que tomei o banho mais rápido do mundo e coloquei uma camiseta limpa e short de academia, descobri, para a minha surpresa, que Cady estava mesmo se aquecendo quando a vi no estúdio de ioga. Ela estava fazendo alongamentos que fizeram seus ombros estalarem, e pude ver que estava mais rígida do que o normal, mas isso não era surpreendente, pois não esteve treinando. Eu me lembrei que da primeira vez que veio até mim, ela disse que seus ombros doíam por ficar sentada em uma mesa por muitas horas. Ela não tinha mencionado isso há um tempo, mas agora estava movimentando as articulações e grunhindo enquanto se alongava.

Eu pensei que ela me perguntaria algo sobre o meu cliente famoso, que é o que a maioria das mulheres faziam, mas quando ela ergueu o rosto para mim, sua expressão era atenciosa.

— Aquela mulher, ela te incomoda.

— Que mulher?

Ela apontou por cima do ombro para onde Melinda estava conversando com um dos *personals* mais novos.

— Ela. Qual é a história?

— Nenhuma história — murmurei, desconfortável.

— Eu não acredito na história "nenhuma história". Qual é o lance?

— Ela é a esposa de um dos meus investidores — resmunguei. — Não posso simplesmente expulsá-la.

— Ah, certo, entendi. — Cady entrecerrou o olhar. — Você não sabe nada sobre as mulheres, Rick. Tentar mantê-la afastada não vai funcionar. Quanto mais inalcançável você for, quanto mais exclusivo, mais ela vai te querer.

Ergui as mãos.

— Então o que devo fazer?

— Bem — Cady disse, com paciência —, o que você precisa fazer é marcar uma sessão individual com ela e fazê-la malhar até ela vomitar. Acredite em mim, ela nunca mais vai te incomodar.

— Isso não seria profissional. — Franzi o cenho.

— Você me fez vomitar! — ela contestou.

— Você tinha comido três blinis.

— *Blintzes*, e foram cinco.

— O quê?

— Apenas tente, se quiser se livrar dela.

— Não funcionou com você — afirmei, secamente.

— Verdade, mas isso é porque não tenho vergonha nenhuma.

Poderia funcionar. Talvez eu arriscaria.

Cady sorriu para mim e voltou para seu aquecimento.

— Como estavam os seus pais quando você foi visitá-los? — ela perguntou, mudando o assunto.

— Hmm, bem, obrigado. Como estão Rachel e Sandy?

— Razoavelmente bem — ela grunhiu, imitando meu sotaque com uma precisão incrível que me fez sorrir. — Então, chefe, qual é esse novo treino de tortura que você vai soltar em cima de mim hoje?

Depois do incidente com Rhona, decidi que Cady precisava saber um pouco de defesa pessoal. Não que Rhona tivesse entrado em contato de novo, mas Cady trabalhava de manhã cedo e me faria sentir melhor se eu ensinasse a ela alguns truques.

— Pensei em fazermos um pouco de boxe hoje. Vou te mostrar alguns movimentos e como dar um soco.

— Sério? — ela perguntou, as sobrancelhas franzidas. — Isso vai me ajudar a correr na maratona?

— É um bom exercício cardio — falei, na defensiva. Ela não precisava saber que eu me preocupava com ela. — Vai dar uma variada entre correr na esteira ou usar a bicicleta. Ainda é cardiovascular, ainda usando o oxigênio como sua fonte de energia.

Os lábios dela tremeram.

— Rick, essa ideia parece conversa fiada.

Achava que ela estava brincando enquanto sorria para mim. Eu nunca tinha certeza absoluta com ela.

Entreguei a ela um par de luvas de boxe, apertando-as em seus pulsos, depois coloquei manoplas nas minhas mãos para que ela pudesse ter algo para acertar.

— Não sou a pessoa mais coordenada do mundo — ela disse, erguendo as sobrancelhas. — Tem certeza de que quer fazer isso?

— Não se preocupe, vamos começar gradualmente, mas vai ajudar a liberar um pouco de agressividade também.

— Que agressividade? Estou totalmente serena. Estou tão relaxada que poderia me deitar e dormir agora mesmo. Na verdade, essa parece a melhor ideia até agora. O que você acha?

Minha concentração foi por água abaixo. Pensei na forma como ela flertou com Jimbo e em como ele gostou, a forma como *me* fez querer socar alguém – ele, principalmente –, e sabia que era eu quem precisava externalizar um pouco de violência. E então pensei em Vin bebendo cerveja no meu apartamento e deixando suas tralhas por todo o lugar. Eu gostava do sujeito, mas ele era bagunceiro demais.

Ele estava ficando comigo enquanto filmava um comercial de roupas esportivas de luxo com uma agência de Manhattan, mas agora havia terminado por alguns dias antes de começarem as filmagens locais da próxima parte, e ele estava dormindo a manhã inteira e pronto para festejar a noite toda. Eu simplesmente não estava mais interessado nesse estilo de vida.

Cady olhou de relance para mim.

— O que foi? Você está com uma cara triste. Está preocupado com a Rhona de novo? Porque pensei que nós tivéssemos concordado em nunca mais mencionar o nome dela; aquela garota não regula bem.

— Não, eu estava mais pensando em mim mesmo. Meu amigo Vin esteve aqui nos últimos quatro dias... faltam mais dez. — Fiz uma careta.

Cady pareceu confusa.

— E? Ele é seu amigo, certo?

Dei um meio-sorriso.

— É, ele é...

Cady assentiu, compreendendo.

— Mas você está pronto para ter o seu apartamento só para você de novo. Eu entendo. Eu gosto do meu próprio espaço também. Ele está te deixando louco?

— Sim, e ele nunca cala a boca. Nunca. As coisas dele estão espalhadas por todo o meu apartamento.

Cady riu.

— Rick, você soa tanto como uma garota agora. O quê, ele pegou suas roupas emprestado também?

— Na verdade, sim, ele derrubou comida na camisa da Inglaterra. Dá pra acreditar?

Seus olhos se arregalaram e ela ergueu as costas da mão até sua testa como se estivesse em um dramalhão de 1920.

— Oh, nossa! Você jogou pela Inglaterra? Você nunca mencionou isso para mim... só em todas as sessões.

Isso não era exatamente verdade, mas é, foi uma honra ter representado o meu país. Qual era o problema disso?

— Sei que você está me zoando, mas tenho orgulho disso.

A voz dela suavizou.

— Só estou te provocando, grandão. Você deve ter sido fantástico naquela época, porque você é bem incrível agora.

Meu peito abrandou quando olhei para seus olhos. Ela falou sério, dava para ver.

— Certo, vamos para o colchonete — falei, ignorando como suas palavras me fizeram sentir e apontando para o lado mais distante da sala. — Okay, mantenha as mãos na frente do seu rosto e se abaixe de leve, assim diminui o alvo. O importante é manter o seu pulso firme quando você socar. E você precisa de um quarto de volta no sentido anti-horário da sua mão direita, desse jeito os nós dos dedos acertam direto no meu peito. Okay, vamos tentar isso. Nós iremos devagar, eu sei que essa é a sua primeira vez.

Havia algo estranho no sorriso de Cady, mas pensei que talvez ela só estivesse nervosa.

De repente, ela estava se movendo. Ela se esquivou das minhas manoplas e acertou um gancho de direita no meio do meu peito. Eu caí como um saco de batatas, esparramado no chão.

Eu estava sem fôlego, com dificuldade de levar ar para os meus pulmões.

Ela fez uma careta e se ajoelhou ao meu lado.

— Merda! Me desculpe, Rick! Eu pensei que você fosse bloquear. Você está bem?

Assenti, ainda incapaz de falar. Sua coxa roçou contra a minha quando ela olhou para o meu rosto.

Quando pude, finalmente, falar, ergui o rosto para ela.

— Belo golpe — gemi, e ela sorriu de alívio. — Onde você aprendeu a dar um soco daquele jeito?

Ela me lançou um olhar divertido.

— Você conheceu o Davy — enfatizou. — Há um número limitado de vezes que uma garota deixa seu irmão mais velho te bater antes que possa aprender a revidar. Venho lutando desde que estava no jardim de infância.

— Davy costumava brigar com você? — perguntei, chocado.

— Sim, e ele tem as cicatrizes para provar — ela disse, maldosamente. — Sei como cuidar de mim mesma, grandão. Quando comecei a sair em encontros, Davy me ensinou a socar direito... e onde chutar um cara para doer.

Ela deu uma piscadinha para mim e se levantou.

Não subestime Cady Callahan. Lição aprendida.

Capítulo 16

Cady

— Seus ouvintes não vão me entender — disse Rick, balançando a cabeça.

Bufei impaciente.

— Caramba, Rick! Você fala inglês, não é tão diferente assim. Só, hmm, fale mais devagar; vai dar tudo certo.

Eu o convidei para ir no meu programa especial de Dia dos Namorados, para oferecer algo diferente para todos os solteiros por aí que não aguentavam mais rosas, vinhetas cafonas e a falta de romance em suas vidas. Em vez disso, eu estava boicotando o dia completamente e aproveitando a oportunidade para falar com os ouvintes sobre as nossas sessões de treinamento e sobre começar a entrar em forma. Eu sabia que era um assunto importante para Rick, então pensei que ele agarraria a chance.

Mas agora ele parecia resistente e seus braços estavam cruzados na defensiva. Eu percebi que ele fazia isso quando se sentia ameaçado. Mas não tive escolha quanto a isso, porque Aaron e Bob tinham praticamente exigido que eu desse uma atualização sobre como o meu treino para a maratona estava indo. Minha pequena rebelião era fazer isso no dia mais apaixonado do ano – a menos que você fosse eu.

Apesar de estar na rádio, eu era, na verdade, uma pessoa muito reservada e odiava falar sobre mim mesma. Minhas páginas do Insta e do Twitter eram todas sobre o programa e meus convidados. Fiz questão de não postar nada pessoal, mas isso não era o bastante para Aaron e Bob. Eles achavam que eu não tinha atiçado o suficiente o interesse da mídia quanto ao meu intento da maratona. O que significava que eu não estava mencionando minha ligação com a estação o bastante ou trabalhando no ângulo do interesse público da história. Eu. Eu era a história, e não gostava disso nem um pouco. Eu era uma jornalista – encontrava a história, não o contrário.

E Bob e Aaron não ligavam que a minha tentativa de correr na maratona talvez fosse ser apenas uma tentativa. Eles não se importavam que isso havia se tornado importante para mim – eles viam apenas como uma forma de aumentar a audiência. Eu entendia isso, sabia como a mídia funcionava, como os anunciantes e patrocinadores eram necessários para manter uma estação de rádio comercial funcionando. Não significava que eu tinha que gostar, mas pelo menos também estaria arrecadando dinheiro para a instituição de caridade dos veteranos.

Mesmo assim, havia um motivo para eu ser a voz por trás do rádio.

— E você escolheu o *Dia dos Namorados?* — A voz do Rick estava repleta de incredulidade.

— Sim, porque estou ignorando a falta de romance na minha vida, e na sua, e de todos os ouvintes por aí que não têm alguém especial, e que estão fartos de todos os casais presunçosos exibindo seus amores eternos-até-o-divórcio. Entendeu?

Ele fez uma careta, um olhar de aversão que poderia significar... bem, praticamente qualquer coisa.

— Olhe, já te fiz um favor quando conheci os seus pais...

Franzi o cenho.

— De jeito nenhum, amigo! O Dia de Ação de Graças foi um pagamento pela Rhona, lembra?

Ele teve a graça de parecer envergonhado, e pude ver que sua determinação estava desmoronando também.

— Os chefes estão na minha cola, Rick. Só estou pedindo vinte minutos, talvez uma hora se tudo correr bem, e é uma boa publicidade para a sua academia. E, sim, sei que você não precisa, mas não tenho escolha nisso. Então traga o seu traseiro lindo para a estação às 7:30 da manhã, na quinta-feira, e o meu produtor vai te preparar para entrar às 8, que é horário nobre. *Capisce?*

Ele balançou a cabeça em derrota.

— Tudo bem, mas não me culpe se os seus ouvintes pedirem legendas.

Dei um tapinha no braço dele.

— Não seja um babaca.

Dois dias depois, eu estava na metade do meu programa, tentando ignorar a corrente de corações de papel que alguém (provavelmente, Monica, possivelmente, Ollie) havia pendurado ao redor da cabine, quando Ollie acenou para mim e apontou para Rick. Ele estava usando uma calça preta e uma camisa branca – nenhuma camiseta ou tênis à vista. Ele estava maravilhoso, mas bastante tenso. Ele também deixou seu cabelo solto na altura dos ombros e meio que parecia que ele estava tentando se esconder por trás dele. Eu sabia que ele não gostava de fazer publicidade – ele preferia fazer um tratamento de canal. Eu preferia comer uma rosquinha com glacê de limão, mas nem sempre ganhamos o que queremos. Ou precisamos. Ou pedimos. Enfim.

Coloquei uma trilha sonora e abri a porta da cabine.

— Você veio!

— Você mandou — ele disse, erguendo uma sobrancelha.

— Verdade. Bem, sente-se e coloque os auscultadores.

— Auscultadores? — ele questionou.

— Desculpe, fones de ouvido. Vou fazer uma pequena introdução e depois te pedir para contar aos ouvintes um pouquinho sobre você, okay?

Ele fez uma careta.

— Pensei que você fosse me fazer perguntas. Você só quer que eu fale? O que eu digo?

— Ei, você se sairá bem. Não vou deixar você com dificuldades. Apenas encante-os... encante-os da forma como você nunca se incomodou em me encantar. — Dei uma piscadinha.

Ele me deu um sorriso relutante e colocou os fones de ouvido sobre seu longo cabelo, e apertei o botão "no ar".

— Essa foi Katrina and the Waves, *Walking on Sunshine*, uma das minhas músicas favoritas para se exercitar, porque me faz sorrir. — Soltei uma risada. — Estou brincando! Exercício não me faz sorrir, mas aqui está um homem que faz, guru *fitness* e ex-atleta profissional, Rick Roberts da academia *Body Tech* em Manhattan, e meu inimigo pessoal, também conhecido como um *personal trainer*. Bem-vindo, Rick!

— Obrigado por me convidar, Cady.

— Então, Rick, você tem acabado comigo na academia nos últimos cinco meses, agora é minha vez.

— Parece divertido — ele brincou, seus dedos tamborilando sobre sua coxa.

— Mais divertido do que agachamento ou o *leg press*. Então, eu te conheci um pouco, mas fale para todo mundo algo sobre você. Vamos começar com de onde você veio, porque sei que todos vão se amarrar no seu sotaque fofo.

Ele deu uma risadinha baixa.

— Achei que era você que tinha sotaque. Bem, eu sou de Bradford, em Yorkshire, no Reino Unido, uma cidade mais ao norte. Sei que algumas pessoas aqui em Nova York acham que sou escocês, mas não sou. Eu era jogador profissional de rúgbi até que me aposentei quando tinha 24 anos.

— Uau, isso parece muito jovem para se aposentar. A maioria das pessoas aqui está terminando a faculdade nessa idade. O que aconteceu?

Seus lábios se curvaram para baixo.

— Eu me machuquei em uma partida, acabei com o meu LCA, ligamento cruzado anterior, em um jogo. Sei que muitos dos jogadores da NFL aqui tiveram a mesma lesão. Fiz algumas cirurgias, mas ficou claro que eu não poderia jogar profissionalmente de novo.

Ele parou, e pude ouvir o vazio em sua voz.

— Isso deve ter sido brutal.

— É, e por um tempo eu não sabia o que faria em seguida, mas me recuperar da cirurgia me fez pensar em como poderia ajudar outras pessoas a entrarem em forma, seja após uma lesão ou apenas porque querem melhorar seu condicionamento em geral. Ou correr uma maratona. Como você, Cady.

— Estou tão feliz que você tenha tocado nesse assunto, Rick. — Eu ri. — Como estou me saindo?

— Você está indo muito bem, na verdade. Você me impressionou.

— Uau! Você nunca disse isso para mim quando estávamos treinando. Okay, talvez uma vez. Não, estou brincando. Rick é muito encorajador.

— Obrigado. Eu tento. — Ele sorriu, seus olhos brilhando com diversão. — Mas a motivação vem de dentro; eu só posso te mostrar o caminho. Você precisa dar os passos. — Ele falou como um evangelista do mundo *fitness*: — Entrar em forma é para todo mundo, não importa qual seja a sua habilidade ou inaptidão. Tenho todas as idades na minha academia, literalmente. Minha cliente mais antiga, hmm, bem, não posso revelar a idade da senhora, mas ela comemorou seu nonagésimo aniversário, e ela ainda vai às aulas de ioga duas vezes por semana. Nos domingos de manhã, temos aulas especiais para pais e bebês, crianças e adolescentes. Dar aquele primeiro passo, atravessar a porta, esse é um bom começo.

— Isso parece ótimo, Rick, mas e quanto ao pessoal que não consegue pagar os custos da academia, ou ter sorte o bastante para ganhar a assinatura de um ano na *Body Tech*?

Ele assentiu, esquecendo que estava na rádio.

— Eu sei... esse é o preço por estar em Manhattan. Mas você tem razão, e há muitas coisas que você pode fazer que não custam nada. Dê uma caminhada. Saia do metrô uma parada antes de onde costuma descer. Leve seu cachorro para passear três vezes por dia ao invés de duas. Vá de escada, não de ascensor... desculpe, elevador. Quando for fazer uma xícara de café, use aqueles dois minutos para correr no lugar ou pegue duas latas de feijão cozido ou garrafas d'água e use como halteres. O truque, se é que há um, é encaixar os exercícios na sua vida, não o contrário.

Seus olhos estavam brilhando e sua testa estava franzida. Ele realmente estava falando sério, dava para ver. Ele abaixou o tom de voz:

— Houve ocasiões em que não pude me exercitar, quando estava machucado ou me recuperando da cirurgia, então sei que não é fácil. Na verdade, é muito mais fácil ficar deprimido e achar que nunca vai conseguir atingir um nível de condicionamento físico, mas você consegue. Apenas dê aquele primeiro pequeno passo, e continue em frente. Você pode fazer qualquer coisa quando começa.

Seu olhar encontrou o meu, e eu sorri para ele.

— E aí está uma mensagem para todos nós, pessoal. Talvez eu não corra na maratona de Nova York esse mês, mas acho que consigo andar. Fique de olho aqui! Estaremos recebendo ligações em um instante. Mas primeiro, vamos ouvir a música de Springsteen, *Born to Run*, e veja se você consegue correr durante a canção inteira.

Tirei meus fones e sorri para ele.

— Isso foi ótimo!

— É? — ele disse, incerto. — Eu não soei como um idiota?

— Não, apenas no restante do tempo. A entrevista foi boa.

— Obrigado — ironizou.

— De nada.

Ollie entregou para cada um de nós uma caneca de café, observando Rick disfarçadamente. Ergui as sobrancelhas para Ol e ele deu de ombros como se dissesse: *Ele é gostoso! Pode me processar.*

— Okay, fones de volta. — E apertei o botão *"no ar"*. — E se você conseguiu correr ou se exercitar durante a música, muito bem, coma uma rosquinha! Oops, Rick está fazendo cara feia para mim. Okay, coma um pedaço de cenoura! Não, tentei isso. Prefiro rosquinhas. Então, vamos atender um ouvinte. Estamos com a Gloria na linha três. Oi, Gloria, qual é a sua pergunta para Rick?

— Ai, meu Deus! Você é tão gostoso! Eu te sigo no Instagram, você tem uma bunda incrível! O que você vai fazer no Dia dos Namorados depois daí?

— Epa, epa, Gloria! — repreendi. — Nós não vamos mencionar a palavra com N hoje. Você foi avisada.

— Ah, droga — ela bufou. — Okay, bem, que exercícios você faz para ficar com a bunda tão perfeita, Rick?

Rick parecia estar prestes a engasgar com a própria língua, mas então balançou a cabeça e se recompôs depressa.

— Oi, Gloria. Bem, obrigado. Há três músculos na sua parte posterior: seu *glúteo máximo, glúteo médio* e *glúteo mínimo*, ou "glúteos" para encurtar. Os três principais exercícios de cardio para os glúteos seriam caminhar ou correr, em uma esteira ou ao ar livre, o que eu prefiro, pessoalmente; simulador de escada, elíptico também; e então agachamentos e afundos. Mas o importante é fazer a técnica certa. Sei que há vários aplicativos e vídeos no YouTube, mas eu sempre recomendo treinar com um *personal* no início, se você puder.

— Posso treinar com você? — ela perguntou, sem fôlego.

— Próxima ligação — falei, apertando um botão.

— Oi, Rick! Meu nome é Roberta, sou originalmente da Cidade do México. Tenho 1,58 de altura, morena, olhos castanhos. Que tipo de garotas você prefere? Estou livre essa noite, aliás.

— Hmm...

— Próxima ligação!

— Oi, Rick! Aqui é o Barney do Brooklyn! Aimeudeus! Você tem os olhos mais lindos do mundo! Eles são verdes ou têm a cor de avelã? E você joga nos dois times? Nós, garotas, queremos saber!

Comecei a rir.

— Próxima ligação! — Dei uma risadinha.

— Ricky, é o Vin-general mestre! Olhe, amigo, estou ligando do seu apartamento e nós temos uma emergência.

Rick arregalou os olhos e percebi que seu amigo e atual hóspede, Vin, era o novo interlocutor.

— Qual é a emergência, Vin?

— As freadas de caminhão nas suas cuecas não saíram lavando. Máquina ou lixeira, amigo? A decisão é sua.

Rick ficou vermelhinho e balançou a cabeça, enquanto eu apertava o botão, rindo como uma louca e certa de que teria uma hérnia de hiato.

— Próxima ligação! — Eu ri/ronquei.

Pelo restante da hora, Rick respondeu perguntas de uma grande variedade de ouvintes de todas as idades, e, sim, ele encantou a todos, ouvindo pacientemente suas preocupações sobre quadris rangendo, dores nas costas, histerectomias, problemas cardíacos e tudo o mais que você puder imaginar. Ele respondeu com seriedade e gentileza, nunca com pressa, nunca condescendente. Na verdade, o completo oposto de como ele me tratava na maior parte do tempo. Cada vez mais curioso.

Quando a hora estava quase acabando, concluí o programa:

— E para todos os meus ouvintes, vocês vão seguir o exemplo do Rick e andar um quarteirão extra hoje? Obrigada por ter vindo, Rick Roberts da *Body Tech*. Falando sério para variar, tenho que dizer que você fez uma diferença enorme para mim... e, ouvintes, aquele inseto *fitness* pode fazer uma diferença para vocês também. Então até amanhã. É sempre um prazer, Nova York! Vida longa e próspera! Aqui é Cady Callahan, a Cara do Rádio, dizendo *ciao* por agora da *Larica Matinal* na Rádio XKL.

Desliguei o botão "ao vivo", coloquei meus fones na mesa, e sorri para Rick.

— Você foi ótimo, e não foi nem um pouco assustador, certo?

Ele deu um pequeno sorriso.

— Não foi tão ruim. Só houve umas duas vezes em que eles não entenderam o meu sotaque.

— Hmm, sim, eu poderia ter feito com uma tradução. O que *é* um *butty* de bacon mesmo?

Ele riu.

— Um sanduíche de bacon.

— Aah, sim, por favor. Café da manhã parece ótimo. Você paga.

— Ei! Eu te fiz o favor de vir no seu programa!

— Sim, você fez. E agora vou deixar você comprar café da manhã para mim para mostrar minha gratidão. Vamos lá, grandão, você sabe que está com fome. Vou te mostrar onde fazem *blintzes* maravilhosos.

— Mas nada de rosquinhas — ele disse, erguendo a sobrancelha em desafio.

— Veremos.
— Cady?
— Sim, Rick — falei, piscando os cílios para ele.
— O que é um *Blintz*?
— Ah, você tem muito o que aprender, *padawan*. Venha por aqui.

Jerry estava parado na frente da cabine, bloqueando nossa saída.

— Então você é o cara que está tendo que treiná-la. — Ele sorriu, maldosamente. — Que pesadelo! Você ganha uma medalha por isso?

— Não, mas eu ganho uma medalha por não chutar o seu traseiro. — Sorri com doçura.

Seu sorriso desapareceu como sua carteira antes de uma rodada de bebidas.

A expressão de Rick era gélida.

— Eu respeito qualquer um que se esforça da mesma forma que Cady. Ela é a cliente dos sonhos. Pensei que seus colegas iriam apoiá-la.

Jerry cerrou a mandíbula e entrou na cabine sem dizer uma palavra.

— Aw, Rick. — Sorri para ele. — Você está defendendo a minha honra do idiota-mor! — E entrelacei meu braço ao dele. — *Blintzes* são a sua recompensa. Por aqui, caro senhor.

— Qual é o problema dele? — Rick franziu o cenho, olhando para Jerry por cima do ombro.

Dei de ombros.

— Eu o odeio, ele me abomina. Eu tenho o programa matinal, individual, devo acrescentar, com uma audiência crescente, e ele tem o programa do meio da manhã tranquilo, e embora tenham tentado três coapresentadores diferentes em três anos, ninguém quis continuar com ele. Portanto, ele nunca superou não ter conseguido o melhor programa. Não se preocupe com ele.

E empurrei Rick na direção da saída e de *blintzes* que deixariam seu cabelo encaracolado. Bem, mais encaracolado.

Rick lançou mais um olhar irritado para Jerry, depois me deixou guiá-lo para fora do prédio. Iríamos tomar o café da manhã – dois amigos juntos. Era legal. Mais do que legal. Eu poderia me acostumar com isso.

Capítulo 17

Rick

Eu precisava de uma acompanhante.

Um restaurante novo em Manhattan havia dado de presente para a *Body Tech* uma mesa para quatro pessoas por eu ter feito uma postagem sobre o lugar. Eu não estava interessado, mas minha assistente, Lara, me convenceu, alegando que fazia meses desde que eu, pessoalmente, postei qualquer coisa nas redes sociais sobre a *Body Tech*, o que era verdade, e que já estava na hora de eu tirar a minha cabeça do traseiro – encantador. Eu odiava toda aquela merda e tentava manter distância. Se eu comesse em um restaurante e sentisse a necessidade de *tweetar* sobre isso (improvável), seria porque achei o lugar bom, não porque me deram uma cortesia.

Ela então me deu um sermão de dez minutos por ser um "maldito britânico antiquado". Irritado, ressaltei que eu era seu chefe e que poderia demiti-la por falar daquele jeito comigo. Lara gargalhou alto e me disse para tentar fazer isso.

E é por isso que eu precisava de uma acompanhante.

Vin estava de volta, *de novo*, mas disse que só iria comigo se pudesse levar uma mulher e que eu deveria fazer o mesmo ou pareceria um "idiota miserável". E ele ainda não tinha terminado.

— Sem querer ofender, irmão, mas fiquei sozinho com você na semana passada e sexta à noite é noite de encontros.

— Eu não sabia que você estava saindo com alguém.

Ele deu de ombros.

— Não se preocupe com o Vin-mestre! Tenho muitas garotas por aí. A pergunta é, você tem tido algum agito?

Fiz uma careta. Desde Rhona, fiquei hesitante em voltar para o Tinder e porque ainda não saía com clientes, fui forçado a escolher entre a minha mão esquerda ou direita.

— E quanto àquela mulher, Cady, da qual você sempre está falando? — ele perguntou.

Franzi o cenho.

— Não estou sempre falando dela...

Fazia três semanas desde a entrevista na rádio, e só a vi no treino e nas corridas aos sábados de manhã.

— É, tanto faz. Chame ela. Ei, já sei! Essa é uma ótima ideia! Essa loira que conheci no Tinder é gostosa. Vamos em um encontro duplo. Se não der certo, nós podemos trocar. Você disse que aquela Cady tem peitos incríveis. Você sabe — ele disse, filosoficamente —, peitos são muito parecidos com boquetes. Descreva o pior boquete que você já recebeu? Fantástico! — Ele levantou as mãos quando viu a minha expressão. — Estou brincando! Eu sei que você tem uma queda pela Cady; não vou quebrar a porra do código dos manos por uma bunda.

— Por que nós somos amigos?

Ele sorriu para mim e terminou a cerveja que estava tomando.

— Porque você é pouco exigente, cara.

Não consegui conter um sorriso para o maluco. Praticamente nada o colocava para baixo.

Peguei meu celular e mandei uma mensagem para Cady.

> Eu preciso de um favour.

Ela respondeu um minuto depois.

> Estou no trabalho. Peça um boquete para o Vin.

Então enquanto ainda estava rindo, ela mandou outra mensagem.

> E nós estamos na América, então você soletra "favor". Maldito britânico, deturpando a língua inglesa.

Soletrar não era o meu forte de qualquer maneira.

Doce Combinação

> Eu tenho uma reserva no Xerxes hoje à noite – algo chamado restaurante de fusão. Não me faça ir com Vin e a acompanhante dele ou vou me apunhalar com um garfo.

Ela respondeu dez minutos depois.

> Apunhale Vin com um garfo. Mais rápido e menos doloroso.

> Você me deve um FAVOR. Vou te buscar às 7 da noite.

Sua reposta chegou quando ela terminou o programa.

> Você é tão autoritário, Rick. Até mais tarde.

E um *emoji* com uma carinha piscando.

Eu tinha um encontro com Cady. *Oh, merda.*

Eu alertei a ela, meu pessoal, todo mundo, até a mim mesmo sobre a importância de manter uma distância profissional com um cliente. E mesmo assim, com algumas mensagens, cruzei a linha sem pensar duas vezes. Eu estava pensando a segunda vez agora mesmo, mas eram vários segundos tarde demais. *Ai, minha nossa.*

— Coma ameixas — disse Vin.

— Quê?

— Você parece constipado. Coma ameixas.

— Eu não estou... quer saber, deixa pra lá.

De repente, ele abaixou sua calça de treino, deu um puxão experimental em seus "bens" para ajudar a ficar em um estado semiereto, depois se colocou na frente do espelho da minha sala e fez uma pose.

— Tire uma foto boa, cara — ele disse, jogando seu celular para mim.

— Mas que droga, Vin. Já vi o bastante das suas joias reais, valeu, cara.

— Ninguém nunca pode ver o bastante desse pedaço de virilidade, irmão. Você devia ver o que a minha página #onlyfans diz. Eles ficam loucos pra caralho por causa disso.

Suspirei e tirei algumas fotos. Era muito mais rápido do que dizer não.

Mais uma vez, fiquei distraído o dia inteiro, preocupado se Cady pensaria que esta noite era um encontro, depois preocupado com ela flertar com Vin, exatamente porque não era um encontro. Eu colocaria um fim nisso, é claro, e já falei para ele que ela estava fora de questão. Ele disse que não tentaria papear com ela, mas Vin aprontava com todo mundo e eu, certamente, me colocaria em sua mira.
 Eu não sabia nada sobre a mulher que ele estava levando, exceto que ele havia a conhecido no Tinder e que ela era uma modelo. Modelos usavam o Tinder? Bem, Vin era modelo e ele nunca saía do Tinder, então acho que isso responde minha pergunta.
 Maldição, a coisa toda estava me deixando louco.
 Meu último cliente do dia era Dennis Acosta. Ele tinha sido *tight end* em um time universitário e estava a caminho da NFL quando uma lesão do Manguito Rotador o colocou no banco. Ele teve que ficar sentado e assistir enquanto outro jogador ficava com a vaga que deveria ser dele. Sem um time para apoiá-lo depois que se formasse, ele estava por conta própria. Por dois anos, ele trabalhou como garçom em um dos bares no SoHo, em que eu ia de vez em quando. Começamos a conversar um dia, e quando ouvi sua história, foram acionadas todas as lembranças e frustrações da minha própria carreira arruinada. Eu também reconheci alguns dos sintomas da depressão que haviam me infectado, então ofereci a ele uma assinatura de graça. Estive treinando com ele desde então.
 — Oi, Dennis, como está indo hoje, amigão?
 Ele estava acabando de terminar seu aquecimento de cardio e parecia pronto para ir à sala de musculação, começando com supino. Ele estava visando 147 quilos em uma série de três repetições.
 Eu sabia que muitos jogadores de linha conseguiam fazer supino de até 226 quilos em uma repetição, ainda mais para agachamentos e levantamentos-terra.
 Pela primeira vez desde que o conheci, ele me cumprimentou com um sorriso animado.
 — Oi, Treinador! Estou ótimo, muito, muito bem. — Não consegui evitar parecer surpreso e ele sorriu para mim. — Tenho um teste com o Philadelphia Souls!

— Isso é uma notícia incrível, Dennis!

Eu sabia que o Philadelphia Souls era um time de ponta de segunda divisão da AFL com uma reputação e torcida crescentes.

— Graças a você, Treinador! — Ele sorriu. — Tenho seis semanas para treinar muito para que eu possa impressioná-los pra caramba. — Uma sombra de dúvida surgiu em seu rosto. — Você acha que consigo?

Assenti, minha expressão séria.

— Com certeza. Seis semanas de muito treino e suor vindo aí.

Às 5:30 da tarde, finalizei o dia com um suspiro de alívio. Foi um bom dia e eu tinha esperança de que Dennis conseguisse e lhe fosse oferecida a vaga que eu acreditava que ele merecia. Eu sabia melhor do que ninguém quão curta sua carreira poderia ser, como uma lesão poderia te tirar tudo, mas ainda assim, havia aquela pitada de inveja de que ele conseguiria sua segunda chance e eu não.

Forçando-me a afastar a negatividade que permiti entrar na minha cabeça, subi a escada correndo até o meu apartamento... e entrei em uma sala de estar repleta de vapor. Eu estava acostumado com isso agora, porque Vin levava quase duas horas para cagar, tomar banho e se depilar antes de um encontro.

Eu deveria cancelar. Esse foi o meu segundo pensamento depois de abrir uma janela para deixar sair um pouco do vapor.

Eu deveria manter Cady a uma certa distância por ela ser uma cliente... e então implorei para que ela viesse jantar comigo. Vin estaria em um encontro com a mulher que ele escolheu no Tinder, mas nunca conheceu. Eu amava o cara, mas ele era galinha demais.

Meu estômago se retorceu – com certeza seria como um encontro duplo. Grunhi. Essa noite cheirava a *desastre* por toda parte.

Vin saiu do banheiro, nu como no dia em que nasceu, seu membro balançando ao vento. Isso me lembrou dos vestiários nos clubes de rúgbi pelos quais joguei, então não me incomodava, mas fiquei feliz por não estar acompanhado. Ele coçou as bolas depiladas e depois apontou para uns cabides envoltos em plástico sobre o sofá.

— Me faça um favor, irmão. Um estilista amigo meu mandou. Não posso deixar você me fazer ficar malvisto, preciso pensar no meu perfil do Instagram.

Depois ele se olhou no espelho, deu um sorrisinho ridículo e bateu em seu próprio traseiro.

— Que mulheres sortudas. — Sorriu enquanto voltava para o banheiro.

Balançando a cabeça, analisei as roupas duvidosamente, mas fiquei surpreso ao encontrar uma calça preta e uma camisa branca sob medida que se encaixaria nos meus ombros e bíceps sem ficar solta na cintura. Eu precisava dar o crédito ao Vin – o cara sabia de roupas.

Ergui as sobrancelhas quando notei as etiquetas – Armani. Caramba!

Tomei banho e aparei a barba, prendi o cabelo para trás e passei gel nos cachos e mechas rebeldes para domá-las, depois me vesti depressa. Vin até entrou no meu closet e pegou o blazer e os sapatos que queria que eu usasse. Ele me deixou escolher minha própria cueca boxe. Graças a Deus.

Vin era alguns centímetros mais alto do que eu e um idiota bonitão, então eu tinha que admitir que nós atraímos bastante atenção enquanto esperávamos nossa carona passar pelo trânsito noturno e fazer uma volta do lado de fora da *Body Tech* para nos buscar. Eu contratei uma limusine esta noite, já que precisaríamos de mais espaço.

Vin adorou e deu algumas piscadinhas preliminares para um grupo de mulheres antes do carro estacionar perto da calçada. Dei o endereço de Cady para o motorista e me encostei no banco enquanto Vin posava para *selfies*, postando-as depressa na sua conta do Insta.

— Sua garota mora sozinha? — Vin perguntou.

— Ela não é minha garota, ela é minha cliente — lembrei-o, irritado.

Vin apenas deu um sorrisinho. Ele era um cara difícil de perturbar, infelizmente.

— Você está levando a mulher para jantar, me falou para não chegar perto, então, essa noite, ela é sua garota, certo?

— É, tanto faz — resmunguei, de má vontade.

— Então, ela mora sozinha ou tem uma colega de quarto gostosa?

— Caramba, Vin, você já tem uma acompanhante hoje à noite!

— É, mas estou livre amanhã. Não dói ter uma extra.

— Cady mora sozinha.

— É a louca dos gatos?

Virei a cabeça para encará-lo interrogativamente.

— O quê?

— Bem, você disse que ela mora sozinha, então fiquei imaginando se ela era uma esquisitona, sabe, louca dos gatos. Seria diferente se ela tivesse um cachorro... cachorros são legais.

Meu olho começou tremer.

Doce Combinação

— Eu não sei se ela tem um gato. Ela nunca mencionou um.
— Ah, cara! Você nunca foi na casa dela?
— Não! Por que eu iria? Ela é uma cliente.

Talvez eu devesse gravar isso no meu celular e colocar para ele ouvir toda vez que mencionasse o fato. Ou para convencer a mim mesmo.

Quando chegamos ao endereço de Cady, admiti que fiquei surpreso com o quanto era elegante. Eu não sabia quanto os radialistas ganhavam, mas esse era um imóvel caríssimo. Procurei o nome dela e apertei o botão que dizia simplesmente "Callahan". Ela atendeu quase na mesma hora.

— Só vou descer se você for alto, moreno e bonito.
— Eu sou baixo, ruivo, feio como o traseiro de um cachorro e de Yorkshire.
— Perfeito — ela disse, deixando-me entrar no saguão. — Já vou descer.

Eu ainda estava sorrindo quando ela saiu do elevador, e então minha boca escancarou. Eu estava tão acostumado a vê-la em roupas suadas de malhação com um rosto vermelho e cabelo úmido, e me esqueci de que ela poderia arrasar em um vestido bonito. E esse vestido era muito bonito.

Era lilás, a mesma cor de seus olhos, com um decote profundo que exibia o colo incrível que ela manteve sob controle com sutiãs esportivos. Seus quadris arredondados e pernas longas e tonificadas que terminavam com sandálias de tiras fizeram a minha boca encher d'água. Seu abundante e brilhante cabelo preto estava estilizado com cachos soltos.

— Você está... — sussurrei, depois tive que pigarrear alto.
— Diferente? — ela sugeriu.
— Eu ia dizer incrível. Sério, Cady, você está linda.

Ela sorriu para mim e deu uma piscadinha.

— Obrigada, bonitão. Você também está uma delícia. Mas eu deveria estar irritada com você.

— Oh, e por quê? — perguntei, tenso, afastando-me dela caso essa noite fosse ser um de seus "pequenos acidentes" onde eu acabaria com uma concussão ou coberto de vômito ou ambos.

— Bem — ela disse, colocando uma mão no quadril e passando a outra por seu corpo. — Eu tive que comprar um vestido novo. Para essa noite.

— Uh, você não gosta de fazer compras?

— Você não está entendendo, Einstein. Eu *tive* que comprar um vestido novo porque o senhor de escravos que me faz malhar até virar espuma duas vezes por semana me fez diminuir dois tamanhos. Portanto: vestido novo.

Daí me dei conta. Ela ainda era curvilínea, ainda fofinha, mas estava, definitivamente, mais tonificada também. Eu a via com tanta frequência, que não percebi. Mas estava me habituando depressa.

Sorri para ela.

— Bom trabalho.

— Hmm, não tenho tanta certeza. Vou cobrar de *você* um guarda-roupa novo inteirinho.

Ela estava brincando... eu esperava.

— Venha conhecer o Vin — falei, acenando para a limusine com a cabeça. — Ele está levando uma acompanhante, mas vamos encontrá-la mais tarde.

— Mal posso esperar para conhecer Vin, tendo ouvido tanto sobre ele!

— Eu disse para ele que você está fora de questão!

Um pequeno sorriso surgiu em seu rosto, mas ela não disse nada, apenas segurou o meu braço e nós caminhamos até o carro que nos aguardava.

— Oi, Vin. É um prazer te conhecer. Rick me falou muito sobre você — ela disse, sentando-se no banco à frente dele.

— Ignore o desgraçado. — Ele sorriu para ela. — Eu sou um cara bacana.

Cady riu e eles começaram a conversar com facilidade. Naquele momento, invejei a maneira como Vin conseguia conversar com as pessoas. Levei um tempo para saber o que dizer para desconhecidos, a menos que os estivesse treinando. Papo casual não era a minha praia. Mas percebi que Vin também não estava flertando com ela, então acho que ele levou minhas ameaças a sério.

— Onde nós vamos encontrar a sua acompanhante, Vin? — Cady perguntou.

— No restaurante. Espero que eu consiga reconhecê-la.

Cady escondeu um sorriso.

— Bem, você poderia apenas se levantar e gritar o nome dela. Se ela gostar da sua aparência, ela virá; e se ela decidir *nem pensar!*, nós não saberemos de nada e iremos aproveitar o jantar de qualquer forma.

Dava para ver que Vin estava ponderando mesmo sobre sua sugestão e lancei um olhar severo para Cady, mas ela apenas sorriu e deu uma piscadinha.

— Poderia funcionar — Vin disse, afinal.

Mas quando chegamos ao restaurante, o anfitrião estava esperando por mim e anunciou que alguém do meu grupo já tinha chegado. Vin pareceu satisfeito e começou a andar. Eu congelei, um passo em falso, encarando em puro horror.

Não! Não! NÃOOOOOO!

— Algum problema, senhor? — perguntou o anfitrião. — É uma das nossas melhores mesas, mas se o senhor preferir ser realocado para outro lugar, tenho certeza de que podemos acomodá-lo.

Não havia nada de errado com a mesa... era com a pessoa que estava sentada lá.

Cady estava me encarando, surpresa. E então ela se virou para ver onde Vin estava sentado agora, e sua expressão endureceu.

— Você só pode estar brincando comigo! — Seus olhos escureceram de raiva quando ela voltou a me encarar. — Isso é algum tipo de piada, Rick? Quero dizer, sério? Ela?!

Segurei o cotovelo de Cady e a puxei para o bar, deixando o anfitrião confuso no meio do restaurante.

— Eu juro pra você, Cady. Eu *não fazia ideia* que ela era a acompanhante do Vin! Ele só me disse que conheceu alguém no Tinder, mas ele nunca mencionou o nome dela. Olhe, nós podemos simplesmente ir embora.

Cady pareceu considerar minha sugestão, mas então balançou a cabeça e endireitou a coluna.

— Quer saber, não vou embora por causa dela. Eu vou ficar. Não vou deixar aquela vadia ridícula me impedir de comer de graça. — Mas então ela me encarou de novo. — Você me deve muito, Rick Roberts. Não importa o quanto você viva, você ainda vai me dever.

— Eu vou rastejar se você quiser, mas acho que nós devemos ir embora.

— Não, só me dê um minuto. — Então ela pediu uma vodca dupla e tomou de uma vez. — Já volto. — E seguiu para o banheiro feminino.

Mesmo que Vin estivesse a apenas nove metros de distância, eu liguei para ele.

— O que você está fazendo, seu ignorante? Eu estou aqui!

— Me encontre no bar, Vincent — sibilei.

Terminei a ligação e ele estava ao meu lado, inclinando-se contra o bar dez segundos depois.

— Que porra está acontecendo?

— A mulher... sua acompanhante... ela é Molly McKinney.

— Sim, e daí?

Grunhi.

— Vin, você não sabe que Cady e Molly têm um passado?

— Uou! *Ménage*!

— Não esse tipo de passado, seu idiota! Elas se odeiam. Molly ficou xingando Cady por meses nas redes sociais. Elas fizeram uma entrevista famosa em um grande programa matinal de televisão. Foi o maldito *Rumble in the Jungle*[12] parte dois, mas com um cabelo maior e mais maquiagem. Você não assiste TV?

— Vindo de você, isso é engraçado pra caralho. Mas não, não faço ideia do que você está falando. Qual era a pergunta mesmo?

— Jesus. Por que nós somos amigos?

— Você já me perguntou isso. Então, Mol e Cady, elas são amigas agora?

— Com certeza, não.

Vin suspirou.

— Bem, isso vai ser estranho. Venha, estou morrendo de fome. — Ele voltou para a mesa, sorrindo para Molly.

Eu o segui de má vontade, já sabendo que algumas pessoas estavam nos encarando.

Molly parecia uma versão caricaturada de si mesma. Ela estava usando um vestido dourado minúsculo que não tinha alças, não cobria as costas, e desafiava a gravidade, de alguma forma impedindo seus mamilos de saltarem para fora. Embora a noite ainda não tivesse acabado.

Quando ela me viu, fez um biquinho e sorriu, depois virou a bochecha para eu beijar. Mas fingi tossir, e vi o brilho gélido em seus olhos.

— Ricky, querido. — Ela sorriu sem sinceridade. — Muito obrigada por me chamar para jantar.

— Uh... como você está, Molly?

— Melhor depois de te ver. — E tirou uma *selfie* beijando a minha bochecha.

Felizmente, ela acertou na minha barba, então foi fácil esfregar a sujeira grudenta.

— Ele veio com uma acompanhante — Vin disse, analisando o cardápio em busca de opções veganas.

Não sei por que ele se incomodava – geralmente só tinha uma: salada.

---

12 The Rumble in the Jungle foi uma famosa superluta de boxe que ocorreu em 30 de outubro de 1974 em Kinshasa, Zaire. Era uma disputa entre o então campeão George Foreman contra o antigo campeão Muhammad Ali.

Para a sorte dele, quando confirmei a reserva, falei de suas necessidades culinárias e eles prometeram atendê-lo. Na verdade, a garçonete estava se aproximando com um cardápio feito à mão só para ele.

— Com os cumprimentos do *chef* — ela disse. — Para o nosso convidado à base de plantas.

Por algum motivo, suas palavras me fizeram rir, mas eu segurei.

— Uau! Isso é fantástico. — Vin sorriu para ela, todo charmoso. — Dá uma variada de salada. Obrigado!

— Você é vegano?! Espero que você não seja um daqueles lunáticos pelos direitos dos animais — disse Molly, com uma risada zombeteira.

O sorriso de Vin desapareceu.

— Estamos em 2019, Molly — Cady falou, sua voz baixa, mas com um tom de aviso. — Muitas pessoas preferem uma nutrição à base de vegetais.

Levantei-me depressa e puxei a cadeira para ela. Ela me agradeceu erguendo o queixo, mas seu olhar estava fixo em Molly, que parecia ter sentido um cheiro ruim.

Molly a encarou.

— Que porra você está fazendo aqui? Você está me perseguindo?

Cady deu uma risada fria, balançando a cabeça.

— Sério? Você vive a sua vida toda como a estrela do seu próprio filme? Nem tudo é sobre você. Estou jantando com os meus amigos Rick e Vin. Vin mencionou que tinha um encontro com uma garota que conheceu no Tinder. Essa seria você, suponho.

Cady sentou-se rigidamente na cadeira que puxei para ela e deu um sorriso brilhante, mas artificial, para Vin.

— Se eu tiver que comer com esse monte de gordura me encarando, ficarei com indigestão — Molly bufou.

— Sua bunda não está pregada na cadeira; sinta-se livre para ir embora — Cady retrucou.

— Não sei por que você está aqui de qualquer forma, eles não servem *fast food*.

— Antes da exaltação da magreza, havia algo chamado sexy.

— O quê?

Eu estava em um impasse mexicano com palavras ao invés de armas. Vin parecia estar gostando, mas fiquei aliviado quando a garçonete retornou.

— Vocês estão prontos para pedir? — ela perguntou, interrompendo a discussão na mesa quatro.

— Sim! — disse Vin, com entusiasmo. — Vou querer a sopa de amêndoa espanhola e a salada de couve-flor e sumagre, com o pão *focaccia* de uva.

— Uh, isso tudo é para você, senhor?

— Sim! Eu sou um rapaz em crescimento! E para o prato principal, abóbora grelhada e hambúrguer de feijão preto, com batata frita. E uma porção de arroz e feijão mexicano. É, e uma salada. Saúde.

Ela anotou tudo, olhando discretamente para a barriga chapada de Vin e seus bíceps protuberantes. Depois a garçonete se virou para Cady.

— Hmm, tudo parece gostoso.

— Apenas traga para ela tudo do cardápio e uma tina — zombou Molly.

A garçonete parecia irritada.

— Podemos te oferecer um menu de degustação se quiser experimentar várias coisas, Srta. Callahan.

— Ooh, isso parece ótimo! Sim, por favor. — Cady sorriu, alegremente.

Pedi a entrada de camarão e salmão com crosta de gergelim e vegetais com molho *sriracha*. Eu não tinha certeza do que era isso exatamente, mas eu gostava de peixe.

Como era de se esperar, Molly pediu uma salada simples para começar com baixo teor de gordura, mas depois pediu costelas e batata frita.

Vin curvou os lábios, mas não disse nada. Ele tolerava pessoas comendo carne e peixe perto dele, mas, às vezes, ficava um pouco enjoado vendo-as arrancarem a carne do osso.

Ele tinha que aguentar muita merda por causa de suas escolhas alimentares. Porque ele era um cara grande e um treinador *fitness*, ele não encaixava nas percepções da maioria das pessoas sobre um vegano. Mas ele nunca tentava convencer ou impedir qualquer um de comer o que quisesse. Era uma de suas muitas contradições. Eu sabia que ele parecia um idiota, às vezes, mas ele era um cara legal e um bom amigo para mim.

A garçonete sorriu e prometeu trazer nossas bebidas. Depois ela se virou para Cady e sorriu com timidez.

— Sou uma grande fã do seu programa, Srta. Callahan. Eu te escuto todas as manhãs. E acho que o que você está fazendo com o seu treino para a maratona é incrível. Meu noivo é um fuzileiro naval com base em Parris Island.

Cady pareceu surpresa, mas contente.

— Uau! Isso é ótimo! Por favor, agradeça a ele por seu serviço. E me chame de Cady.

— Obrigada, Cady! Hmm, eu não deveria fazer isso, mas você pode me dar o seu autógrafo?

Cady sorriu e assinou em um cardápio para a garçonete deslumbrada, depois posou para várias *selfies*.

Molly parecia furiosa, mas isso só me fez sorrir. No entanto, o sorriso sumiu depressa quando as duas mulheres se encararam. Vin estava mexendo em seu celular.

— Estou postando sobre o cardápio vegano incrível deles — ele disse.

— Cara, acho que eles fizeram especialmente para você — eu o lembrei.

— Eu sei, mas se as pessoas começarem a pedir, eles vão aumentar a disponibilidade, certo?

— Por que você não come carne? — perguntou Molly.

— Eu gosto de animais.

— Eu não tenho tempo para animais de estimação — ela disse, jogando seu cabelo sobre um ombro.

Vin virou-se para Cady, rompendo o silêncio repentino com a pior/melhor pergunta de todas:

— Rick disse que você está no Tinder também. Por quê, então? Quer transar um pouco?

Ela me deu um olhar divertido, mas se virou para respondê-lo, ignorando o comentário baixinho de Molly:

— Que surpresa.

— É, combina comigo. Já faz um tempinho... — *Faz?* — Namorar em Nova York é um tanque de tubarões com uma quantidade limitada de caras. Trabalho durante horas pouco sociáveis e não curto mais frequentar bares. Já passei por isso, tive a ressaca para provar. Então prefiro o Tinder. Mantém as coisas simples.

Vin assentiu.

— É mais difícil para as mulheres. Homens solteiros de trinta anos parecem exigentes...

— É — disse Molly. — Mulheres da sua idade só parecem desesperadas. Sem querer ofender.

Cady deu uma risada frágil.

— Você tem formação em ser uma vadia? Você se escuta de verdade? É claro que isso é ofensivo, e intencional. Por quê? Por que você faz isso?

Molly deu de ombros.

— Só estou sendo sincera.

— Não, você está sendo grosseira. Tem uma diferença.

— Ela é tão sensível — Molly murmurou, segurando o braço de Vin para chamar sua atenção que estava desviada.

Houve outro silêncio constrangedor enquanto esperávamos a comida. Olhei para Cady e acenei na direção da porta, mas ela balançou a cabeça discretamente. Fiquei imaginando se eu deveria começar a cavar um *bunker* antes do Furacão Cady chegar na cidade. Seu temperamento era instável nos melhores momentos — não esqueci dela puxando o freio de mão na primeira vez em que entrei naquele seu Porsche sexy vermelho —, e pude ver que as palavras venenosas de Molly estavam empurrando Cady na direção de uma explosão que faria o Krakatoa parecer um pontinho minúsculo.

Mas ao invés de se inflamar, Cady respirou fundo e sorriu para Vin.

— Então, vocês se conheceram em uma academia? — ela perguntou, claramente tentando começar um novo assunto.

— É, era um lugar bem intenso onde os lutadores de boxe treinavam, muito simples, não era como a *Body Tech* — falei.

— E apenas caras — Vin acrescentou. — Sem distrações.

Molly franziu o cenho.

— Lugares onde só permitem homens não encorajam a homossexualidade, você sabe, tipo internatos de garotos? Porque eu já li umas coisas.

— Não tanto quanto mulheres como você — Cady murmurou, baixinho, enquanto eu me engasgava com um gole d'água.

As entradas chegaram e Molly não conseguiu se impedir de comentar sobre o tabuleiro de degustação de Cady.

— Você vai mesmo comer isso tudo? — ela zombou.

— Sim, e vou aproveitar tudo, cada garfada — Cady disse, com um sorriso desafiador. — Parece delicioso. Obrigada por me convidar, Rick. Já é uma noite memorável.

Inclinei-me para frente e apertei a mão de Cady.

— Ou talvez você possa compartilhar o seu tabuleiro de degustação com um amigo?

— Não. — Ela sorriu. — É tudo meu. Coma a sua própria comida, meu amigo.

— Que vadia! — Molly falou alto.

Cady deu um sorriso gélido.

— Obrigada. Ser chamada de vadia por você significa que estou fazendo alguma coisa certa.

Molly nos lançou um olhar mordaz e depois começou uma longa conversa com Vin sobre moda, algo que me entediava, mas realmente o interessava.

— Jesus, Cady, vamos apenas embora — supliquei a ela.

— Não.

— Por que não?

— A comida é ótima e três quartos da companhia são bem incríveis também.

Eu não queria ficar e assistir isso, mas seu comentário me fez sorrir também.

Quando os pratos principais chegaram, foi a mesma situação de novo. Molly abriu a boca, provavelmente para falar algo desagradável sobre o que todo mundo estava comendo, mas Cady a calou com um olhar.

— Não. Eu não preciso da polícia antidiversão estragando minha refeição ou minha digestão.

— Não me admira você ser tão gorda — Molly bufou.

— Eu mantenho a minha bunda grande para que mais pessoas possam beijá-la, querida — Cady respondeu, sem hesitar.

— Eu não chegaria perto da sua bunda gorda nem com uma vara de três metros.

— Se você está procurando uma vara, você tem uma espetada na sua bunda magricela.

Era como assistir uma partida de tênis. Isso fazia de mim o revisor? Digo, árbitro?

Vin ergueu o olhar do celular para Cady.

— Eu acho que você é gostosa.

— Aw, obrigada, Vin!

— Você está brincando comigo! — Molly gritou, depois olhou para mim. — Eu não acredito que você ficaria com ela depois de uma gata como Rhona Epstein.

— O que você sabe sobre a Rhona? — sondei, alto.

Molly balançou seu cabelo de novo e me deu um sorriso malicioso.

— Ela é uma grande amiga minha. Uma amiga próxima. — Depois apontou para Cady. — E essa vaca gorda é do tamanho de uma baleia!

Cady ergueu as sobrancelhas e jogou o guardanapo na mesa como se estivesse declarando o início da guerra. Parecia que encarar estava prestes a se tornar um esporte de contato, e eu fiquei tenso, pronto para separá-las se fosse preciso quando Cady se levantou pela metade de sua cadeira.

— Escuta, loirinha, gordura é um desequilíbrio calórico temporário, mas estupidez é um defeito genético permanente!

— Escuta, sua vaca gorda...

— Chega! — gritei, batendo a mão na mesa e fazendo o casal na mesa ao nosso lado se sobressaltar. — Já chega. Molly, se você não tem nada de bom para falar, não fale.

Ela jogou seu guardanapo no meu peito.

— Não ouse falar comigo desse jeito! Vin, você ouviu o que ele disse? Fale alguma coisa! Você deveria estar em um encontro comigo! Pare de ficar sentado aí como um idiota!

Vin ergueu o rosto e se recostou em sua cadeira.

— O que tem de sobremesa?

O rosto de Molly ficou vermelho.

— Não vou ficar para a sobremesa, eu nunca como açúcar, diferente dessa balofa enorme. Venha, Vin, nós vamos embora.

— Não, pode ir, Mol, acho que vou ficar. O bolo de chocolate vegano parece muito bom.

Com um gritinho que pareceu uma serra elétrica, Molly saiu batendo o pé, fazendo o máximo de escândalo no caminho.

Cady suspirou e desabou na cadeira, aliviada.

— Graças a Deus. Aquela mulher é um pesadelo!

Vin mexeu em seu celular e apagou o número de Molly.

— Se é, porra. Ela é inacreditável. O Vin-mestre não tem tempo para convencidas assim.

Cady riu e balançou a cabeça tristemente.

— Seu amigo é um poeta, Rick. Agora, alguém falou em bolo de chocolate?

Cady

Se não fosse pelo bolo de chocolate vegano fantástico e um final de noite muito mais relaxante, eu diria que foi o pior não-encontro do mundo. Mas foi divertido depois que Molly foi embora. É claro, eu deveria saber que ela encontraria uma forma cruel de se vingar, e como sempre, ela usou as redes sociais como sua arma escolhida.

Sua página do Instagram no dia 1º de abril tinha uma foto dela beijando Rick, segundos depois de chegarmos no restaurante. O ângulo fez parecer que ele a estava beijando também. Sua legenda dizia:

> Rick escolhe magra e não gorda. É, eu tive um jantar agradável com o sexy @RickRobertsBodyTech ontem à noite. Ele, finalmente, largou a bunda gorda da @TheRealCadyCallahan e o fato de que ela precisa de duas cadeiras quando se senta — uma para cada nádega. Darei um treino próprio ao gostoso Rick — e eu gostaria de queimar muitas calorias ;)
> #belanaoafera #fitnotfat #fuglies

Naturalmente, foi Jerry, o Idiota, que me mostrou a postagem em seu celular na segunda de manhã. Ele colocou uma expressão de simpatia em seu rosto que gritava falsidade. Meu cérebro gritou *soque o babaca*. Mas como era profissional, apenas revirei os olhos.

— Não acredite em tudo o que lê, Jerry. Primeiro, eu estava no restaurante também e havia quatro de nós. Molly estava com o amigo de Rick, Vin. Ela foi um saco o jantar inteiro e saiu antes da sobremesa, que estava incrível, aliás, obrigada por perguntar. Ela não está namorando Vin, e também não está namorando Rick. Rick não suporta sua bunda magrela, e ela foi embora sozinha, por conta própria, táxi para um.

O sorriso dele era tóxico.

— Deve ser difícil estar no lado maior.

— Não é algo que você saberia — falei, dando uma piscadinha enquanto saía do estúdio, minhas roupas de malhação debaixo do braço.

Jerry era um idiota desde o instante em que acordava de manhã. Talvez ele devesse namorar a Molly. Mas a coisa toda me fez pensar: eu não estava namorando Rick, mas estava sonhando com ele na maioria das noites e isso estava me levando exatamente para lugar nenhum. Eu precisava de uma distração.

Eu precisava transar.

Então futriquei no Tinder, encontrei um homem que atendia pelo nome "Cara Legal Ned" e marquei de me encontrar com ele no bar de um hotel na Sexta Avenida.

Isso devia ser uma distração suficiente.

As famosas últimas palavras...

Vinte e quatro horas depois, eu estava sentada com as mãos na cabeça, contando tudo à Grace com vários *blintzes* na nossa frente. Ela me encarou por tanto tempo, que eu queria até emprestar meu colírio.

— Então — ela disse, lentamente, anunciando cada sílaba de cada escolha ruim que fiz —, deixe-me ver se entendi. Na sexta à noite, Rick te convidou para jantar.

— Sim.

— Mas ele não disse que era um encontro.

— Não.

— E ele convidou seu amigo, Vin, também.

— É.

— Que levou aquela mulher horrível, McKinney, com ele.

— Ah, sim.

— Que continuou sendo grossa com você durante todo o jantar.

— É.
— E Rick não disse uma palavra.
— Não muito.
— E então quando ela terminou de ser uma vaca total, ela foi embora e Vin não foi com ela.
— Não.
— E então eles te deixaram no seu apartamento.
— Você deixou de fora a melhor parte: nós comemos bolo de chocolate vegano primeiro. Isso foi bom.
— Okay, então ele ganha pontos pelo bolo de chocolate gostoso...
— E pela limusine.
— Belo toque.
— Também achei.
— Então, não foi ruim no final?
Suspirei.
— Na verdade, não. Ele meio que deu uma bronca em Molly, por fim, mas ele queria ir embora antes das entradas. Eu só não queria dar essa satisfação para ela. E de qualquer forma, foi um jantar de graça.
— Mas depois Molly fez uma postagem no Instagram que fez parecer que Rick te largou e está namorando com ela.
— Rick não me largou, porque nós não estávamos namorando para início de conversa — retruquei, insistentemente. — E ele, com certeza, não está namorando com *ela*. Argh! Ela é tão manipuladora da mídia. E uma mentirosa.E uma vadia duas-caras.
— Fale o que você pensa, garota; não se reprima. — Olhei para Grace que deu um sorriso solidário. — Mas isso te incomoda? — ela perguntou, suavemente. — Que ela fingiu estar namorando com ele para te deixar com uma imagem ruim.
Assenti devagar.
— E é aí que tem um problema.
Grace balançou a cabeça, agitada.
— Não! Isso não é um problema! Você disse que Rick é um cara legal, meio quietinho, mas gentil e atencioso. Por que você *não* iria querer namorar alguém como ele?
— Porque ele tem esse *lance* de manter as coisas profissionais.
— Mas ele te convidou para jantar na sexta. Ele conheceu seus pais no Dia de Ação de Graças!

— Eu sei! Mensagens confusas, não é?
— Totalmente! — Grace falou, indignada.
— Então, eu decidi tirá-lo do meu sistema de uma vez por todas.

O garfo de Grace aproximou-se da boca, depois ela o abaixou com cuidado antes de limpar os lábios com um guardanapo, inclinando-se sobre a mesa e me encarando com firmeza.

— Oh-oh. O que você fez, Cady?!

Pigarreei e comi um pedacinho do meu blintz delicioso que não estava fazendo nada por mim nesse momento. Na verdade, meu estômago estava revirando em protesto.

— Eu encontrei esse cara no Tinder...
— Ah, não! — Ela suspirou, fechando os olhos e franzindo o cenho.
— Ele era legal. Mais ou menos. Trabalha com varejo. Ele vende... alguma coisa.
— O que aconteceu? — Ela suspirou, pegando sua xícara de café.
— Nós fomos para um hotel...
— Cady!
— Você quer ouvir ou não?

Grace ergueu as sobrancelhas em censura.

— Não muito!
— Tudo bem! — bufei. — Vou te dar a versão resumida.
— Eu agradeço. Tenho uma reunião com os sócios em quarenta minutos.
— Ooh! Isso significa que *você* fará uma parceria esse ano?
— Talvez — ela disse. — Eu mereci pra caramba, mas quem sabe. Termine a sua história primeiro, tenho que saber como termina... eu acho.

Ri de sua expressão aflita.

— Então, estávamos começando os trabalhos e até foi bom, animado, embora não foi tão gostoso em questão de técnica. Mas fiquei pensando, *quantas calorias será que estou queimando? É o suficiente para um muffin de caramelo mais tarde?*

Grace riu antes de tomar seu *chai latte*.

— E quando ele começou a chegar lá, eu não estava nem um pouco pronta, então... bem... então eu sabia que tinha que fazer alguma coisa e seguir para a linha de chegada antes do apito final... então o que fiz foi pensar em outra pessoa.

— O quê?
— Eu fingi que ele era Rick.

— Você não fez isso!

— Bem, sim! E não me diga que você nunca imaginou estar com David Gandy quando estava com algum outro cara.

— Nunca! Se não gosto o bastante dele para *querer* o homem com quem estou, então por que estaria com ele?

— Tudo bem, tudo bem! Você nunca imaginou que o seu carinha fosse outra pessoa, mas isso te torna praticamente única.

— Apenas sou seletiva.

— Tanto faz. Enfim, eu fingi que ele era Rick e cheguei lá como um trem expresso. O cara ficou aliviado, pareceu todo convencido, sabe?

Grace olhou para mim com desconfiança.

— Você gosta do Rick.

Suspirei e segurei a cabeça entre as mãos de novo.

— Gosto. Ai, merda.

Ela deu um tapinha cheio de compaixão no meu braço.

— O que você vai fazer?

— Correr uma maratona.

— Você mencionou isso uma ou duas vezes, mas o que você vai fazer quanto ao Rick?

Sentei-me ereta, massageando as têmporas.

— Sinceramente, não sei. Ele tem mesmo essas coisas sobre limites profissionais, e eu meio que entendo, mas não o porquê ele ser tão fanático quanto a isso. Mas nós também meio que somos amigos. Se eu der em cima dele, poderia perder sua amizade para sempre.

— Você está fodida.

— Infelizmente, não. — Suspirei outra vez.

Depois do confuso não-encontro, eu estava me sentindo um pouco desorientada e pensando no que fazer. Grace não se conteve.

— Cady, o que você está fazendo saindo com esses caras do Tinder quando gosta do Rick? — Ela suspirou. — Você deve ao menos dizer a ele ou tentar um encontro ou algo assim. Vocês são bons juntos, vocês se divertem. Sabe o quanto isso é raro?

Grace estava certa. Uma coisa era sonhar com o meu treinador gostoso, mas agora as coisas estavam ficando sérias. Talvez ela tivesse razão – talvez um de nós precisasse tomar uma atitude.

Mas como aconteceu, foi Molly quem tomou uma atitude primeiro. Outro *tweet*. Não era sobre mim, mas me deixou puta.

A Nike tinha acabado de anunciar suas roupas de malhação para nós, mulheres *plus-size*: sutiãs esportivos, *leggings*, calças de malhação e mais. Havia um conjuntinho fofo de shorts de corridas que eu estava de olho. Mas então o *tweet* de Molly surgiu na minha página do Twitter.

> O novo manequim plus-size da #Nike é nojento, e de jeito nenhum ela vai correr com seu novo equipamento da Nike. É mais balançando do que andando. #Nike, você é louca. Ninguém quer ver isso! @fabulousMollyMcKinney
> #piadaenorme #paraque #naomefaçarir #gordanaoefit #rebelwilsonantesdadieta (Pix Onlyfans no meu perfil) #fuglies

Eu estava tão cansada dessa merda tóxica e gordofóbica. Dela julgando e xingando qualquer pessoa que não usasse tamanho P. Ela nem havia mencionado que a Nike tinha feito algumas roupas voltadas aos para-atletas também.

O que era ainda mais deprimente era o número de pessoas nas redes sociais que concordavam com ela. Contra o meu bom senso, *tweetei* de volta.

> @fabulousMollyMcKinney
> Magreza não é igual a saúde. Eu malho duas vezes por semana. Eu sou gorda. Também sou fit. Uso sutiãs esportivos neon e leggings brilhantes na academia. O mundo ainda está girando. Conviva com isso. #sejagentil
> P.S.: Sinta-se livre para se juntar a mim quando eu correr na Maratona de Nova York no próximo outono. Se você conseguir @TheRealCadyCallahan

Desafio lançado, esperei ela responder, e decidi que Grace estava certa sobre Rick: eu iria chamá-lo para um encontro. Um encontro de verdade. Para duas pessoas. Ele e eu. Eu e ele. Meu acompanhante.

Eu só tinha que encontrar o momento certo. Ou a minha coragem. Ou, possivelmente, a minha outra manopla. Eu tinha duas para início de conversa?

Eu daria um jeito.

Capítulo 19

Rick

Eu não conseguia acreditar no *post* ridículo de Molly no Instagram fingindo que saí com ela, obviamente algo que ela fez para provocar Cady. Pensei em negar tudo, mas ignorá-la pareceu uma ideia melhor. Por que entrar na dela e colocar lenha na fogueira do Twitter? Mas era frustrante. Algumas pessoas não tinham vergonha, e ela era uma das piores. Eu era tão grato por não estar envolvido com uma mulher como ela – ela me lembrava demais da minha ex-mulher, e eu não seguiria aquele caminho nunca mais. E isso foi antes de eu ver seus comentários sórdidos sobre as novas roupas esportivas para pessoas *plus-size*. Semanas depois, eu ainda estava irritado com isso.

Mas a primeira foto que fazia parecer que eu a estava beijando foi a que mais me deixou puto. Ela postou no Dia da Mentira, o que significava que poderia dizer que foi tudo uma piada se ela fosse questionada sobre isso. Molly era astuta, eu tinha que admitir isso. Mas o que diabos eu precisava fazer para me afastar da atenção midiática dessa mulher? Eu não conseguia entender por que ela era obcecada por mim e pela Cady. Ela era realmente tão próxima da Rhona louca assim? Eu duvidava: mulheres como ela não faziam amigos, elas se conectavam, se usando para subir mais alto no poste engordurado da fama, infâmia ou mundinho de celebridade. Pelo menos, era assim que parecia para mim.

Cady, definitivamente, não era assim, apesar de trabalhar em uma estação de rádio, e eu gostei do tempo que passei com ela depois que Molly foi embora do restaurante naquela noite bizarra. Cady tinha uma personalidade ótima e nós nos divertimos passando tempo fora da academia ou treinando. Vin disse que ela era o "nosso tipo de gente" e eu sabia o que ele queria dizer. Ela entendia nosso senso de humor e gostava de rir. A vida era sobre isso – curtir seu tempo juntos e se divertir um pouco pelo caminho. Não havia muitas pessoas de quem Vin gostava – ele preferia animais. E ela não o achava muito estranho por ligar para seus cachorros todos os dias. Ou se ela achava, não dizia em voz alta. Porque ela era gentil.

Minha mente parecia dispersa, cheia de contradições. Eu queria Cady, mas não poderia tê-la. Ela era diferente de qualquer mulher com quem já saí. Eu não tinha orgulho do fato de que havia, em maior parte, namorado mulheres baseado na aparência delas, mas isso não tinha funcionado muito bem para mim. Cady era atraente, e eu gostava de sua personalidade cada vez mais sempre que treinávamos juntos.

Balançando a cabeça, desci correndo a escada do meu apartamento pronto para iniciar minha própria malhação antes dos meus clientes começarem a chegar. Estar na *Body Tech* era reconfortante. Era aqui que eu me encaixava, onde tinha experiência e um certo controle sobre a minha vida. Treinar pessoas, ajudá-las a conseguirem seus objetivos, isso era algo que me motivava todos os dias.

Fiquei surpreso ao ver Dennis Acosta esperando por mim já que ele não estava na minha lista de clientes de hoje.

— Oi, treinador! — ele disse, depois estendeu a mão para me cumprimentar.

— Dennis, é bom te ver. Então... — Hesitei em perguntar como foi seu teste com o Philadelphia Souls, já que eu sabia que uma simples coisinha poderia fazê-lo descer em espiral, mas sua expressão não revelava nada. — Como foi o teste, amigo?

Ele sorriu e balançou minha mão com entusiasmo.

— Eu consegui, Treinador! Eu vou participar do campo de treinamento de verão deles no mês que vem como o novo *tight end* do Souls! Cara, estou empolgado! Mas eu não teria conseguido sem você. — Ele pareceu sério. — Se você não tivesse me deixado treinar aqui de graça e não tivesse me ajudado, eu ainda estaria servindo mesas no Clube Pegu.

Balancei sua mão de novo e dei um tapinha em seu ombro.

— Foi você quem trabalhou duro por tantas horas, Dennis. Você merece isso. Estou muito feliz por você.

Seu sorriso era enorme e eu estava sinceramente feliz pelo cara. Ele teve sua segunda chance – eu esperava que desse certo para ele.

— Agora tenho uma chance com as garotas realmente gostosas — ele disse, seus olhos brilhando.

— Dennis, se eu puder te dar um conselho, é que você se concentre na sua carreira primeiro e acima de tudo.

— Sim, sim, mas tem uma mulher que vi aqui e estava querendo chamar ela para sair. Achei que ela não me daria uma chance porque, você sabe, ela é mais velha do que eu... muito experiente! — Deu um sorriso vulgar. — Na verdade, Treinador, eu estava esperando que você me apresentasse a ela. Você a treina duas vezes por semana... Cady Callahan, certo?

E em dez segundos eu fui de balançar a mão do cara para querer dar um soco em seu rosto.

— Ela está bem gostosa agora que perdeu um pouco de peso. Tem um caminho a percorrer para ser supergostosa, mas tenho tempo para uma mulher com um pouco de carne nos ossos... mais coisa para segurar, sabe? — E sorriu para mim. — E aqueles peitos! Cara! Eu poderia me perder neles por dias!

— Nem pense nisso — eu o avisei, com firmeza, as mãos cerradas em punhos para me impedir de arrancar aquele sorriso convencido de seu rosto.

Ele piscou, seu sorriso desaparecendo.

— Está pegando *ela*, Treinador?

— Ela é minha *amiga*.

Ele arregalou os olhos e se afastou erguendo as mãos, um olhar preocupado em seu rosto. *Não, eu não vou bater em você, garoto. Eu só quero.* Eu esperava que ele entendesse o recado sem que eu precisasse dizer.

— Desculpe, Treinador — ele murmurou. — Eu não sabia que ela era... é, hmm... então, te vejo por aí. Obrigado e tudo o mais.

Assenti de má vontade enquanto saía correndo, depois sorri sombriamente para mim mesmo. *Pequeno desgraçado arrogante.* Eu tinha sido assim com 23 anos? É, provavelmente. Mas pelo menos ele viu que eu não o deixaria colocar suas patas encardidas em Cady de jeito nenhum. Eu, definitivamente, o afugentei. *É, ainda não perdi o jeito.*

Sério, eu esperava que Dennis aproveitasse ao máximo sua segunda chance, porque nem todos nós conseguimos uma.

Segui para a sala de musculação para o meu próprio treino, pensando em Dennis e na forma como sua vida estava prestes a mudar. Eu lhe desejava o bem... contanto que ele ficasse longe de Cady.

Duas horas depois, tomei um banho rápido e então me preparei para a minha primeira cliente do dia.

Cady já estava bem avançada em seu aquecimento, deitada em um colchonete fazendo uma série de dez repetições do exercício ponte com barra, o que significava que ela estava empurrando seus quadris para cima, e por um instante, imaginei outra situação onde ela poderia estar fazendo isso. *Merda! Não posso começar a pensar assim.*

— E aí, caubói. — Ela sorriu para mim. — Como você está?

— Bem. E você chegou cedo! — falei, surpreso.

— Aw, não pareça tão chocado. Estive no trabalho desde as 4:30 da manhã, não se esqueça, então isso é a metade do dia para mim.

Seu cabelo estava preso em um longo rabo de cavalo e seus olhos incrivelmente violeta piscaram para mim. Seus seios enormes estavam espremidos no sutiã esportivo verde que comprei para ela. Seu decote estava aparecendo, e a regata minúscula que ela usava por cima mal cumpria sua função.

Fechei os olhos por um instante. Eu deveria ter lhe comprado um sutiã esportivo e uma maldita camiseta grande para usar por cima. Possivelmente uma *burca*.

Balancei a cabeça. Agir com luxúria sobre uma cliente era errado de todas as maneiras. A regras na *Body Tech* estavam lá por um motivo – para proteger a equipe, assim como os clientes. Eu, certamente, não poderia ser visto as quebrando.

Respirei fundo e afastei-me de Cady, mental e fisicamente me dando um pouco de espaço.

Então pelo canto do olho, vi Freya se aproximando depressa.

— Rick, posso falar com você?

— Estou com uma cliente, Freya.

Essa era uma das minhas regras mais rígidas – que os clientes tinham minha total atenção quando eu estava com eles. Vi James Jacobs passar por ali e ele ergueu o queixo para mim enquanto seguia para o bar de sucos. Eu queria que ele fizesse alguns exercícios para seus músculos dorsais e...

— Mas é urgente — Freya sussurrou, seus olhos arregalados e preocupados.

Virei-me para a encarar.

— O que está acontecendo?

— Você precisa vir à recepção. Agora — ela sibilou mais alto.

Suspirei e esfreguei a nuca.

— Preciso resolver um assunto, Cady. Apenas termine a série, eu já volto.

Doce Combinação 175

— Sim, chefe!

Mas quando me virei para sair da sala de musculação, meu pior pesadelo apareceu marchando, os olhos brilhando com malícia.

— Rick! Seu desgraçado! — Rhona berrou e disparou na minha direção, as longas unhas esticadas como garras.

— Rhona, o que...?

Escondi-me atrás do supino, mas ela me seguiu, pegou uma placa de peso de um quilo e jogou com o máximo de força que conseguia. A placa saiu girando pelo cômodo, quicando do banco de supino ao meu lado, fazendo um estrondo alto quando caiu no chão. Se tivesse uma pessoa ali, ela a teria decapitado. Precisei me mover depressa para me desviar da placa de dois quilos.

— Rhona! Você precisa se acalmar. Alguém vai se machucar.

— Sim! — ela gritou. — E vai ser você, seu desgraçado insensível! — Jogou uma *slam ball* que quase acertou um dos outros membros que se desviou, chocado e um pouco assustado. *Cara esperto.*

O rosto de Rhona estava torcido em uma máscara feia de pura fúria, e não consigo me lembrar por que sequer pensei que ela era atraente.

— Não posso acreditar em você! — ela gritou, na minha cara. — Você não sabe quem eu sou? Tenho contatos nessa cidade inteira. Eu vou arruinar você e essa academia!

Que diabos essa mulher estava tomando? Fazia semanas desde que ouvi qualquer coisa dela. Por que ela só voltou agora? Parecia quase calculado, mas agora a prioridade era calá-la antes que os membros começassem a filmar a cena em seus celulares.

Ela veio para cima de mim assim que Jimbo estava voltando, bebericando seu suco de espinafre pré-treino. Rhona arrancou dele e jogou toda a gosma verde no meu rosto.

— Toma isso, babaca!

Freya estava com os olhos arregalados, e Jimbo se encolheu. Cady estava me olhando com a boca escancarada.

— E quanto a você, sua vadia gorda — Rhona chiou, virando-se e apontando para Cady —, fique longe dele se sabe o que é bom pra você.

Cady ergueu as sobrancelhas, completamente inabalável.

— Deve ser uma terça muito louca. Não deixe a porta bater na sua bunda esquelética quando sair, sua psicopata deprimente.

Rhona parecia estar prestes a jogar o copo de suco vazio em Cady, mas segurei seu braço.

— Tire a porra das suas mãos de mim! Eu estou grávida!

Eu a soltei tão rápido, que pareceu que sua pele havia me queimado. E então notei a barriga de grávida visível através de seu vestido.

— Você terá notícias do meu advogado: prepare-se para pagar pensão pelo resto da sua vida, idiota!

— O quê? O que você disse? Isso não é possível!

Ela sorriu com frieza – muitos dentes e pouquíssimo divertimento –, depois foi embora, um silêncio atordoado em seu rastro.

Virei-me para Cady que parecia tão chocada quanto eu me sentia.

— Você está bem?

Ela me deu um sorriso fraco.

— Bem, essa foi uma cena e tanto, mas certamente tirou minha concentração de fazer o exercício de ponte. A pergunta é, você está bem, Hulk? Acho que você está com uma coisinha bem aqui. — E limpou um pouco da gosma verde no meu rosto com um lenço. — Você está se sentindo bem?

Como eu me sentia? Eu não sabia. Chocado, com raiva, preocupado, constrangido – todas as emoções. Mas eu também não acreditava em Rhona.

— Ela está mentindo. Ela não pode estar grávida.

— Você tem certeza disso, bonitão? — Cady perguntou, com uma voz baixinha. — Porque eu me lembro de você me dizer que havia voltado por alguns segundos descuidados que poderiam ser um grande erro, a menos que estejamos falando sobre rosquinhas. Mas acho que estamos falando sobre bolas – e as suas acabaram de entrar em um liquidificador. Além disso, definitivamente, tinha uma barriguinha de grávida por baixo daquele vestido Stella McCartney incrível.

— Talvez ela apenas tenha ganhado um pouco de peso? — sugeri, tentando agarrar as palhas ao vento.

— Não, mulheres como ela não engordam — Cady assegurou, me dando um sorriso torto empático. — É contra a religião delas.

Isso não foi tão reconfortante quanto eu gostaria.

— Mas só porque ela está grávida, não quer dizer que é seu, caubói. Você precisa ir atrás de um advogado e pedir um teste de paternidade.

Um zelador chegou com um esfregão e limpou a bagunça verde, e Jimbo se aproximou, uma expressão divertida no rosto.

— Por que perco tempo fazendo filmes quando tem mais ação acontecendo aqui? Eu gosto dela, Rick, muito fogosa. Acho que ela é um bom partido.

Seria um suicídio de carreira se eu o socasse agora, e quanto custaria o processo judicial?

Resolvi fazer uma cara feia para ele, mas ele apenas sorriu de volta.

— Sério, cara! Você e Rhona Epstein? Aquela mulher é completamente doida, famosa por isso... ou infame. Além disso, pensei que você e Candy...

— Cady.

— Certo, você e Cady... ou variedade dá sabor à vida?

— Cady e eu somos amigos. Rhona... — Balancei a cabeça. — A coisa sobre o bebê...

Minha voz sumiu. Eu não conseguia entender isso – ainda estava em uma negação atordoada.

Jimbo parou de sorrir.

— É, isso não é tão engraçado. — Ele deu um tapinha no meu ombro, um olhar atencioso em seu rosto. — Conheço uma ótima advogada com quem você vai querer conversar.

— Não precisa. — Suspirei. — Eu tenho um advogado.

Ele me encarou com intensidade.

— Não, cara, você não está entendendo. Você vai precisar de uma *ótima* advogada. Vou mandar as informações dela por e-mail. Se alguém pode consertar essa merda, é ela. Já passei por isso, cara — ele disse, de forma compreensiva. — Tive três mulheres no ano passado alegando que eu era o pai de seus bebês. — Ele se encolheu. — Duas delas eu nunca tinha nem conhecido.

— O que aconteceu com a terceira? — perguntei.

— Nada, graças a Deus. Mas, com certeza, me assustou pra caramba.

Sei como você se sente.

Virei-me para Cady que estava fazendo os exercícios de ponte sem entusiasmo. Permaneci observando-a, esperando-a falar, mas ela estava estranhamente calada. Não gostei disso – Cady *sempre* falava. Havia me irritado no começo, mas agora eu sentia falta.

— Você está bem? — perguntei.

— Você já me perguntou isso. Estou bem. Melhor do que você — murmurou, depois sentou-se devagar. — Eu ouvi James Jacobs te oferecer a advogada dele?

— Sim.

— Então acho que é melhor você fazer essa ligação. Vou adiar a sessão de treino. Até mais.

Ela se levantou e seguiu para o vestiário sem dizer nem mais uma palavra.

Rick Tesão é um idiota traidor!
Minha melhor amiga @RhonaEpstein está grávida do filho do Rick Tesão. Mas o que ele faz? Vira homem? DE JEITO NENHUM! Bem quando pensei que ele não podia ser pior, ele a expulsa de sua academia em Manhattan. Mulheres de Nova York, boicotem a academia desse babaca hoje!
#boicoteabodytech #desgraçadodecoque #direitosdasmulheres #justicaporRhona #loveRatoRick #fuglies

O *post* do insta de Molly consolando uma Rhona aos prantos viralizou. De repente, eu era um babaca irresponsável, um babaca violento, um babaca doentio. A maioria dos comentários envolvia a palavra "babaca", cedo ou tarde.

Falei com a advogada de Jimbo e ela havia sido levemente reconfortante, dizendo que testes de paternidade poderiam ser feitos depois da nona semana de gestação com um exame de sangue simples, e que ela pediria isso ao advogado de Rhona na primeira oportunidade.

Eu já havia pensado na *possibilidade* de Rhona estar grávida do meu filho, e isso me deixou enjoado. Aquela mulher era um monstro – que tipo de mãe ela seria? Não que eu fosse um santo, mas nunca persegui ninguém nem fiz ameaças no Twitter, então isso já era alguma coisa, certo? E se essa criança fosse minha – o que era possível, eu precisava admitir para mim mesmo –, eu queria opinar sobre como ela ou ele seria criado.

Minha cabeça estava pronta para explodir com toda a loucura que estava acontecendo.

Eu não me importava realmente se estava sendo criticado, mas eu me importava, sim, com a forma como estava afetando a *Body Tech*. Meu time de PTs estava comunicando que várias clientes tinham cancelado sessões de treinamento ou simplesmente não aparecido. Mais preocupante, Lara também me informou que uma série de mulheres havia cancelado suas assinaturas. Eu esperava que fosse passar depressa e que esse seria o fim disso, mas eu estava errado.

Dois dias depois, eu estava sentado à mesa no escritório da academia, olhando distraído para a pilha de papelada na minha frente há mais de uma hora, quando Lara bateu à porta.

— Hmm, Rick, nós temos um problema — ela disse.

— O que foi agora?

— Tem um monte de mulheres lá fora com placas.

— Por quê? — perguntei, confuso.

— Hmm, bem, protestando contra a academia. — Ela tossiu, os olhos arregalados.

— Elas estão fazendo o quê? — gritei, soando como se as minhas bolas estivessem em uma prensa. Olhei para o lado de fora da janela e congelei quando vi um grupo de cerca de cinquenta mulheres marchando para cima e para baixo com cartazes:

> #boicoteabodytech #desgraçadodecoque
> #direitosdasmulheres #justicaporRhona

E eu sabia que não era coincidência que elas estavam repetindo as palavras que Molly usou em seu *post*. Eu não sabia se chamava a polícia ou a minha advogada. Provavelmente, ambos.

— Eu deveria ir falar com elas? — perguntei à Lara.

— Nem pensar! — ela disse. — Elas vão te linchar!

— Mas eu não fiz nada de errado!

— Não é assim que elas enxergam — comentou, com empatia. — Eu sei que você não tocou naquela mulher quando ela veio aqui agindo toda louca, mas a criança poderia ser sua, certo? Todos os funcionários e treinadores estavam falando dela quando ela começou a te perseguir.

Franzi o cenho para ela.

— Estavam?

— Sim. Desculpe. Sei que não é isso o que você quer ouvir. Algumas das funcionárias, bem, elas acham...

— O quê? O que elas acham?

— Que se a criança for sua, você deveria dizer.

Passei as mãos pelo rosto, frustrado.

— Se houver um bebê e for meu, eu irei me pronunciar! Mas até agora, ela está se recusando a fazer um exame de sangue para provar a paternidade. Minha advogada está cuidando disso. Isso é tudo o que posso fazer!

— Bem, okay. — Olhou nervosamente pela janela. — Pedi para a segurança chamar a polícia, mas, humm, uma equipe de jornalistas acabou de chegar lá fora.

— Caralho! — rosnei e comecei a me dirigir para a recepção.

— Essa é uma péssima ideia, chefe! — Lara falou às minhas costas. — Sério, não alimente a imprensa. — Seu celular tocou, e ela atendeu na mesma hora, assentindo e parecendo séria. — Vou dizer a ele.

Ela anotou algumas coisas no bloquinho sobre a minha mesa, depois abaixou o celular.

— Era o Sr. Lentik. Ele marcou uma reunião de emergência com a Diretoria. Seu escritório, 4 da tarde. — Ela olhou para baixo. — Desculpe.

Deus! Uma reunião da Diretoria! Isso era tudo o que eu precisava.

Lara saiu do meu escritório e fechou a porta silenciosamente. Observei a manifestação do lado de fora da *Body Tech*, mulheres e alguns homens protestando contra *mim*. Vi quando duas viaturas da polícia chegaram, mas eu sabia que mesmo que os manifestantes fossem movidos depressa, seria reexibido várias e várias vezes nas televisões por todo o estado de Nova York essa noite – ou, possivelmente, de uma costa à outra, dada a notoriedade de Rhona – e não havia *nada* que eu pudesse fazer sobre isso. Eu odiava me sentir tão impotente.

E para piorar as coisas, em uma hora eu tinha que encontrar meus investidores em uma reunião da Diretoria. Eu já sabia que isso não correria bem.

E eu estava certo...

— Rick, isso não parece bom. Você teve mais de 150 assinaturas canceladas – isso é potencialmente $1.7 milhões de dólares varridos dos lucros. Não gosto disso, nenhum de nós gosta. E são 9% das suas clientes femininas. A cobertura jornalística é comprometedora. O que você planeja fazer sobre isso?

Arvid Lentik olhou para mim por sobre uma planilha com uma coluna de números vermelhos.

— Uma vasectomia — falei, com escárnio.

— Escute, Roberts! — Ele se irritou, sua paciência tão curta quanto a minha. — O que você vai fazer quanto a essa mulher?

Eu queria dizer que nem tinha certeza se ela estava grávida, mas isso só me faria parecer ainda mais cretino.

— Minha advogada pediu um teste de paternidade, mas até agora foi recusado. — *Além disso, ela é uma vadia mentirosa e uma perseguidora louca!*

— Mas parece ruim. Muito ruim para os negócios. E os clientes que ainda estão vindo, precisando passar por uma manifestação; isso não é bom.

— Conversei com a polícia e eles falaram com os líderes: eles não podem chegar a quinze metros da entrada. Isso é tudo o que posso fazer.

— Maldição, isso não é bom o bastante! — Lentik gritou, batendo o punho na minha mesa. — Deve ter alguma coisa que estamos deixando passar! Nós precisamos ao menos mandar um comunicado à imprensa dizendo que você pediu um teste de paternidade, mas foi recusado. Algo que mostre que você está resolvendo o problema.

Não tem porra de problema nenhum! Eu queria gritar para ele.

Ele encarou os outros membros da Diretoria, todos ricaços de Nova York que investiram sete dígitos cada na *Body Tech*.

Tentei me concentrar.

— Bem, Rhona foi banida da *Body Tech*, então, tecnicamente, ela estava invadindo a propriedade — sugeri.

— Isso é alguma coisa — ele concordou —, mas não o suficiente. O que mais você tem, Roberts?

Balancei a cabeça, tão frustrado e furioso quanto qualquer um deles, mais até.

— Precisamos fazer algo para mostrar aos membros, em especial às mulheres, que este é um ambiente seguro para eles — disse Stirling Ross, um multimilionário que fez sua fortuna no setor imobiliário e era alguns anos mais novo do que eu.

— E quanto à cláusula nos contratos de trabalho que proíbe associação entre funcionários e clientes? — sugeriu John de Luci, um magnata do varejo.

Ross franziu o cenho.

— Difícil fiscalizar, e onde você traça o limite? PTs incapazes de irem tomar uma bebida tranquila com clientes para discutir os treinamentos? É severo demais.

— Nós precisamos de severidade — de Luci insistiu. — O negócio está perdendo membros. Precisamos agir.

— Não se esqueça de que ainda temos uma lista de espera — retruquei.

Verdade, tinha diminuído consideravelmente nas últimas semanas, mas ainda estávamos lotados. Eles nem se incomodaram em reconhecer meu comentário – eu era só o cara que administrava o lugar. Eles eram os homens da grana e, portanto, os inteligentes. Agora, eles não tinham tempo para mim. *Eles iriam me substituir?* Tentei não deixar a negatividade se instalar, mas não era fácil. Confesso, eu estava com medo.

— Concordo — disse Lentik. — Relações sexuais entres funcionários da *Body Tech* e clientes deveriam ser proibidas.

— Podemos adicionar essa cláusula aos atuais contratos do pessoal ou somente em novos? — de Luci perguntou.

— Provavelmente, não — falou Lentik. — Mas se dissermos que será para todos os novos contratados, passa o recado alto e claro.

Senti a raiva crescer dentro de mim. Agora eles não estavam atacando só a mim, mas todo o meu pessoal.

— A *Body Tech sempre* foi um ambiente seguro para homens e mulheres, e para todos os meus funcionários — afirmei. — Temos uma política de zero tolerância em relação a assédios, e cada membro do pessoal passou por treinamentos igualitários. E eu lembraria vocês, senhores, que a Srta. Epstein *não* era um membro. E quando entrou aqui há dois dias, ela estava invadindo, porque eu a havia banido do local semanas atrás *por me perseguir e por ameaçar uma cliente no Twitter.*

Mas eles não estavam interessados no que enxergavam como desculpas, apenas na diminuição de seus lucros. Foi uma votação unânime avisar a todos os novos funcionários sobre a cláusula adicionada aos contratos padrão.

Depois que foram embora, encontrei um canto tranquilo na academia para extravasar minhas frustrações por algumas horas.

Em seguida, subi a escada batendo o pé, meu humor uma merda, mas houve uma leve melhoria.

Tomei banho e me sentei no sofá para assistir a um programa de natureza sobre o verdadeiro Zé Colmeia, incapaz de mudar de canal caso visse a Rhona ou a *Body Tech* nos noticiários de novo.

Meu celular apitou com uma mensagem. Eu quase ignorei, mas quando olhei para baixo, vi o nome de Cady:

> Eu tenho rosquinhas e sorvete Chunky Monkey.

Então ouvi uma batida à porta do meu apartamento.

— Cady?

— Me deixe entrar, caubói. O sorvete está começando a derreter, e se você me segurar aqui por mais tempo, vou comer todas as rosquinhas e a culpa vai ser sua.

Um sorriso relutante duelou contra a minha irritação de sempre, e eu abri a porta. Cady estava ali com uma caixa grande de rosquinhas e dois potes de sorvete.

— O que você está fazendo aqui? — perguntei, ajudando-a com as guloseimas que ela trouxe.

Ela deu de ombros enquanto passava por mim até a sala.

— Eu sabia que Vin tinha voltado para LA, então pensei que você talvez estivesse precisando de uma amiga.

— Eu agradeço muito, Cady — falei —, mas não tenho certeza se é uma boa ideia você vir aqui. Se alguém te vir, bem, merda, não sei se pode piorar ainda mais, mas não quero você metida nisso mais do que já está.

— Relaxa, grandão, eu vim disfarçada.

Franzi o cenho para ela.

— Que disfarce?

Analisei sua calça de ioga e camiseta. Ela parecia ter acabado de sair da academia. Depois ela se virou e vi o que estava escrito nas costas de sua camiseta.

Eu estou disfarçado.

E um desenho do Scooby Doo parecendo ardiloso, usando óculos de sol e um chapéu como no estereótipo de um espião.

Era tão a cara de Cady.

— Legal, né? — Ela sorriu para mim.

— Eu nem... é, é legal.

— Imaginei que você fosse gostar. Então a única outra pergunta é: rosquinha ou sorvete?

— Sorvete — respondi, balançando a cabeça ao vê-la vasculhar os armários da minha cozinha procurando duas colheres, e depois se jogando no meu sofá.

Ficamos sentados assistindo ao programa do Zé Colmeia e tomando sorvete em um silêncio confortável.

— Como foi a reunião com a Diretoria? — ela perguntou, afinal.

— Como você sabia disso? — Irritei-me, estreitando o olhar.

— Não me olhe assim, Dick! Eu ia passar aqui mais cedo, mas quando falei com a sua assistente, ela me disse que você estava com os chefões. Presumo pela expressão irritadiça na sua cara que não foi muito bem.

Suspirei e coloquei minha colher no pote quase vazio de *Chunky Monkey* (o que era um *chunky monkey* de qualquer forma?).

— Não, não foi bem. Acho que ou eles queriam me castrar ou me fazer casar com a va... vaca.

Cady sorriu.

— Eu sou uma garota grandinha, Rick. Vamos dar nome aos bois, ela é uma vadia. Então, depois da sua surra, o que mais?

— É bastante sério; 9% das mulheres cancelaram suas assinaturas e outras estão ameaçando fazê-lo. A publicidade negativa está nos matando.

Essa era uma verdade cruel, mas eu temia que só pioraria. Dizer isso em voz alta me fez querer deitar em posição fetal.

Ela arregalou os olhos.

— Santo *cannoli*! Tão ruim assim?

— Pior — falei, melancolicamente. — Eles querem acrescentar uma cláusula de não-confraternização em todos os contratos de trabalho futuros. Dizem que é a única forma de as mulheres se sentirem *seguras* para virem aqui.

— Isso é besteira! — ela bufou. — Você tem um número igual de treinadores homens e mulheres e outros funcionários; todo mundo que conheci é educado, menos você — ela disse, me olhando de canto de olho. — Todas as áreas são bem-iluminadas com corredores largos e espaços abertos. Há câmeras em todas as salas de treino, na cafeteria e no bar de sucos. Os vestiários são melhores do que o meu banheiro em casa, e eu amo o meu banheiro. Como poderia ser mais seguro?

— Obrigado — murmurei, com amargura. — Mas pelo visto isso não é o suficiente.

— Bem, o que eles disseram quando você mostrou a gravação da câmera da Rhona entrando na academia como o Mike Tyson?

Ela parou, esperando uma resposta, mas fiquei de pé em um salto e a beijei diretamente nos lábios.

— Cady! Você é um gênio! E eu sou tão burro, que não sei como consegui colocar minha calça de manhã.

— Hmm, de nada? — Ela sorriu, confusa.

— A câmera! Eu não mostrei a ninguém! Nem pensei nisso até agora mesmo!

— Aonde você vai? — gritou atrás de mim enquanto eu corria para fora do apartamento.

— Pegar o vídeo de segurança e ligar para a minha advogada! Obrigado, Cady!

— De nada! — Ouvi sua resposta ecoando.

Capítulo 20

Cady

Depois que Rick publicou a gravação da câmera de Rhona invadindo a *Body Tech* e arremessando o peso em cima dele – literalmente –, os Rottweilers da mídia se afastaram. Rhona desapareceu, mas ainda estava se recusando a fazer um teste de paternidade, e já que voou para a Europa, conseguir uma audiência para coagi-la não seria fácil. Então Rick foi deixado sem saber se seria pai ou não.

Eu realmente me sentia mal pelo cara, mas isso havia me deixado relutante em buscar qualquer tipo de relacionamento com ele. No entanto, eu queria, mas ao invés disso, nós continuamos sendo amigos, treinando muito juntos.

Então pelo restante de maio, junho inteiro, e a maior parte de julho, ficamos pisando em ovos ao redor um do outro, ignorando a tensão crescente, fingindo estar inconscientes da eletricidade estática que estalava entre nós, o calor aumentando à medida que o verão chamuscava a cidade.

Nós treinamos, corremos, suamos juntos, mas ainda não próximos o bastante. Mesmo correndo cedo de manhã, o calor emanava das pistas pavimentadas de atletismo no Central Park, e Rick terminava na maioria das manhãs sem camisa conforme o suor escorria de seu peito e costas. Naqueles momentos, eu podia apreciar os pequenos detalhes das tatuagens que cobriam a maior parte de seus braços e tronco, e a musculatura magnífica que me fez querer lamber o suor de seu corpo, mas me mandou para casa insatisfeita para tomar banhos gelados e ter sonhos escandalosos e ardentes.

Mas não acho que o desejo era apenas da minha parte, pelos menos eu esperava que não fosse. Mais de uma vez, eu o vi olhando para o meu peito ou para a minha bunda, quando as roupas se grudavam ao meu corpo por conta do esforço. Mas então sua determinação inflexível para manter os limites entre nós aparecia, e ele afastava o olhar com relutância, focando em qualquer coisa que não fosse em mim.

Enquanto corríamos pelo parque, conversamos sobre tudo – e nada que importava. Suspeitei que Rick estivesse tão frustrado com a situação quanto eu, mas eu não conseguia enxergar nenhuma solução imediata. Nós éramos Romeu e Julieta, destinados a ficar separados, dois adultos desafortunados e repletos de desejo – então, nem um pouco como R&J, considerando que eu não tinha intenção de morrer por amor tão cedo. Nós éramos cisnes, navegando serenamente em um lago tranquilo, remando como loucos sob a superfície. Hmm, Rick era um cisne, eu era mais um patinho, talvez até mesmo um flamingo sem as pernas finas.

Eu não conseguia conter minha atração e também não conseguia encontrar uma solução. Estávamos em um beco sem saída.

Havia uma boa notícia: Rhona tinha ficado quieta, e não havia mais postagens da Molly sobre mim ou Rick também.

Comecei a verificar as páginas do Insta de Rhona e Molly diariamente. Eu odiava sentir a necessidade de fazer isso e estar a par de suas vidas vazias e egocêntricas, mas uma mulher prevenida vale por duas, e eu, definitivamente, não queria ser pega de surpresa de novo. Eu suspeitava que isso fosse apenas a calmaria antes da tempestade ao invés de um fim permanente das hostilidades. Eu esperava estar errada...

Agora mesmo, Rhona estava na Europa, postando fotos no superiate de algum bilionário ao redor do Mediterrâneo (Grécia na semana passada, Croácia nessa). Todas as fotos eram da sua cabeça e ombros, sem dar qualquer sinal se havia um bebê ou não. Eu até analisei bem de perto, mas vestidos soltos de verão escondiam muita coisa, então eu não sabia de nada, exceto que estampas de animais estavam na moda de novo nessa época.

Molly estava postando seu habitual festival de autopornô com fotos de biquíni e vestidos que mal escondiam qualquer coisa em uma pré-estreia ou outra, assim como atualizava sua conta @*fuglies* várias vezes ao dia. Parecia que não faltavam pessoas para zombar de outras. Era deprimente. A vida era assim.

Mas hoje, eu tinha outras coisas em mente. Nós íamos comemorar. Era o último sábado de julho e eu acabei de correr 21 quilômetros pelo Central Park com Rick ao meu lado. Bem, mais ou menos. Eu tentei ultrapassá-lo, indo mais rápido e saindo na frente, mas então ele me alcançou de novo, dando um grande sorriso. Ele sabia que eu só estava ficando um pouquinho competitiva; ele me conhecia bem.

Acelerei de novo, mas não consegui manter o ritmo, e precisei voltar a trotar. Ele, definitivamente, sorriu com isso. Era um jeito de tornar os quilômetros divertidos, porque, às vezes, parecia que eu tinha estagnado e não conseguia ir mais além. Eu já tinha passado dois terços do meu treinamento, mas só correndo metade da distância que eu precisava. Tentei não me preocupar. Falhei.

Rick adicionava um quilômetro à minha corrida a cada duas semanas. Era difícil, muito difícil, e havia momentos em que eu pensava que era demais e desistiria, mas o apoio e encorajamento silenciosos de Rick me faziam seguir em frente.

Toda vez que falei que não conseguiria, ele disse: *Você consegue.*

Toda vez que disse que era difícil demais, ele rebateu: *Você é mais forte.*

E quando eu estava ofegando e suando como um porco em uma fazenda do Texas, ele disse: *Você está indo muito bem, Cady. Estou orgulhoso de você.*

E isso me fez seguir em frente. Então decidi perguntar a ele algo em que estive ponderando.

— Rick, estive pensando... — falei, minhas mãos nos quadris enquanto recuperava o fôlego depois de conseguir algo que achei ser impossível.

— Uh-oh.

— Cale a boca! Eu não disse nada ainda.

— Eu sei. Mas quando você pensa, eu fico preocupado.

— Ei!

— Só estou sendo sincero, Cady.

— Você é um pé no saco. Eu tenho que te perguntar uma coisa!

— Estou ouvindo.

— Certeza?

— Quase certeza. Você está a um metro de distância e gritando.

— Eu não estou gritando! — gritei.

Ele sorriu para mim.

— Meio que está.

— Argh! Você me deixa tão louca!

— Pensei que você tinha uma pergunta para mim?

— Você sente cócegas?

— Essa é a sua pergunta?

— Não, mas você é grande demais para eu machucar a menos que cause um dano real, e mesmo que você seja um chatinho, ainda gosto de você.

— Não vou responder — ele disse, dando um passo para trás, e me encarando como se eu estivesse prestes a atacá-lo. *Tentador*.

O que, provavelmente, significava que ele *sentia* cócegas. *Bom saber.*

— Okay, então aqui está a minha pergunta: você tem corrido comigo e treinado comigo e eu meio que me acostumei com você correndo ao meu lado, então, é o seguinte, não quero fazer sozinha, e acho que seria muito mais divertido com um amigo, então o que você acha?

Ele entrecerrou o olhar.

— Ainda não tenho certeza de qual é a pergunta.

— Ah! Certo! — Respirei fundo. — Você pode correr na Maratona de Nova York comigo?

O sorriso dele desapareceu e sua expressão se tornou séria.

— Sinceramente, Cady, não sei se consigo.

Escancarei a boca.

— O quê? Está falando sério?

Ele assentiu.

— Nunca corri uma maratona.

— Não correu?

Minha mente estava dando saltos mortais com essa revelação surpreendente.

— Não, e não tenho certeza se seria uma boa ideia. — Ele apontou para as cicatrizes clarinhas em seu joelho esquerdo. — Não sei se correr na rua por 42 quilômetros seja uma boa ideia para um LCA reconstruído.

Eu o encarei, finalmente percebendo o que sua confissão havia lhe custado.

— Me desculpe — falei, baixinho. — Eu não pensei. Eu deveria, mas não pensei. Você sempre pareceu tão... tão... indestrutível. Tipo o Homem de Ferro ou o Robocop. Não o Exterminador, porque você precisa de um sotaque para isso... não o seu sotaque, o sotaque do Arnie. Quer saber? Deixa pra lá. Me desculpe... O seu joelho está doendo?

Ele me deu um pequeno sorriso.

— Não, está tudo bem. Eu raramente sinto dor agora, talvez um pouquinho nos meses de inverno. Me conformei com isso... praticamente... mas correr uma maratona poderia ser um passo largo demais. Literalmente. E sinceramente não sei. As cirurgias foram há treze anos e estou em boa forma — *ele certamente estava* —, então talvez não tenha problema. Vou ver com o meu médico. Posso te avisar depois?

Eu queria abraçá-lo, mas pensei que ele acharia um passo largo demais também. Então mudei aquele assunto doloroso.

— Claro! — Dei um sorriso brilhante. — Me avise. 21 quilômetros! Uau! Eu super vou me agradar com um cachorro-quente do *Nathan's* da próxima vez que corrermos pela Orla.

Como sabia que ele faria, Rick balançou a cabeça.

— Seus hábitos alimentares são terríveis — ele disse. — Você nunca consome comidas saudáveis?

— Não — menti, sorrindo para ele. Peguei uma ou duas dicas de seu plano de nutrição, afinal, mas ele não precisava saber disso. Irritá-lo era muito mais divertido. — Pizza três vezes por dia com rosquinhas ao lado. Aah, espere! Acho que comi uma folha de alface no mês passado, mas estava coberta de maionese gordurosa.

Ele entrecerrou o olhar.

— Por que tenho a impressão de que você está tentando me atazanar?

— Hmm, acho que isso significa alguma coisa diferente no inglês britânico...

— Importunar, irritar, perturbar — ele esclareceu, cruzando os braços sobre o peito forte.

Mesmo depois de todos esses meses, a vista ainda era maravilhosa. Na verdade, quanto mais eu conhecia Rick, mais via a gentileza por baixo de sua atitude ranzinza. E depois de ouvir sobre sua ex-mulher egoísta e também presenciar toda a saga louca de Rhona, eu conseguia entender por que ele poderia ser um pouco cauteloso com mulheres.

Mas perto de mim, ele era muito mais relaxado do que costumava ser, mesmo que ainda fosse um pouco reservado. Então dei um salto de fé.

— Rick, eu gosto de você.

— Obrigado — ele disse, com cuidado, a garrafa d'água posicionada sobre seus lábios, como se estivesse esperando a piada.

— Você é um cara divertido. Você é um cara bom.

— Não vou comprar uma rosquinha para você.

— Viu? Você é engraçado!

— Isso foi eu sendo sério.

— Tanto faz. Você quer vir jantar no meu apartamento hoje à noite?

Ele engasgou com a água e passou os vários próximos minutos tossindo com tanta força, que esperei ele cuspir um pulmão na calçada a qualquer instante.

Seu rosto ficou vermelho e seus olhos estavam marejados quando ele, finalmente, conseguiu dizer uma palavra inteira:

— Quê?

— Jantar. Na minha casa. Hoje à noite. Para comemorar! — Ele ainda parecia em dúvida. — Olhe, eu corri 21 quilômetros hoje, algo que achei que nunca faria. Eu não teria conseguido sem você...

— Sim, você teria conseguido — discordou, balançando a cabeça.

— Cale a boca! Eu estou te agradecendo! Ou estou tentando... olhe, vai ser muito de boa. Vou pedir uma comida e...

Rick balançou a cabeça.

— Não.

Meu sorriso caiu aos meus pés.

— Não, você não vem jantar?

— Não, eu irei jantar, mas eu vou cozinhar. Não confio em você.

— Rick!

— Você me daria rosquinhas fritas ou uma barrinha de chocolate frita...

— Eu não faria isso! Bem, talvez as rosquinhas... e agora você me fez pensar em Zeppola com um monte daquele açúcar refinado delicioso em cima. Eu comeria um desses, com certeza.

— Viu? É por isso que eu vou cozinhar. Algo saudável.

— Isso não parece muito divertido — reclamei, mentalmente dizendo adeus para Dim Sum ou Noodles ou Tempura com todos os acompanhamentos cheios de gordura.

— Vai ser bom, eu prometo — ele disse, erguendo uma sobrancelha em desafio.

— Então chega de falar que isso não é ser profissional. — Balancei o dedo entre nós. — Podemos admitir que somos amigos, certo?

Ele franziu o cenho, mas depois assentiu devagar.

— Amigos. É, okay.

Pisquei duas vezes, depois três.

— Okay, você admite que nós somos amigos ou...?

— Okay, eu admito que nós somos... amigos.

Cocei meu pescoço.

— Huh, isso foi mais fácil do que eu esperava. Não que eu esteja reclamando, longe disso, mas o que te fez mudar de ideia?

Ele deu de ombros, um lado de sua boca se curvando em um sorriso adorável.

— Você.

— Uau, eu devo ser muito eloquente!

Doce Combinação

— Você fala muito.
— Mesma coisa.
— Não muito.
— Rick, você está estragando o momento.
— Sinto muito.
— Não sente nada.
— Não, não sinto.
— Minha casa, 7 da noite.
— Estarei lá. Com comida. Para comemorar por você ter corrido 21 quilômetros...
— Para comemorar minha espetacularidade da qual você tem uma pequena participação.
— Tudo bem.
— Ótimo.

Corremos de volta para a entrada do parque, evitando os passeadores de cães e ciclistas matinais, e não pude deixar de notar que Rick tinha um pequeno sorriso no rosto como se ele soubesse de um segredo e eu não. Era irritante. E fofo.

E parecia que tínhamos um encontro. Não um encontro. Jantar. Com um amigo.

Rick chegou ao meu apartamento três minutos adiantado. Eu nem fiquei surpresa. O que me surpreendeu foram as duas garrafas de *Rosé Prosecco* rosa-claro que ele estava carregando.

— Calorias vazias, Rick? Eu acho que você realmente me ama.

Ele sorriu, seus olhos brilhando com humor enquanto sacudia os ombros enormes.

— Uma guloseima ocasional não vai doer... contanto que seja apenas ocasional.

— Acalme-se, meu coração.

Abri mais a porta e gesticulei para ele entrar, pegando depressa as duas garrafas, caso ele mudasse de ideia.

Vi o sorriso que ele tentou esconder, como se soubesse *exatamente* o que eu estava pensando.

— Belo apartamento — comentou, andando na direção da janela panorâmica que quase tinha uma vista para o Central Park.

— Obrigada. — Sorri. — Tenho que admitir, comprei por causa dessa vista.

Ele encarou a rua abaixo, seus olhos pensativos... enquanto eu observava a vista muito agradável na minha sala. Lambi os lábios, encarando uma bunda incrível que foi esculpida por uma vida inteira de agachamentos e estava usando, no momento, uma calça jeans desgastada que parecia bastante macia. Eu esperava que não tivesse problema para ele ser objetificado, porque eu estava estudando para um Mestrado na matéria do belo físico de Rick Roberts.

Como se pudesse sentir meu olhar sobre ele, Rick olhou por cima do ombro e me flagrou no meio da minha vistoria.

— Sabe, você realmente não deveria usar jeans tão apertados assim — salientei. — Consigo ver o contorno do seu celular no seu bolso traseiro. Você poderia ser roubado.

Ele inclinou a cabeça para o lado.

— Você só consegue ver isso se estiver encarando o meu traseiro — ele disse, com um grande sorriso.

Gargalhei alto, sentindo o calor nas minhas bochechas que eram 10% constrangimento e 90% desejo.

— Flagrada. Você tem mesmo uma bela bunda.

Ele ergueu a sobrancelha.

— Isso é assédio sexual?

— Primeiro, não, porque eu só estava pensando em quantos agachamentos são necessários para ter uma bunda de aço; e segundo, não, porque quando eu decidir te assediar sexualmente, você não terá dúvidas do que estou fazendo.

Engoli em seco quando percebi o que havia acabado de deixar escapar, e estava prestes a pedir desculpas e andar para trás como se fosse Ginger Rogers, mas um sorriso perigoso iluminou seu rosto e ele caminhou na minha direção, me rondando como um predador que acabou de avistar sua presa – se a presa tivesse 1.80 – e pesasse 87 quilos.

Rick era tão cavalheiro, em todos os sentidos da palavra, que era fácil esquecer que uma vida de treinamento e anos de um esporte competitivo em nível internacional o deixou formidável de muitas maneiras.

Pensando se imaginei a ardência em seu olhar, disparei para a cozinha para pegar duas taças – eu estava tão quente... precisava beber alguma coisa gelada. Servi o vinho depressa em uma taça grande, bebi um gole enorme, depois enchi uma segunda taça para Rick.

Ele aceitou a bebida e me deu um sorriso tranquilo, o predador de volta à caverna, mas talvez não por muito tempo.

— *Mazel tov!* — ele disse, brindando a taça à minha.

— *Saúde!* — falei, copiando seu sotaque da melhor forma que conseguia. Soou mais como *Saode*.

Talvez *apenas amigos* pudesse se tornar algo mais. Certamente pareceu isso naquele instante atrás, mas talvez eu tenha imaginado. Não, não imaginei – eu torci.

Nenhum de nós reconheceu isso, mas a tensão sexual esteve crescendo entre nós, bem, antes daquela Rhona louca estragar meus planos de sedução. Mas estive pensando nisso.

A essa altura, com Rick na minha sala, pareceu inevitável que algo aconteceria cedo ou tarde. Cedo seria bom, mas eu aceitaria tarde se fosse preciso. Caramba, eu *queria* que acontecesse, mas estive me segurando porque a amizade de Rick era importante para mim. Eu não queria perder isso por uma única noite de sexo e prazer. Okay, era uma decisão *muito* difícil, mas eu, realmente, o valorizava como um amigo.

Ele carregou suas sacolas de compras para a cozinha com um braço, segurando a taça de vinho com o outro.

Colocando as sacolas na bancada, ele sorriu para mim de maneira egoísta.

— Comida saudável — ele disse, erguendo a sobrancelha. — Vegetais salteados com salmão e quinoa.

— Parece razoável — menti. *Parecia ótimo.* — Tem sobremesa? Algo doce... e não quero dizer fruta.

— Espere para ver. — Ele sorriu.

Observei-o cortar e saltear e ferver. Quero dizer, ele estava fervendo, eu estava fervendo, a comida estava fritando e fervendo. Era um completo festival de efervescência e eu estava bebendo *Prosecco* como se fosse água com gás.

Com certeza me deu uma agitaçãozinha boa. Eu fiz questão de encher a taça do Rick várias vezes também. Eu não beberia sozinha.

Ele estava com um dos meus panos de prato enfiado no jeans e o cenho franzido em concentração. Eu queria massagear aquela linha profunda com os meus dedos e dizer a ele que a vida não tinha que ser um desafio o tempo todo.

Mas então ele se virou e sorriu, um sorriso alegre e brilhante, um que dizia que ele estava gostando de estar aqui; ele estava confortável comigo.

— O cheiro está bom — falei.

— O gosto vai ser melhor ainda.

— Palavras fortes.

— Você vai ver.

Ele estava certo. Estava completamente delicioso, os sabores frescos misturados com uma forte pitada de pimenta. Eu gemi e grunhi como se estivesse no *Porn Hub*, e Rick riu alto.

— Está tooon gooom! — balbuciei com a boca cheia.

— Você está falando a nossa língua? Você disse "tão bom"? Mas deu para entender... você gostou. Esse é o segredo, Cady. Fazer comidas deliciosas com vegetais frescos.

— Rick, sem querer estragar nada...

— Uh oh! — ele disse, erguendo as sobrancelhas.

— Mas quando você ficou pela primeira vez com aquela-que-não-deve-ser-nomeada-mas-bloqueada-e-banida?

— Rhona?

— Você tem alguma outra *stalker*?

— Não, graças a Deus.

— Então, quando exatamente vocês ficaram?

— Dez de outubro — ele disse, com uma carranca.

— E a última vez?

— Nós temos que falar sobre *aquela mulher*?

— Apenas diga, bonitão.

— Odeio quando você me chama assim.

— Eu sei. E?

Ele fez uma careta de novo.

— Treze de outubro.

— Certo, então... espere, o quê? Mas esse é o seu aniversário!

— Eu sei. Minha mãe me contou.

— Rárá. Então, é por isso que você não deu o pé na bunda dela? Ela foi o seu presente de aniversário? Ooh, estou me sentindo nauseada.

— Não foi assim — resmungou, na defensiva. — Eu não sabia que ela sabia que era meu aniversário. Eu tomei algumas bebidas com meus amigos e fui para casa e encontrei... ela. — Ele suspirou e olhou para baixo. — Ela disse que me pesquisou no Google. Eu fiquei... lisonjeado. Então...

— Então você... qual é a expressão britânica? Você *fornicou* com ela.

Ele franziu os lábios e cruzou os braços.

— Você já sabe a resposta para isso.

— Sim, eu sei. E a data de hoje é 29 de julho.

— E?

— Faça as contas, Rick. Ou ela está grávida há quase dez meses ou...

Sua expressão se iluminou na mesma hora.

— Eu não sou o pai.

— Deem um prêmio a esse homem.

Depois ele franziu o cenho de novo.

— E se ela teve o bebê e não me falou?

— Não é impossível, mas, de acordo com sua página do Instagram, ela está na Europa nos últimos dois meses, navegando no iate de Roman Abramovich. Ela não teve tempo de ter um bebê.

Ele se recostou à cadeira, claramente chocado.

— Então, eu estou livre?

— Parece que sim.

Pensei que ele ficaria feliz, mas ao invés disso, sua expressão se tornou sombria.

— Então por que fazer essa porra? Por que foder com a minha vida assim? Por que mentir? Sobre um *bebê*?

Dei de ombros, desejando que soubesse o que dizer a ele.

— Porque ela é uma puta da mídia. Porque ela é uma figura mentirosa e manipuladora. Porque você disse não para ela. Escolha o que quiser. Ela não é uma boa pessoa. Você não pode processá-la por isso, mas pode processá-la por difamação e perda de lucros.

Sua expressão preocupada não mudou.

— Ela poderia... ela poderia ter perdido o bebê? — ele perguntou, parecendo devastado.

Deus, esse homem! Esse homem gentil e compreensivo.

— Deus! Mas... mas e se ela estivesse grávida? E se ela realmente sofreu um aborto?

Ele pareceu ficar pálido por baixo de seu bronzeado. Estendi o braço por cima da mesa e apertei sua mão. Ele soltou um longo suspiro.

— Você disse que mulheres como ela não engordam. Nós dois vimos a barriga.

— Verdade, mas você pode comprar uma dessas na Amazon por oitenta pratas.

— O quê?

— Estranho, mas é verdade. Acho que você nunca vai saber. Mesmo se você perguntar, ela não te diria a verdade. Mas Rick, eu não acho que ela estava grávida de verdade. Se você verificar a página do Insta dela desde maio, quando ela te deu a notícia, não houve um dia em que ela não postou *alguma coisa* sobre ir a clubes, festas ou viver a vida ao máximo. Viu o que estou dizendo? Até as Rhonas do mundo não passam por algo tão traumático quanto perder um bebê sem serem afetadas. Eu duvido seriamente que ela já esteve grávida. — Apertei sua mão e a soltei. — Acho que você pode deixar tudo isso para trás agora. Outra coisa para comemorar.

Eu não duvidaria de nada a essa altura. Basicamente, aquela mulher não tinha qualquer moral. Ela fez um bom homem sofrer sem motivo além de seu próprio ódio. Ela usou as redes sociais para puni-lo, e mentiu e mentiu e mentiu.

Ela e Molly eram farinhas do mesmo saco. Eu teria dito que esperava que isso tivesse as deixado felizes, mas não parecia ter muita felicidade na vida de nenhuma das duas, mesmo que Rhona estivesse vivendo a vida ao máximo no superiate de um bilionário. Pessoas felizes não mentiam sobre estar grávidas.

Hesitei, mas então decidi passar a revelação completa.

— E tem outra coisa... vai ter uma segunda temporada de *Acesso ao Excesso*, o *reality show* no qual Rhona estava no ano passado. E, hmm, ela está contracenando com Molly. — Rick fechou os olhos, parecendo aflito. — Eu sei, né? História de terror total. Elas anunciaram ontem e as filmagens vão começar imediatamente. Está em todas as páginas das redes sociais dela. Parece que a maior parte será em Londres dessa vez, mas é isso aí. As duas juntas... me faz estremecer. Mas já que não estamos procurando problemas e ela estarão a mais de quatro mil quilômetros de distância, vamos apenas ignorá-las.

Rick assentiu, sua expressão perturbada sumindo devagar, e depois ele deu um pequeno sorriso.

— É, estamos comemorando você ter corrido 21 quilômetros. Vou beber a isso.

E esvaziou a taça em um longe gole.

Ergui as sobrancelhas. Nunca vi Rick beber daquele jeito antes.

Na verdade, nas poucas vezes em que o vi ingerindo álcool, ele teve o cuidado de nunca tomar mais do que alguns goles de uma vez. Acho que as minhas boas notícias realmente causaram um efeito nele – isso, ou, finalmente, o fato de estar livre de Rhona.

Ele virou o olhar para mim.

— Obrigado — ele disse. — Por tudo.

— De nada — respondi, baixinho.

Pela primeira vez, eu não tinha uma resposta espertinha.

Pelo restante da refeição, ele me observou, sem nunca comentar o quanto comi ou as calorias "vazias" que vieram com a sobremesa (mais bolo de chocolate vegano do restaurante Xerxes).

Mas não consegui evitar em reparar que ele estava *me* observando, seus olhos ardentes de desejo. Mas ainda assim, ele não agiu. Eu não tinha certeza do que ele estava esperando – café e charutos na sala de sinuca? Oh, espere, ele não fumava. E eu não tinha uma sala de sinuca.

Entre nós, terminamos as garrafas de *Prosecco*, e quando ofereci a ele um copo de uísque *Cooper & Kings*, ele aceitou.

Ele se sentou no meu sofá, as longas pernas estendidas, seus olhos calorosos e o sorriso tranquilo. Eu nunca o vi tão relaxado. A tensão que parecia persegui-lo, a vontade de se pressionar mais, estavam ausentes pela primeira vez.

Ele estendeu a mão para seu uísque e se atrapalhou com o copo, derrubando algumas gotas.

— Desculpe. — Riu.

Seus olhos estavam vidrados e percebi que Rick era fraco para bebida. Duas garrafas de vinho e um golinho de uísque e ele não era ninguém. *Sim, por favor!*

Ele estendeu a mão para seu copo de uísque de novo e dessa vez derrubou sobre a camisa branca e o jeans.

— Oh, maldição! — Ele riu. — *Coq au vin!*

É, Rick estava mais do que tonto — ele estava desastrado, engraçado, bêbado.

Peguei uma toalha na cozinha, e quando dei por mim, estava enxugando a virilha dele. Não foi tão excitante quanto eu esperava, mas foi o mais perto da área desde que o conheci.

Ele encarou os meus olhos, depois foi descendo devagar até estar encarando o meu decote. Acho que ele tinha uma quedinha pelas meninas —

ele certamente estava dando toda a sua atenção para elas. Eu estava prestes a comentar que tocar com as mãos seria bom também, quando ele fechou os olhos e deslizou pelo sofá.

Seus longos dedos se fecharam ao redor do meu pulso e ele me puxou para perto até que eu estava equilibrada em seu joelho, meu peito pressionado contra o dele.

Ele abriu os olhos e então sorriu desleixadamente.

— Deus, você é linda!

— Sério? — falei, contente e surpresa. — Pensei que eu fosse irritante e um pé no saco?

— Você é, mas no bom sentido.

Os lábios dele roçaram contra os meus de leve, depois com mais firmeza, e depois exigindo mais agressivamente. Devolvi cada movimento enquanto nossas línguas duelavam, e ele colocou as mãos no meu cabelo, puxando com força. Meu coração estava retumbando, e as borboletas no meu estômago estavam voando tão loucamente, que eu mal conseguia respirar.

E então, as mãos dele se largaram ao lado e um ronco estrondoso ecoou pela sala.

Cutuquei o peito dele sem receber uma reação.

— Cacete! Você está dormindo?

Mas não houve resposta.

Lá estava ele, o homem mais lindo que já conheci, que beijava como um deus, e dormia como um bebê.

Nunca um homem desmaiou em cima de mim antes. Quem quer que tenha dito que toda experiência nova deve ser valorizada é um idiota.

Cutuquei o peito dele com mais força.

— Acorde!

— Queeeê? — resmungou, abrindo um olho e enrolando as palavras.

— Por que você está bêbado? Eu estou bem e tomei a mesma quantidade que você!

Ele fez um biquinho, cruzando os olhos.

— Porque sou sarado e você é uma gordinha sexy.

Eu não sabia se ficava ofendida, lisonjeada ou se achava graça. Mas quando pensei nisso, as palavras dele fizeram um sentido estranho – o homem praticamente não tinha gordura corporal. Ele era talhado, esbelto, tonificado –, e agora, estava inconsciente no meu sofá. Nenhuma quantidade de cutucadas e gritos no ouvido dele o acordariam.

Suspirando, levantei as pernas dele para o sofá – rapaz, elas eram pesadas –, tirei seus sapatos, e o cobri com um cobertor.

Lá se vai a comemoração.

Desapontada e ainda excitada por causa do beijo dele, fui para a cama, pegando meu superamigão movido a pilhas.

Acordei de madrugada com o som de alguém vomitando no meu banheiro. Saltei da cama, usando meu pijama de flanela da Vila Sésamo e corri para o banheiro.

Rick estava vestindo apenas uma cueca boxer, curvado sobre o vaso, botando para fora o jantar que ele tinha cozinhado para mim na noite anterior.

Ele ergueu a cabeça quando me viu e limpou a boca. O olhar em seu rosto era tão patético que eu não poderia ficar brava ou sequer rir dele. Muito.

— Você está?

— Sim, estou bem. Só exagerei um pouquinho na bebida — grunhiu, sua voz tão áspera quanto a bunda de um porco-espinho.

Entreguei a ele um copo cheio de água.

Ele sentou no chão e bebeu enquanto eu deslizava ao seu lado. Analisei seu rosto bonito, atualmente um pouco verde, e o cutuquei suas costelas com gentileza.

— Aposto que você queria ser um gordinho sexy agora ao invés de sarado.

Ele fechou os olhos.

— Oh, Deus, eu esperava ter dito isso só na minha cabeça.

— Não! E eu filmei no meu celular.

— Você não fez isso...?

— Não, não fiz. Pelo menos não precisei segurar o seu cabelo.

Ele grunhiu de novo, as mãos seguindo para o coque sujo que ele ainda estava usando.

— Ah, bolas, me desculpe! Isso é constrangedor.

— Está tudo bem, você pode me compensar me levando para um jantar que não termine com você vomitando.

— Fechado. Mas essa noite, não. Eu preciso me recuperar.

Ele se virou para me encarar, fazendo uma pequena careta.

— Ontem à noite foi o pior encontro que você já teve?

Ele achava que era um encontro? Interessante.

— Não. Houve uma vez que um cara me levou para assistir a um filme de terror e o amigo dele se sentou atrás de nós no cinema e ficou cuspindo pedaços de cenoura no meu casaco durante a parte assustadora/nojenta...

— Sério?

— Não, eu só estava tentando fazer você se sentir melhor. Funcionou?

— Não mais.

— Pense dessa forma, Rick, e eu não falo isso para a maioria dos homens, foi uma noite que nunca esquecerei.

Capítulo 21

Rick

Nós nos beijamos! Eu beijei Cady! Eu queria fazer mais antes de ter bebido demais e entrado em um coma. Mas mesmo assim, nós nos beijamos!

O pânico cresceu dentro de mim. Era assim que os homens acordavam casados com a mulher errada e com dez filhos e uma minivan ao invés de um carro esportivo. Foi assim que acabei sendo perseguido por dez meses e tendo meu nome arrastado para a lama da mídia.

Senti um peso sufocante me pressionando, o pensamento de estar casado com a mulher errada de novo, ligado à mulher errada de novo, debaixo dos holofotes da mídia de novo.

Eu gostava muito de Cady, mas eu tinha o pior julgamento quando se tratava de mulheres. Ser amigo dela era muito mais seguro. *Deus, eu era patético.*

Abaixei a cabeça. Como poderia ser seu *personal trainer* quando eu, obviamente, sentia alguma coisa por ela? Como eu poderia quebrar cada regra que impus a mim mesmo e aos meus funcionários da *Body Tech* e manter o respeito de qualquer pessoa? Como eu poderia repelir Melinda e mulheres como ela, se soubessem que eu estava namorando uma cliente? Como eu poderia manter os membros da Diretoria felizes? Como eu poderia manter um pouco da publicidade positiva depois de tudo o que havia acontecido – e que ainda poderia acontecer – com Rhona? E se elas falassem de mim em seu novo programa de TV? E se elas metessem Cady nisso também? E se as duas harpias usassem sua influência para jogar mais merda no ventilador? Cady achava que tudo tinha acabado, mas eu não tinha tanta certeza. Era um desastre esperando para acontecer, e eu trabalhei demais para deixar que algo assim ocorresse.

Mas o pensamento de não ver Cady de novo queimou dentro de mim.

— Cara, você está um trapo — disse Vin, de volta à Nova York, e relaxando no meu sofá, o controle remoto em uma mão, mexendo em seu *laptop* com a outra enquanto fazia sua ligação diária com seus três cachorros vira-latas.

— Valeu — resmunguei, brevemente.

— Para ser sincero — ele disse, me olhando de relance —, pensei que transar te deixaria animado, seu desgraçado miserável. Mas você parece ainda mais cansado, porra. Por favor, não me diga que Cady era ruim de cama, porque o Vin-mestre está sentindo que ela é uma leoa na cama.

— Vá à merda! Eu não dormi com Cady! — esbravejei, me arrependendo na mesma hora quando a cabeça latejou como se alguém estivesse escavando meu cérebro.

Vin me encarou.

— Por que não, seu cabeçudo? Não conseguiu levantar? Viagra, cara. É isso o que você quer.

— Eu... não é... eu não preciso de Viagra!

— Então o que foi? Você acha a mulher gostosa. Que porra você está esperando?

— Porque... porque ela é uma amiga. Nós não estamos namorando.

— É, sei. Você quer tanto entrar na calcinha dela, que age como se estivesse prestes a arrancar os meus olhos se eu sequer olhar para ela.

— Eu... eu gosto dela.

— Maldição, Rick! Você acabou de desenvolver uma vagina? Eu juro que você virou uma garota!

— Eu gosto dela. Eu a beijei. Depois desmaiei, porque bebi demais. Eu estava vomitando no vaso dela às cinco da manhã. *Nada aconteceu.*

Vin começou a rir e toda vez que olhava para mim, ele ria mais ainda.

Sentindo nojo de mim mesmo, nojo dele e determinado a arranjar um amigo melhor, fui para a minha cama e desmaiei. De novo.

Quando acordei várias horas mais tarde, minha cabeça estava com uma dor insuportável e a boca tinha o gosto do fundo da gaiola de um papagaio. Olhar no espelho também não era reconfortante. Meus olhos estavam vermelhos e eu tinha olheiras bem escuras. Eu parecia tão mal quanto me sentia e, *oh, merda!*, minha camisa e meu jeans estavam cobertos de manchas de uísque. Cady deve ter pensado que fui um completo babaca. Claro, ela foi legal comigo quando fui embora, mas ela tentava ser legal com todo mundo, era seu defeito de fábrica.

No entanto, havia uma pequena pitada de ressentimento também. Minha vida estava caminhando bem até aquela noite na festa beneficente. Desde então, eu me senti fora de controle, um passageiro no desastre de carro que era a vida de Cady Callahan. Eu sabia de uma coisa com grande clareza: eu não poderia tentar namorá-la e treiná-la ao mesmo tempo. Minha reputação, a *Body Tech* – eram importantes demais para colocar em risco. E ainda havia uma chance muito real de a Diretoria encontrar uma forma de me expulsar da minha própria academia.

Eu tinha que escolher: treinar ou namorar. Mas o pensamento de outro homem levando-a para sair, beijando-a, dormindo com ela, isso me fez querer vomitar de novo. Encontrar um novo PT para ela seria mais fácil, mesmo que me matasse vê-la com outra pessoa na academia, definitivamente, era o melhor. Então, eu estaria livre das minhas obrigações de trabalho e nós poderíamos tentar namorar. Caramba, nós já tínhamos a química sexual e eu tinha certeza de que qualquer coisa com Cady seria incendiária.

Mas dúvidas enchiam a minha mente. Eu fui extraordinário uma vez; um de um pequeno grupo de atletas irmãos que jogaram por seu país. Agora eu era só mais um *personal trainer* em uma cidade repleta de academias. Cady era brilhante no que fazia, e eu sabia que seus dias na rádio poderiam ser trocados por um horário nobre na TV a qualquer momento. Ela seria uma estrela. Ela já era uma estrela ao meu ver. Eu a achava incrível. Então o que ela iria querer com um antigo atleta acabado e destruído?

Esses pensamentos negativos não me impediram de querê-la – eles só me fizeram parar de acreditar que ela iria me querer por mais de uma noite.

Eu queria tentar, mas primeiro, precisava deixar de ser seu *personal trainer*. Havia limites que eu não estava preparado para ultrapassar – o risco era alto demais.

Antes que mudasse de ideia, mandei uma mensagem para ela, colocando tudo por escrito para que não perdesse a coragem de fazer a coisa certa.

> Oi, Cady, espero que você esteja bem, melhor do que eu, tenho certeza. Posso apenas pedir desculpas de novo e torcer para você não ter tirado uma foto para fins de chantagem (brincadeira).

> Vamos fazer a nossa próxima sessão no Central Park. Te encontro no Miner's Gate, 9:30 da manhã? Pode ser? Andar, conversar, tenho algumas coisas em mente. E vamos cronometrar aqueles passos, criar um ritmo. Essa maratona não vai correr sozinha.

> Você que manda. O que está na sua mente? Estou intrigada?

> Podemos conversar lá. Pelo menos eu sei que você vai aparecer se está intrigada.

> Provocador! Te vejo logo x x

Meu estômago se agitou quando vi os dois beijos que ela adicionou à mensagem. Ela nunca fez isso antes. Meu pobre cérebro de ressaca estava confuso porque eu estava temendo a conversa que precisávamos ter, mas eu queria vê-la também.

Então, na manhã de terça, eu estava lá cedo, mas ela estava esperando por mim — com rosquinhas.

— Oi, Cady, é bom te ver e... uau, eu não acredito... você chegou cedo para a nossa sessão?

— Bem, você me convenceu com a parte de andar e conversar, já que eu amo falar. Você me conhece. Quer uma rosquinha?

Fiz uma careta ao ver tanto açúcar e gordura misturados. E eu ainda estava sentindo a humilhação daquela ressaca terrível da última vez em que a vi. Forcei uma risada.

— Rárá, isso é verdade. Eu te conheço bem demais.

Ela me lançou um olhar estranho, depois deu de ombros e terminou sua rosquinha, limpando as mãos cheias de açúcar na bunda generosa. Tentei não olhar. E falhei.

Eu precisava ter "a conversa", mas como falar as palavras certas?

Seguimos pelo parque, curtindo o último frescor de qualquer manhãzinha antes que o dia começasse a esquentar ainda mais. Era o início de agosto, e uma onda de calor estava se instalando sobre a cidade com as temperaturas da tarde chegando a mais de 32 graus.

Percebi que eu estava completamente distraído, mas Cady parecia firme enquanto chegávamos ao quilômetro dez, nossa meta para esse treino da manhã. Ao nos aproximarmos de novo do Miner's Gate, paramos para nos hidratar, e Cady olhou para mim.

— Então, o que está rolando? Você me seduziu com a ideia inovadora de que poderíamos conversar: o corpo está aqui, mas a mente está em outro lugar. Às vezes, você é como um robô. Um robô sexy. Tem uma alavanca em algum lugar? Oh, uau, eu realmente acabei de dizer isso. Mas não quiser dizer *isso*. — Ela se engasgou com uma risada e então finalizou sem convicção: — O que foi?

Hora de ser verdadeiro com ela.

— Não é nada que você fez, Cady, sou eu.

Ela arregalou os olhos.

— Ai, meu Deus, nós estamos tendo a conversa "não é você, sou eu"?

— Eu passei dos limites no sábado. Aquilo foi imperdoável e peço desculpas. — *E, sim, eu pratiquei essa parte.*

A expressão curiosa de Cady endureceu, lembrando-me – não que eu precisasse disso – de que ela não era fácil, definitivamente, não era uma flor retraída. Ela era uma mulher forte e bem-sucedida... e pelo olhar em seu rosto, eu estava prestes a ser prensado.

— Você está falando sério? — Ela se irritou, o semblante demonstrando uma descrença furiosa. — Você passou dos limites? Pensei que já tínhamos falado sobre isso; eu me lembro claramente da conversa. O que você está dizendo agora?

Fiz uma careta e desviei o olhar.

— Na outra noite... você ainda é minha cliente e eu passei dos limites. Eu preciso ser profissional. Sou comprometido com o que faço, é a minha paixão ajudar as pessoas. Ter relacionamentos com clientes não é muito profissional, nunca aconteceu antes, não desde que comecei a *Body Tech*. Você é ótima, só preciso ser claro com o que estou fazendo. Depois do que aconteceu com Rhona... e você trabalha para a maior estação de rádio do Estado de Nova York...

Ela colocou as mãos em seus quadris abundantes, os olhos violeta brilhando com tanta fúria, que dei um passo para trás.

— Você está me comparando com aquela louca?! Sério? Você acha que eu tentaria arruinar a sua reputação ao vivo? Acha que eu faria isso com você, ou com a minha carreira? E o que *você* está fazendo? Está dizendo que sou apenas uma cliente para você depois de toda essa merda?

— Não, não, não é isso o que quero dizer, isso está soando errado! — murmurei, meu corpo dominado pela frustração. — Olhe, não podemos fazer as duas coisas, não posso ser seu treinador e estar romanticamente envolvido com você. — Ela estava me encarando, raiva percorrendo todo o seu corpo. — Talvez nós não devêssemos nos deixar levar? — acrescentei, sem convicção.

Cady se virou antes que eu terminasse e já estava caminhando a passos largos pelo parque, falando por cima do ombro:

— Não se preocupe, Rick, não iremos!

— Cady! Espere! Eu não quis dizer isso... merda! Droga!

Mas ela já tinha ido, perdida na multidão de pessoas caminhando, empurrando carrinhos de bebês e andando de bicicleta.

Desencorajado e irritado por não ter explicado direito o que eu queria dizer, corri de volta para a *Body Tech*.

Mandei uma mensagem para Lara, minha assistente-administrativa, pedindo para reagendar todas as minhas sessões de treinamento com Cady com qualquer treinador que estivesse disponível. Depois joguei meu celular na mesinha de centro e fui tomar banho.

Quando, finalmente, me senti humano de novo, eu me vesti devagar, lidando com o meu mau humor, e verifiquei as mensagens com olhos exaustos. Eu tinha três mensagens da Cady.

> Você está de sacanagem comigo, porra? Você não quer me treinar mais? Tudo bem.

> Você é um covarde. Não podia nem ter dito na minha cara, você tinha que pedir para a sua assistente me mandar um e-mail. Isso é patético.

E a última.

> Pensei que fôssemos amigos. Acho que me enganei. Não vou te incomodar de novo.

Ai, merda! Eu não esperava que Lara resolvesse isso tão rápido. Pensei que teria tempo para explicar à Cady que fiz isso para que pudéssemos tentar namorar adequadamente. Meu coração estava disparado quando liguei para ela, mas ela não atendeu. Liguei mais três vezes sem resultado, depois mandei uma mensagem:

> Estou tentando te ligar para explicar. Não posso namorar uma cliente, então encontrei um novo treinador para você. Espero que possamos tentar de novo. Por favor, ligue para mim. Rick

Sentei-me com o celular quase sendo esmagado na minha mão, mas ela não ligou. Eu nem tinha certeza se ela tinha lido a mensagem.

Sentindo-me mais enjoado do que quando acordei na semana passada, desci para a *Body Tech* para trabalhar em uma papelada. Eu nem tinha mais ânimo para malhar hoje. Além disso, fazer qualquer coisa sem entusiasmo seria uma propaganda ruim para a *Body Tech*.

Lara ergueu as sobrancelhas quando me viu, então presumi que eu estava com uma aparência miserável de merda.

— Manhã difícil?

— Algo assim — admiti.

— Então — ela disse, arrastando a palavra —, eu reorganizei seu cronograma de clientes particulares.

— É, obrigado — falei, soando como um imbecil ingrato.

— Fiquei um pouco surpresa por você ter deixado de treinar Cady Callahan. Ouvi dizer que ela está indo muito bem.

— Ela está — afirmei, ainda mais mal-humorado.

— Okay?

Ela estava esperando uma explicação, mas eu não tinha nenhuma.

— Que treinador você designou para ela? — perguntei, irritado, mexendo nas pilhas de papéis que pareciam tomar a minha mesa.

— Brandon Harrison.

Levantei a cabeça tão depressa que eu mesmo me dei um torcicolo.

— *Brandon Harrison?* Você está de sac... de brincadeira comigo?

Ela arregalou os olhos.

— Não, ele tinha um pouco de espaço na agenda, já que ele e a Sra. Lentik não estão... treinando juntos mais. Tem algum problema?

Sim, tinha a porra de um problema enorme. Brandon era um bom treinador, mas ele era um galinha. Ele tinha a reputação de dormir com clientes, mas pelo fato de manter uma discrição razoável, depois de horas, e fora da academia, eu não tinha motivos para demiti-lo. Até agora. Mas o pensamento de Cady e ele ficando juntos...

Meu estômago revirou e eu realmente achei que fosse passar mal. Cambaleei até o meu banheiro particular e me debrucei sobre o vaso até que meu estômago parou de andar em uma montanha-russa. Joguei água fria no rosto e me encarei no espelho.

E foi naquele momento em que tive certeza. Cady não era apenas uma paixonite para mim e ela não era minha amiga. Ela era barulhenta e irritante e sentia prazer em zombar de mim. Ela trabalhava no meio midiático, algo que passei a detestar. Mas... ela era gentil e leal e honesta. Ela não fazia joguinhos, exceto o de me provocar, e até mesmo isso era por ela me achar sério demais, muito recluso dentro da minha cabeça o tempo todo. E eu estou total e completamente apaixonado por ela... e agora ela me odiava.

— Você realmente estragou tudo, seu idiota estúpido — resmunguei para o meu reflexo. O homem no espelho concordou, parecendo mais arrependido do que tinha qualquer direito de estar. — Então conserte!

Mas como?

Capítulo 22

Cady

Eu ainda não conseguia acreditar que Rick tinha me largado daquele jeito. Era por que nós tínhamos nos beijado ou por que o vi vomitando? Talvez os dois. Mas cacete, depois de todas as merdas constrangedoras que fiz perto dele... e ele me comparou com a *Rhona Maluca Epstein!* Eu estava tão brava com ele! Ele realmente achava que eu o atiraria aos lobos como ela fez? Que eu mentiria, trairia, o manipularia, *o perseguiria?* Isso era tão insultante! E quando ele mencionou o meu programa da rádio, eu quase o soquei. Como ele ousava?! Eu era profissional. Ganhei prêmios para a *Larica Matinal*! Eu não era uma sanguessuga metida à besta como Rhona, ou Molly e sua laia. Como ele poderia sequer pensar isso?

E quanto à sua desculpa patética de "passei dos limites" – nós já não tínhamos falado sobre isso várias e várias vezes?

Fiquei tentada em bloquear o número dele, mas não o fiz. Ao invés disso, li suas desculpas e me enfureci.

Eu até brinquei com a ideia de encontrar uma academia diferente para treinar para que não trombasse com ele por acidente ou o chutasse sem querer nas bolas que ele não tinha. Mas já que ele sabia meu horário de treino, imaginei que era esperto o bastante para me evitar. E além disso, já que eu tinha uma assinatura grátis de um ano em uma academia cara enquanto pagava uma hipoteca mais cara ainda, encontrar um lugar novo para treinar estava fora de questão e fora da equação.

Exalando relutância e tão motivada quanto um sanduíche de presunto em um café da manhã judeu, apareci na minha primeira sessão com o meu novo treinador designado.

Brandon Harrison era alto, sarado, com a pele da cor de caramelo derretido e surpreendentes olhos verdes. Ele era atraente, bonito, e sabia totalmente disso.

— Você deve ser a Cady. — Ele sorriu para mim, mostrando dentes brancos perfeitos. — Eu sou Brandon, o escultor do seu corpo.

Sério?

— Oi, é, Cady Callahan. Prazer em te conhecer.

Estendi a mão, mas em vez de balançá-la como uma pessoa normal, ele se curvou e a beijou. Depois olhou para mim e deu uma piscadinha.

Se tivesse visto a foto dele no Tinder há alguns meses, eu, certamente, deslizaria para a direita. Ele era lindo, mas agora eu o achava um pouco perfeito demais.

O rosto de Rick era um estudo de imperfeições: o calo em seu nariz onde havia sido quebrado; a cicatriz em sua sobrancelha direita por ter jogado rúgbi; seus dedos curvados por causa de muitos acidentes e rupturas relacionados ao esporte.

A pele de Brandon era lisa e impecável. Eu o analisei de soslaio, procurando alguma coisa imperfeita... mas não havia nada.

Dei um sorriso fraco enquanto ele me levava para a sala de musculação.

— Então, sobre isso de esculpir o corpo... parece que você está prestes a talhar um pedaço da minha bunda, ou talvez eu tenha te entendido mal.

Ele riu alto demais.

— Não, nada de talhar, mas vou te ajudar a conseguir uma silhueta mais esbelta e...

— Uou, calma aí, parceiro! Quem disse qualquer coisa sobre querer uma silhueta mais esbelta? Estou treinando para correr na Maratona de Nova York em novembro, não modelar de biquíni em Miami. Preciso aumentar minha massa muscular e resistência. Silhuetas não estão na minha lista de afazeres.

Ele franziu o cenho, confuso.

— Mas certamente você quer perder peso, diminuir alguns quilos?

— Um estudo recente descobriu que mulheres com um pouquinho de peso extra vivem mais tempo do que os homens que mencionam isso — afirmei, áspera, encarando-o com o entusiasmo de uma paciente se preparando para uma irrigação do cólon.

Para seu crédito, Brandon apenas sorriu e ergueu as mãos em derrota.

— Minha primeira prioridade é ser capaz de correr 42.5 quilômetros em três meses — eu o lembrei.

Ele pareceu surpreso, embora eu não tivesse certeza do porquê, mas então sorriu. Ele fazia muito isso. Qual era o problema dele? Por que não poderia ser grosseiro e incomunicável como outros certos treinadores?

— Okay, vamos trabalhar com isso. — Sorriu, seguido de outro largo sorriso e até uma risada. — Vamos fazer um aquecimento de cardio e então alguns agachamentos. De boa pra você?

— De boa — respondi, com um olhar gélido.

— Como foi com o seu novo treinador? — perguntou Grace, durante o almoço. — Eu o pesquisei... muito bonito. Muito gostoso, na verdade. Espero que ele tenha usado mais do que as cuecas que ele mostra em todos os *posts* do Instagram para te treinar, porque isso seria uma distração total.

— Ele sorri demais — reclamei. — E fala coisas encorajadoras o tempo todo. Ele beijou a minha mão ao invés de balançá-la, e fica piscando para mim como se fosse fofo. Não é. É irritante.

Quem diria que eu sentiria a falta da presença rabugenta de Rick?

— Que idiota. — Grace riu de mim. — Imagine ficar feliz em te treinar e te encorajar com sorrisos fofos. Alguém deve impedi-lo!

Suspirei e cutuquei meus *blintzes* com um garfo.

— Eu sei, eu sei. Só estou puta com Rick. Nós começamos isso juntos... sempre pensei que fôssemos terminar juntos. E não quero dizer namorando ou algo assim, quero dizer treinando; nós éramos um time. Mas agora ele me jogou para um vagabundo com um sorriso de pasta de dente. Eu, sinceramente, não entendo. Nós estávamos indo tão bem.

Grace assentiu.

— Você não pode ensinar um burro a rir, ele sempre irá apenas zurrar.

Eu ri a contragosto.

— Okay, Vovó Sábia, de onde você tirou *esse* ditado?

— De uma vovó sábia. Significa que você não pode mudar o Rick. Apenas duas pessoas sabem o que realmente está acontecendo em um relacionamento...

— Nem tantas assim, na maior parte do tempo — discordei.

— Verdade. Então você sabe o que tem que fazer?

— Caçá-lo e chutá-lo nas bolas? — perguntei, esperançosa.

— Divertido, possivelmente criminoso, mas não. Você tem que seguir em frente. Concentre-se no seu treinamento com o novo treinador gato e vá atrás da sua medalha da maratona.

— Minha ideia era melhor, tirando a parte do processo judicial. Tudo bem. — Suspirei. — Eu vou trabalhar, treinar, comer, dormir e repetir. Feliz?

— É, é bom o bastante — ela disse, enfiando seu garfo no meu blintz e terminando por mim.

Maldito Rick Roberts. Ele estava mexendo até com o meu apetite.

O celular de Grace tocou com uma notificação e ela deslizou o dedo pela tela, depois fez uma careta.

— O quê?

— Você não quer saber.

— Argh, odeio quando as pessoas dizem isso! É claro que tenho que saber agora.

Franzindo o cenho, ela me mostrou uma postagem no Twitter da @fabulousMollyMckinney.

— Você a segue também? — Suspirei.

— Só para saber o que ela está dizendo de você — Grace falou, na defensiva. — Sempre tenha informações sobre os passos do seu inimigo.

— Eu sei. Estou seguindo essa vaca e Rhona pelo mesmo motivo — admiti, cansada.

Peguei meu celular e nós duas lemos o último *Tweet* da Molly.

> Problemas no paraíso? O sexy personal trainer @RickRobertsBodyTech largou a gorda louca por "fitness" @TheRealCadyCallahan. Estou surpresa — só que não! Ele é fit, ela é gorda, nunca seria uma combinação feita em Hendon.
> #tefalei #porcosnaovoam #gordanaofit #fuglies

— Argh! Ela é desprezível! E quem contou a ela sobre Rick? Só aconteceu ontem.

Grace deu de ombros.

— Alguém da *Body Tech*. Talvez Brandon tenha dito alguma coisa.

Fiz uma careta para ela.

— Ótimo. Será outra tempestade da mídia em uma xícara de café. Eu não preciso disso!

— O que te incomoda mais sobre o Rick? — ela perguntou, baixinho.

— Que ele te deu um treinador diferente, um que ele, provavelmente, está pagando do próprio bolso...

— Eu não tinha pensado nisso — admiti, envergonhada.

— Ele passou por muita merda com Rhona Epstein e suas mentiras. Talvez ele realmente esteja assumindo um risco ao namorar...

— Nós nunca estivemos namorando!

— Ao *jantar na casa de uma cliente* então.

Suspirei.

— Tudo isso. Tudo me incomoda. Pensei que fôssemos amigos, talvez mais. Rhona é finalmente passado, eu acho, espero, e estávamos nos dando muito bem. Ele me beijou! Eu não o beijei, ele me beijou e ...

— Quando ele estava bêbado!

— Argh! Você está fazendo parecer que eu o enchi de álcool e dei meu jeito perverso com ele!

— Ooh, quão perverso?

— Grace!

— Desculpe!

— Houve um beijo escaldante seguido por zero perversidade. E nós estávamos bem na manhã seguinte. Bom, eu estava bem, ele estava recriando a cena do vômito de *As Bruxas de Eastwick*. Mas nós conversamos depois, brincamos sobre isso. Bem, eu brinquei, ele só parecia enjoado. Mas nós estávamos *bem*. Depois recebo aquela droga de "não é você, sou eu", seguida por suas mensagens de merda sobre um novo treinador e "manter as coisas profissionais". Ele nem teve colhões para me ligar.

— Parece que os colhões dele eram o problema.

— Rárá. Estou falando sério, Grace. Nós estávamos *bem*.

— Então o que você acha que mudou?

— Eu, sinceramente, não sei. Ele é um cara. Eles pensam diferente.

Grace terminou o meu blintz e se recostou à cadeira.

— Me desculpe, querida. Eu sei que você gostava dele. Estive enchendo o seu saco para conhecer alguém, *não* no Tinder, e quando você conhece, explode na sua cara. Literalmente.

Lancei um olhar mordaz e ela fez uma careta.

— Mas isso não significa que você não deveria tentar de novo com outra pessoa. Talvez esse tal de Brandon...

— Mas *nem pensar*. Eu te falei, ele é um galinha, está na cara dele.

Grace sorriu tristemente.

— Eu odeio dizer o óbvio, mas Cady, você é meio galinha também. Qual foi o último relacionamento sério que você teve? Eu sei, eu sei, está focando demais na sua carreira; ocupada demais se divertindo com os caras do Tinder. Se um cara sequer mostrasse o mínimo interesse naquela coisa antiquada chamada namorar, você saía correndo. Você é uma garota do tipo pegou e largou. Quero dizer, caramba, quantas vezes você me contou que saiu escondida de quartos de hotéis quando eles desmaiaram por ter feito muito sexo orgástico com você?

— Não existe essa coisa de muito sexo orgástico — resmunguei.

— Você é uma galinha, então é melhor aceitar, garota. Ou — ela fez uma pausa dramática —, ou você encontra outro cara que não precisa ultrapassar a linha treinador-cliente.

— Cacete! Eu odeio quando você está certa. — Suspirei. — Eu gostava do Rick. Ainda gosto, mesmo que esteja brava com ele.

— Então o que você vai fazer?

— Sobre o Rick? Nada. Ele teve sua chance. Não, eu vou me concentrar no meu treinamento. Preciso gastar as horas, senão vou morrer na televisão tentando correr uma maratona.

Grace apertou a minha mão.

— Eu tenho total confiança em você.

E era por isso que ela era minha BFF.

O primeiro episódio da nova temporada de *Acesso ao Excesso* foi exibido no dia seguinte. Contra o meu bom senso, coloquei no canal com um pote de *Chunky Monkey* derretendo ao meu lado enquanto assistia, boquiaberta, ao desastre televisivo.

Vi metade de um episódio aqui e ali da temporada anterior, que consistia, principalmente, em Rhona vivendo a vida ao máximo em Nova York e LA, indo a festas glamorosas, pré-estreias e, é claro, eventos beneficentes. Não havia me interessado, então troquei de canal. Mas agora eu tinha um interesse pessoal, muito pessoal. Fiquei me perguntando quanto tempo demoraria para Molly dizer alguma coisa sobre mim, ou Rhona dizer alguma coisa sobre Rick.

Mas pelo menos essa série se passava em Londres e em lugares glamorosos da Europa. Era um alívio enorme saber que elas estavam a cinco mil quilômetros de distância, mesmo que as redes sociais não seguissem as fronteiras nacionais. Surpreendentemente, no primeiro episódio, a ira parecia estar direcionada para a Família Real, o que parecia uma escolha estranha para mim. Mas pelo menos não era contra mim ou Rick.

— Aquelas orelhas! — Rhona guinchou, quando a tela mostrou uma foto do Príncipe Charles ao lado do Shrek. — Ai, meu Deus! Você acha que elas batem com um vento forte? Eca!

Depois a câmera seguiu para Molly bebericando champanhe em uma piscina usando um biquíni fio-dental. Ela parecia com frio.

— Você não acha que o Harry precisa de implantes capilares? — Então ela respondeu sua própria pergunta quando Rhona pareceu não estar a escutando. — Não, ele é ruivo. Quem liga.

Rhona passou a descrever a esposa do Príncipe Charles, Camilla, como "gorda e desleixada"; anunciou que Meghan Markle (agora Duquesa de Sussex) era "uma péssima atriz e que todo mundo a odeia"; oh, e que 'Archie', o pobre e inocente bebê, tinha um nome estrambólico, de acordo com Molly. Eu não tinha certeza do que era "estrambólico", mas pela forma como Molly falou, eu tinha quase certeza de que não era nada bom.

Kate, Duquesa de Cambridge, era uma "vaca magrela e convencida", o que as duas concordaram, e para coroar tudo isso, Sua Alteza Real, a rainha, foi descrita como uma "truta velha beberrona" pela Molly, enquanto Rhona ria impetuosamente.

Assisti ao restante do programa detrás de um travesseiro, porque fiquei muito assustada. Como raios essas duas vadias incomparáveis ganharam seu próprio programa para espalhar sua inveja e crueldade?

Cheguei na estação no dia seguinte assim que os jornais matinais estavam sendo entregues. Analisei a seção de entretenimento e soube que eu tinha um tema para o programa de hoje.

As críticas de *Acesso ao Excesso* foram uniformemente severas.

— *Uma nova baixa na irrealidade da televisão.*

— *Nada que possa redimir, nem mesmo o fascínio pelo horror.*

— *Duas bruxas metidas e zombeteiras com seus egos superinflados. Enfadonho, nojento e maçante, maçante, maçante.*

As críticas terríveis continuaram: e não poderiam ser dedicadas a pessoas mais merecedoras. Melhor ainda, não havia uma única menção sobre mim ou Rick. Talvez as duas grandes sacerdotisas da maldade tivessem realmente seguido em frente.

O tema do meu programa: *há alguma realidade em realities de televisão?*

Capítulo 23

Rick

Mesmo que Cady não estivesse falando comigo, eu ainda segui seu conselho. Contatei o advogado de Rhona e fiz algumas perguntas discretas, mas a única resposta chegou uma semana depois quando recebi uma sucinta carta dizendo "sem comentários, sem medidas adicionais" e um cheque de $50,000, aplicável se eu assinasse o AND[13] anexo. Encarei isso como a admissão de culpa dela – o que mais poderia ser?

Mas sinceramente, se eu calculasse o estrago que ela havia feito ao negócio, daria bem mais do que cinquenta mil dólares. Pelo menos o negócio tinha voltado ao normal: um grande número de membros que haviam cancelado voltou e mais uma vez havia uma lista de espera substancial para membresia, mas o estrago na confiança das minhas clientes era mais difícil de calcular. Informei Lara que de agora em diante eu só treinaria pessoalmente clientes homens – estava longe de uma defesa sólida contra quaisquer processos futuros por assédio em potencial, mas pareceu a coisa mais segura a se fazer. E eu tinha que fazer *alguma coisa*.

Guardei o cheque, colocando-o de volta no envelope com o AND que eu não tinha assinado e nem assinaria. Rhona poderia ser aquela esperando ansiosa para ver se a sua vida seria espalhada por todas as redes sociais. Mas eu também sabia que não venceria uma guerra de palavras na mídia com ela – ela estava pronta para mentir e manipular os fatos; eu não estava. Então eu não venceria.

Eu não me importava com nada disso mais. Eu me *importava* em reconstruir o negócio para fazer todos os membros se sentirem seguros. Até contratei uma empresa que era especializada em treinamento igualitário

---

13 Acordo de não-divulgação.

para trabalhar com a equipe. Nós já tínhamos um pacote básico de treinamento para todos os funcionários, mas eu precisava ser mais proativo e ser visto fazendo algo. E eu iria, com certeza, colocar o nome de Brandon Harrison no primeiro curso. Ele pisava em uma linha tênue entre ser amigável e ser demasiado íntimo – eu não queria que ele se encrencasse. Ou passasse pelo que passei. Imaginei que o cara ganhava um bom dinheiro com o perfil de sua rede social, promovendo roupas de academia, suplementos vitamínicos e afins – ele precisava tomar cuidado. Nós todos precisávamos. *Manter as coisas profissionais.*

Preenchi as minhas horas, mas a verdade era que eu sentia falta de Cady. Eu sentia falta de sua personalidade extrovertida, sentia falta de sua risada, sentia falta de suas provocações. E eu sentia falta da determinação em seu rosto quando ela se esforçava mais, a alegria que brilhava quando ela conquistava algo que achava que não conseguiria fazer. Era uma verdadeira merda ela não estar falando comigo ou respondendo minhas mensagens – uma merda que eu mesmo criei. Eu poderia tê-la forçado a falar comigo na *Body Tech*, mas eu respeitava seu desejo de me evitar a todo custo. O pensamento me encheu de tristeza, meus pulmões parecendo pesados e inúteis, como se para respirar fosse necessário esforço demais.

E eu não fazia ideia de como o treinamento dela estava indo – eu tinha que me contentar com relatórios de segunda-mão de Brandon. Desgraçado.

Eu o encontrei finalizando com uma cliente, uma linda ruiva que reconheci vagamente de algum *reality show* da TV do ano passado – *real housewives* alguma coisa? Eu não tinha certeza. Lembrei que ela esteve muito sob a mira da imprensa por ter namorado dois caras ao mesmo tempo. Antes, eu não teria tido uma opinião muito boa sobre ela por causa disso, mas sabendo por uma experiência em primeira mão, da forma como uma história inocente poderia ser manipulada, eu não estava pronto para julgá-la. As façanhas de Rhona foram uma curva de aprendizado complicada, mas eu aprendi.

A ruiva se inclinou e beijou a bochecha de Brandon, dando um tapinha em seu traseiro ao mesmo tempo. Ele sorriu para ela e deu uma piscadinha, e me perguntei se eles estavam ficando. Havia algo sobre a forma como ele sorriu para ela, uma familiaridade que não vinha de terem treinado juntos na academia. *Lá se vai o treinamento de equidade.* Esfreguei a testa, afastando uma dor de cabeça, depois decidi deixar o comportamento dele passar por enquanto. Eu tinha questionamentos mais importantes.

Quando ele me viu, ergueu o queixo e então se despediu da ruiva.

— Chefe, precisa de mim para alguma coisa?

— Só estou querendo saber como o treinamento de Cady está indo. — Seu olhar ainda estava seguindo a ruiva. — Cady Callahan — repeti, impaciente.

Seus olhos dispararam de volta para mim.

— É, sem problemas.

Esperei por mais, mas essa era a dimensão de seu relatório.

— Ela está progredindo nos agachamentos com peso? — pressionei. — Você sabe que ela precisa de muito treinamento de resistência, cardiovascular, fortalecimento das pernas.

Ele ergueu as sobrancelhas.

— Sim, eu li o seu plano de treinamento, está tudo bem. Ou tem mais alguma coisa que eu deva saber?

— Só estou verificando. Obrigado, Harrison.

Afastei-me antes que a expressão astuta em seus olhos me fizesse socar sua cara. Ou demiti-lo e depois esmurrá-lo.

Eu sabia que estava agindo como um babaca, mas não conseguia parar. Eu estava cansado e dormindo mal, e o espectro da depressão pairava sobre mim. Eu não queria começar a tomar medicamentos prescritos de novo. Eu lutava contra a depressão através de exercícios. Além disso, sempre fui mais de fazer do que de pensar. Tempo demais para pensar me deixava frustrado e insatisfeito. Quando precisei desistir do rúgbi, senti como se o mundo tivesse acabado – meu mundo, minhas esperanças e sonhos. Por um tempo, estive no fundo de um poço fundo e escuro, encarando a luz do dia tão distante. Isso havia afastado a minha esposa e tomei grande parte da culpa do nosso casamento fracassado. Não tanto na época, mas os anos me ajudaram a ver as coisas com mais clareza.

Cady era quem eu queria e eu não sabia como consertar a distância que coloquei entre nós. Ela não era mais minha cliente... ela não era mais nada minha.

E então tive uma ideia. Era tão óbvio, eu não sabia por que não tinha pensado nisso antes.

Eu correria a maratona.

Eu correria por ela, com ela, mas fora de vista, perdido na multidão, ficando de olho nela. Eu conhecia Cady. Eu a *conhecia*. Fisicamente, ela era capaz de correr a maratona. Nós nos preparamos para isso com cuidado, treinamos para isso juntos. Mas seu maior desafio era mental: ela ainda duvidava que conseguiria correr.

A dúvida era uma desgraçada cruel – poderia afastar a confiança da pessoa mais corajosa de todas. Cady era novata em correr: em alguns dias ela acreditava em si mesma e em outros, não. Foi a única época em que a vi menos do que confiante, em que a vi duvidar de si mesma.

Quando ela me pediu para correr a maratona com ela, eu hesitei. Pelo motivo verdadeiro de que talvez meu joelho não aguentasse. Eu era um cara grande com músculos pesados – havia uma razão pela qual os melhores corredores de maratonas como Mo Farrah fossem magros e pareciam que seriam levados embora se uma rajada de vento forte passasse.

Encarei meu joelho lesionado, as cicatrizes de diversas cirurgias sempre mais pálidas do que o restante da minha pele. Eu conseguiria? Eu poderia arriscar ter uma outra lesão?

Levantei-me ereto e voltei para a academia.

Minha resposta, por Cady, *claro que sim.*

Capítulo 24

Cady

Brandon Harrison era um cara legal: charmoso, bonito, supergostoso, com uma boa reputação como um *personal trainer*... desculpe, *escultor corporal*. E ele estava me deixando louca. Seu jeito galanteador e amigável estava me irritando, mas quanto mais rabugenta eu era com ele, mais ele tentava me encantar também. Vi a forma como ele agia com cada mulher dentro de um raio de quarenta e cinco metros. Seu defeito de fábrica era flertar, e quando ele fixava aqueles profundos olhos verdes em uma garota, ela se sentia como a única mulher no mundo. Exceto eu.

Eu era imune, e ele sabia, mas por algum motivo incompreensível, isso só o fazia tentar mais. Qual era o problema do cara? Ele não percebeu que eu não estava interessada? Ou ele era tão egoísta que não poderia admitir que havia uma mulher no mundo que não estava impressionada por ele?

É claro, eu sabia o motivo de não estar interessada em um cara que era um belo dez, provavelmente, um onze, se fosse para ser objetiva. Eu não estava sendo objetiva. Estava obcecada por um miserável, carrancudo e mal-humorado pedaço de virilidade britânico que havia me jogado na zona da amizade tão impiedosamente, que eu ainda tinha a marca de sua bota no meu traseiro.

Mas eu estava magoada também. Pensei que tínhamos virado amigos, pensei que eu talvez significasse algo para ele, esperei por mais.

E então ele me largou. Por mensagem. Embora... poderia ter sido pior – lembrei daquele episódio em *Sex and the City* onde Carrie levou um fora de um cara através de um *Post-it*. Aquilo sempre me incomodou – o patife não podia nem escrever uma frase inteira? Talvez usar um pedaço completo de papel, não algo que você usa para escrever a sua lista de compras?

Eu somente presumi que Rick iria me treinar até a minha maratona. Embora ele não tenha prometido — apenas parecia que sim. E eu nem achava conforto em um pote de *Chunky Monkey* como fazia antes. Triste dizer, meu corpo simplesmente não queria mais. Quatro colheradas (talvez cinco) e eu estava farta. Eu temia que estava chegando o dia em que teria vontade comer brócolis, ficaria excitada por um aspargo, flertaria com filé de salmão, maravilhada com uma manga e salada de quinoa. Rick tinha me mudado. Ou melhor, eu tinha me mudado. Eu nunca seria magra e nunca pareceria uma corredora. Mas eu mudei: estava mais em forma, e iria correr essa maldita maratona com ou sem Rick.

Claramente sem.

Mas eu não desistiria.

Menti.

Havia algo de que eu estava desistindo: Brandon Harrison.

— Oi, Cady! — ele disse, enquanto eu me aproximava para a nossa próxima/última sessão de treinamento. — Está gatinha hoje!

Arrepiei-me.

— Aw, Bran-tub — cantarolei, sarcasticamente —, isso é tão fofo da sua parte. — Depois abaixei as sobrancelhas. — Agora nunca mais diga que estou "gatinha" de novo.

Ele riu. Argh! O homem era sempre tão bem-humorado! Qual era o problema dele?

— Agressiva hoje — ele falou, com uma piscadinha.

Caramba! Qual era a de todas essas piscadinhas?

— Bran, tem alguma coisa no seu olho?

— Apenas a visão de uma linda mulher. — Deu um sorrisinho.

Viu? Impossível! Tão simpático.

— Huh. — Fiz uma careta. — Vamos começar. Tenho que treinar para uma maratona.

Ele me levou para a sala de musculação e me fez passar por uma sessão difícil de alongamento e condicionamento, mas o tempo todo ouvi sua voz suave me encorajando a fazer mais, eu queria ouvir o sotaque rabugento de Rick; toda vez que ele corrigia a minha postura colocando as mãos nos meus quadris, eu queria soltar os pesos no pé dele; *e por que diabos eu não conseguia soltar pum quando queria?*

Talvez houvesse algo sobre a perfeição de Brandon que tornava impossível soltar um peido. Não consegui evitar pensar em como ele reagiria se eu vomitasse nele da forma como vomitei em Rick. O pensamento me fez sorrir, e Brandon sorriu de volta para mim.

— Eu sabia que tiraria um sorriso seu, Cady! Continue! Mais dez assim.

Ele me observou durante outra série de repetições, depois me fez fazer afundos. Depois de três de doze, ele se inclinou para mais perto.

— O chefe está olhando, então se você quiser me fazer parecer bem na fita, você poderia...

— O quê? Rick está aqui?

Inclinei a cabeça para trás e quase acertei o queixo de Brandon. Ele se afastou bem na hora.

— Uou! Cuidado aí! — ele disse, parecendo levemente bravo.

— Foi você quem interrompeu a minha concentração — resmunguei, irritadiça.

Pelo canto do olho, pude ver Rick parado na entrada da sala de musculação nos observando.

Brandon escolheu aquele momento para arrumar a minha postura com suas mãos livres demais nos meus quadris.

Irritada, afastei-me de suas mãos pegajosas. Bem, para ser justa, eu não sabia se as suas mãos eram pegajosas ou não, já que eu era uma torneira de suor pingando, como sempre, e apenas pareceu que suas mãos deveriam ser pegajosas, já que o restante dele era praticamente perfeito.

— Ele ainda está olhando, se você quiser deixá-lo com ciúmes — ele disse, com uma piscadinha.

Endireitei a postura e o encarei.

— Você não acha que isso é um pouco infantil?

Ele piscou e depois deu de ombros.

Quando olhei na direção de Rick, ele já tinha ido embora. Provavelmente, emburrado em seu canto secreto interno. Eu não estava feliz por ele ter visto as mãos do Brandon no meu corpo – eu não gostava desse tipo de joguinhos: nunca gostei, nunca gostaria. Eram táticas de ensino médio para as quais os adultos ainda se voltavam. O ensino médio não foi uma época feliz para mim – eu não precisava reviver todas as características ridículas quando adulta.

— Talvez eu possa comprar um café para você mais tarde — Brandon disse, interrompendo meus pensamentos. — Eu poderia te ajudar a planejar uma estratégia para a sua corrida... conversar sobre uma dieta para você e...

Suspirei e me virei para ele.

— Escute, Brandon, eu não acho que isso vá funcionar.

Ele pareceu surpreso.

— O quê?

— Você me treinando... não está funcionando. Para ser sincera, acho que não preciso de um treinador pelos próximos meses: eu sei o que tenho que fazer e Rick já me deu um plano de treinamento.

Seus lindos olhos verdes encararam os meus e então ele me deu um sorriso torto.

— Não pode culpar um cara por perguntar, mas entendi o recado. Prometo não dar em cima de você de novo se quiser continuar nossas sessões de treinamento.

Por que ele tinha que ser meio fofo?

— Não é só isso — admiti. — Eu me acostumei a treinar com Rick e realmente não estou pronta para trocar de treinadores tão perto da minha maratona. Você parece um homem muito legal, um pouco atrevido demais, cara, mas um homem legal. Mesmo assim, eu vou dizer obrigada, mas não, obrigada.

Ele me deu um sorriso doce e por um segundo pareceu que estava prestes a me abraçar. Mas então ele endireitou a postura e estendeu a mão.

— Boa sorte com a sua maratona, Cady. Vou estar torcendo por você.

Balançamos as mãos, sorrindo.

— Obrigada, Brandon — falei, aliviada porque ele não dificultaria as coisas.

Ele deu outro sorriso tranquilo.

— Quando quiser, Cady. Sério, se você precisar de qualquer conselho sobre treino, você tem o meu número, certo?

— Sim, valeu.

Ele assentiu e deu uma piscadinha para mim.

— Te vejo por aí.

— Sim.

Eu o observei se afastando, sua bunda firme flexionando por baixo do short de corrida.

Argh! Eu poderia totalmente ter dormido com ele. Mas nem o espírito nem a carne estavam dispostos.

Rick Roberts tinha muito o que responder.

Capítulo 25

Rick

Eu precisei me afastar. Precisei. Eu sabia exatamente o que Brandon estava fazendo quando o vi tocando em Cady, fingindo reposicionar seus quadris quando a postura dela já estava perfeita. Era um gesto babaca e um que o vi fazendo antes com outras mulheres.

Não consegui suportar ficar e assistir caso Cady gostasse.

Caramba, doía. E não havia mais ninguém a quem culpar a não ser a mim mesmo.

Voltei para o meu escritório e remexi na papelada por cerca de uma hora até que tivesse certeza de que ela tinha terminado o treino e ido para casa. Depois fui para a sala de musculação e puxei um ferro até que as minhas coxas estavam com a sensação de que metal quente estava enrolado ao redor delas, meus braços tremendo. E mesmo assim, eu não parei. Cambaleei para a esteira e tentei esvaziar a mente através de pura exaustão.

Depois de um tempo, admiti a derrota e diminuí para uma caminhada, cada músculo do meu corpo gritando.

Olhei para cima quando senti alguém me observando.

— O que foi, Lara?

Ela me encarou de cima a baixo, como se eu fosse o prêmio de consolação na feira, algo para se ter pena.

— Ela cancelou todas as próximas sessões de treinamento. Pensei que você fosse querer saber.

— Quem cancelou? — Fiz uma careta, me perguntando se isso era mais uma retaliação da Rhona.

— Cady: ela cancelou todas as próximas sessões com Brandon.

Apertei o botão vermelho *parar* e quase caí da esteira.

— Ela disse o porquê?

Lara deu de ombros, evasivamente.

— Ela disse que não precisava de um treinador.

— Só isso?

— Não, ela escreveu um texto de dez páginas sobre o motivo de estar desistindo de ter um PT! Caramba, Rick! Acho que não deu certo com Brandon. Ela cancelou logo depois que a sessão terminou com ele, há uns noventa minutos. Pensei que você fosse querer saber.

— É, obrigado. Desculpe, Lara. Obrigado por me contar. Eu... obrigado.

Ela me lançou um olhar compreensivo.

— Sem problemas, chefe. Estou indo para casa agora. Até amanhã.

— Tudo bem, Lara. Até mais.

Alívio. Foi isso o que senti. Puro alívio por Cady não ter caído nas jogadas astutas de Brandon.

E com o ressurgimento súbito daquela vadia esquiva chamada esperança, subi cambaleando para o meu apartamento e peguei meu celular.

— Oi, Grace. Você não me conhece, mas sou... hmm... aqui é o Rick Roberts. Posso falar com você sobre uma coisa?

Segurei o celular longe da orelha enquanto ela me criticava por vários motivos – tudo merecido – e gritava o tipo de coisas que eu esperaria que a melhor amiga de Cady falasse para mim, terminando com algumas observações escaldantes e duras verdades dolorosas.

— Eu sei, e você está certa sobre tudo. Mas acho que sei como posso me redimir com ela...

E quando finalizei a ligação, eu estava quase sorrindo. Eu só precisava que Cady me desse mais uma chance.

Meu celular tocou de novo e eu o peguei, na esperança de que fosse Cady me ligando, ou até mesmo sua amiga Grace para dizer que Cady iria me ligar, mas era apenas o Vin.

— O que você quer? — rosnei.

— *É bom ouvir a sua voz alegre também, seu desgraçado miserável.* — Ele riu. — *O que aconteceu com você? Você parece tão feliz quanto um peido em um elevador.*

— Não é da sua conta.

Houve um curto silêncio.

— *É aquela garota Cady? Ah, cara! Você quer um conselho?*

— Quero, mas não de você.

— *Sabe, você estava a meio caminho de ser um ser humano quando estava com ela.*

Não consigo acreditar no quanto você fodeu tudo. Ela ainda está puta com você por causa da Vadia Louca 1 ou Vadia Louca 2?

Aqueles eram os apelidos dele para Molly e Rhona, embora eu não tivesse certeza de quem estava na primeira posição.

— Não. Eu consegui deixá-la puta sozinho.

— *É um talento* — ele disse, soando incomumente atencioso. — *Mas não se preocupe, o Vin-mestre tem a resposta!*

— Sério, Vin — resmunguei —, falar de si mesmo como o Vin-mestre... você parece tanto com um idiota.

— *Viu? É por isso que é esperto: todo mundo me subestima.*

— Você é maluco, sabe disso, certo?

— *É, você perdeu a calma porque ferrou tudo com a Cady quando está apaixonado por ela.*

— Quê? Eu não estou apaixonado...

Ou estava? Isso explicaria a dor vazia que vinha da ferida aberta no meu peito sempre que eu pensava nela.

— *Claro que está* — ele continuou, animado demais. — *E como seu irmão de outra mãe, parte meu duro coração nortista ver outro soldado abatido. Nós, rapazes solteiros, somos uma espécie rara em extinção. Vão ter que começar a nos colocar em zoológicos para programas de espécies raras. Imagine isso? Todo o coito que você quiser pelo resto da sua vida, e as pessoas pagariam para te ver.* — Ele parou, provavelmente enquanto os alienígenas o traziam de volta para o planeta Terra. — *Mas pelo menos você escolheu uma mulher decente dessa vez* — ele finalizou. — *Cady é legal. Quando reverter a merda que você fez, vocês serão perfeitos.*

— Hmm, o quê? Não faço ideia do que você está tentando dizer. As palavras estão saindo, mas não na ordem certa.

Ele suspirou.

— *Rick, irmão. Eu gosto da Cady, você gosta da Cady, a Cady gosta de você. O que você está esperando?*

— A maratona — respondi. — Estou esperando a maratona dela.

— *Você é estranho, cara. Mas funciona pra você. Diga à Cady que mandei um oi. E não ferra tudo dessa vez.*

— Obrigado por isso, Vin — resmunguei, com amargura.

— *De nada. Viva, irmão!*

— Por que nós somos amigos mesmo?

— *Você fica me perguntando isso, um dia vou achar que você está falando sério. Agora sai do celular, porra.*

— Você me ligou!

— *Ah, é. Então, aquela mulher que você pegou no ano passado, Vadia Louca 1, você lembra, certo?*

Um arrepio gelado percorreu o meu corpo.

— Não, esqueci completamente — murmurei, com sarcasmo.

— *Rhona Epstein. A maluca. A perseguidora louca.*

— Sim, sim.

— *Ela e aquela convencida, Molly McKinney...*

— O que tem elas? — falei, entredentes.

— *O reality show de merda delas foi cancelado. Era para ter 12 episódios... foi cancelado depois de três. Chato pra cacete.*

— Você assistiu?

— *Claro que sim. Era uma merda. Enfim, pensei que você fosse querer saber. Tenho que ir. Minha garota está esperando na cama para o segundo round.*

— Valeu, V...

Mas ele já tinha desligado.

Não consegui evitar uma sensação enorme de alívio por Molly e Rhona estarem fora do ar, mesmo que elas pudessem sempre causar estragos através das redes sociais.

Ainda assim, as coisas estavam melhorando.

Capítulo 26

Cady

Faltava apenas uma semana para a Maratona de Nova York – minha Maratona de Nova York. Eu. Correndo 42 quilômetros e 352 metros. Em público. Na televisão.

O interesse da mídia se tornou insano, o que agradava bastante aos figurões do estúdio, e meus seguidores do Instagram e do Twitter haviam dobrado. Monica foi designada para mim quase integralmente como minha assistente pessoal para lidar com a imprensa e para marcar pedidos de entrevistas sobre as minhas sessões de treinamento.

Pelo lado bom, se eu completasse a maratona... *quando* completasse a maratona, a instituição dos veteranos receberia $248,000 dólares e alguns trocados das pessoas que me patrocinaram. Eu estava tão maravilhada com esse número, mas também era uma responsabilidade enorme. Esse tipo de dinheiro poderia mudar vidas: próteses melhores, acesso a psicólogos, reabilitação – havia inúmeras maneiras de a instituição ajudar os veteranos.

Quando parecia peso demais para carregar nos meus ombros, eu me lembrava de que não estaria correndo sozinha. Eu estaria com outros 52,000 corredores, teria dezenas de milhares de espectadores assistindo nas ruas, e vários milhões assistindo pela TV. *Ai, meu Deus.*

É, se pensasse demais nisso tudo, eu passaria mal. Então eu tentava não pensar, o que era muito difícil quando isso estava na minha cara todos os dias. Tirei férias na semana anterior à corrida e me desconectei o máximo possível, mas quando eu saía para praticar, muitas pessoas gritavam para mim – eram coisas positivas em sua maioria, mas ainda havia algumas coisas que não eram tão legais. Eu era uma mulher grande, tonificada e em forma, mas ainda grande. Ainda *gorda* pela definição de algumas pessoas. Mas caramba, o último ano havia me tornado uma corredora.

Eu não ligava para o tempo, não ligava para completar a maratona em menos de cinco horas ou mais provavelmente em seis horas, eu queria terminar — isso era tudo o que importava. E provar para mim mesma que eu conseguia. E talvez estivesse provando para Rick também, que eu conseguia fazer isso sem ele. Ainda doía ele ter me largado da forma como fez, mas eu estava tranquila — o cara era um covarde. Nem mesmo para dizer na minha cara, mas fazer sua assistente me mandar por e-mail minha escala de treinamento com um novo treinador. Inacreditável! Ele tentou me ligar e mandar e-mails desde então, mas eu o ignorei.

Respirei fundo, tentando tirar todas as porcarias da minha mente. Eu sabia que metade do teste seria o esforço mental: quando eu batesse naquela parede — o que aconteceria —, eu precisava encontrar motivos para seguir em frente. Também pesquisei no Google toda a rota e memorizei pontos de referências para que eu pudesse ter um modo de calcular a distância — parte da preparação mental.

Também escolhi a roupa com a qual correria — meu sutiã esportivo verde-neon favorito (mesmo que Rick tivesse comprado para mim), e o novo short de corrida incrível da Nike para mulheres *plus-size*. Não havia etiquetas, então nada que fosse roçar meu corpo. E acredite em mim, eu ia lubrificar todas as minhas gordurinhas, inclusive os mamilos. Gato escaldado etc. Meus mamilos, não. Ninguém os tinha escaldado em meses. Quero dizer, *gato escaldado tem medo de água fria*. Suspirei ao pensar nos meus mamilos frios.

Uma dica que peguei vasculhando revistas de corridas era ter uma *playlist* turbinada. Não que estivesse planejando ouvir música o caminho todo, porque sabia que no começo eu estaria absorvendo o ambiente. Mas eu tinha a tendência de ter uma baixa de energia depois de 24 quilômetros, então a minha *playlist* era toda montada para me dar um estímulo. Eu até incluí a trilha sonora de *Rocky*, embora ela me lembrasse daquele-que-não--deve-ser-nomeado-sem-cuspir.

Outra parte do planejamento era comer o mesmo café da manhã que eu comeria no dia da corrida para ajudar a manter os nervos sob controle. Eu cortaria alimentos que tinham alta taxa de fibra (frutas secas e cereais) para evitar um estômago agitado, e havia trocado isso por um pouco de manteiga de amendoim, uma banana e mingau de aveia, seguido de iogurte, porque laticínios eram bons para diminuir os movimentos peristálticos, ou assim as anotações de Rick me informaram. E para as três noites antes da corrida, eu faria um carregamento de carboidratos. Infelizmente, rosquinhas não entravam nessa lista; eu as guardaria para o dia depois da corrida quando poderia comer o que quisesse, *o plano de nutrição que se dane!* Para a minha sorte, meu cardápio de escolha cheio de carboidratos era delicioso: batata recheada com pad Thai, frango e arroz. Aparentemente, isso significava que o glicogênio se acumularia nos meus músculos e ajudaria a prevenir a temida parede de dor muscular. Bem, essa era a teoria e eu estava disposta a tentar.

E aí estava o problema: eu não sabia se conseguiria fazer isso, porque nunca corri 42 quilômetros. É, eu arrasava nos 24 quilômetros e cheguei aos 30,5 – uma vez –, mas nunca corri a distância toda de uma vez. Mas até uma corredora novata como eu sabia que agora não era a hora de surtar; eu precisava conservar energia e manter as corridas de treinamento abaixo de dezesseis quilômetros. Toda vez que eu pensava nisso, parecia um pequeno milagre. A mulher que não andava sete quarteirões de casa para o trabalho estava agora correndo mais longe do que ela jamais imaginou que conseguiria. Isso me deu um aconchegante brilho de orgulho silencioso.

Na segunda-feira, depois da maratona, planejei passar o dia inteiro descansando. Depois eu tinha mais dois dias de folga do trabalho (para a grande irritação de Aaron e Bob) e um desses dias seria gasto em um Spa com tratamentos e massagens para ajudar meu pobre e brutalizado corpo – que eu sabia que estaria dolorido e inchado, não importava o quanto tivesse treinado antes. Grace iria comigo, porque ela era minha líder de torcida desde o primeiro dia, e estava quase tão estressada quanto eu.

Na noite anterior à maratona, eu não conseguia dormir. Fiquei me remexendo e revirando, tentando relaxar, mas toda vez que fechava os olhos, segundos depois minhas pálpebras se abriam de novo como as de uma boneca bizarra de um filme de terror.

Eu me revirei, embolando o lençol ao meu redor várias vezes: muito quente, muito frio, muito *tudo*. Eu estava nervosa e empolgada, mas, definitivamente, mais do lado nervoso. Eu queria acreditar que conseguia fazer isso, mas na noite escura e solitária, as dúvidas encontraram seu caminho até mim, todas as palavras negativas que já ouvi.

Acabei tendo um sono irregular de madrugada, mas quando ainda estava escuro, meu alarme tocou e saí da cama como se tivesse levado um choque, uma onda de adrenalina percorrendo o meu corpo.

E então me lembrei que era O Dia: O Dia da Maratona.

Não! Eu mudei de ideia! Não consigo fazer isso – o que eu estava pensando? Eu queria puxar o cobertor sobre a cabeça e rebobinar o ano passado.

À meia-luz do amanhecer, deitei-me na escuridão com o cobertor sobre a cabeça, tentando me imaginar cruzando a linha de chegada, mas meu cérebro se recusava a ir até lá, jogando imagens de desânimo e fracasso.

Se eu não fizesse isso, *todo mundo* saberia que eu tinha desistido. Eu até insisti que Grace usasse o *App* oficial da maratona para que ela pudesse monitorar o meu progresso – e então ela saberia quando... se... quando... se... eu desistisse. E eu sabia que eles tinham ônibus *Sweep* seguindo os competidores por seis horas e meia, desde o início da corrida, para buscar qualquer desgarrado que não conseguiria concluir a prova.

Eu não queria estar naquele ônibus. Não queria. Balançando a cabeça com raiva, eu me permiti mais um minuto inteiro de puro pânico antes que desse um chute na minha bunda fofa e redonda, afastasse a coberta, e encarasse as minhas coxas carnudas, torneadas e tonificadas por meses de treinamento.

— Vamos lá, Callahan! Você não é uma desistente. Você é uma mulher dura como pedra, de sutiã tamanho 46. Homens adultos choram quando te veem correndo. Você é *incrível?*

Saltei quando meu celular vibrou com uma mensagem.

Era do babaca Roberts.

> Boa sorte hoje, Cady. Sei que você vai conseguir. Rick

Encarei sua mensagem por vários segundos, desejando que as coisas tivessem sido diferentes entre nós. Mas a bagagem pesada dele estava sempre no caminho.

No entanto, fiquei grata por sua mensagem, mas não respondi de volta.

Ao invés disso, passei os dedos pelo meu número de corrida 41952, e tentei imaginar como seria. Claro, eu vi fotos e assisti os destaques de maratonas passadas na televisão; até cobri a maratona no meu programa em três ocasiões anteriores, e eu sabia que estaria lotado. Mas, dessa vez, eu estaria lá, correndo com 51.999 pessoas de todas as partes do mundo.

Ainda estava cedo, apenas 5:30 da manhã, mas eu me forcei a tomar o café da manhã (e não, nem uma única rosquinha estava no cardápio), depois passei um pouco do lubrificante *Body Glide* em todos os lugares que poderiam irritar: mamilos, é claro; onde meu sutiã se encontrava com as minhas axilas; e o topo das minhas coxas. E, finalmente, coloquei meu sutiã esportivo verde-neon com meu colete de corrida e short favoritos, e enfiei os pés nos meus tênis de corrida. Uau, era bem real agora, e aquele nervosismo não se acalmava, não importava o quanto eu respirasse fundo.

Levemente trêmula, terminei de me vestir, cobrindo-me com uma calça de ioga e um moletom novinhos em folha que seriam descartados no começo e entregues à caridade — e é por isso que eu não podia usar os meus antigos nojentos e surrados. Eu me senti sentimental quanto às minhas velhas roupas de academia, amontoadas na cadeira do meu quarto — elas passaram por tanta coisa comigo.

— Adeus, velhas amigas. Se eu não voltar, me desculpem por não ter lavado a roupa essa semana. Pensem em mim com carinho.

Meu momento de capricho finalizado, respirei fundo outra vez: *Eu realmente vou fazer isso.*

Grace iria me encontrar na linha de chegada, então tudo o que eu estava levando comigo era o meu celular, um *Chapstick* para lábios ressecados (e qualquer outra emergência relacionada a fricções) e um pouco de papel higiênico — ouvi histórias sobre os banheiros químicos, e eu não seria pega desprevenida.

Saí do meu apartamento com a postura de uma mulher que estava indo fazer sua primeira depilação à cera, só que menos disposta.

Mas quando abri a porta, fiquei surpresa ao ver o Sr. Chang, meu vizinho de 81 anos, insone.

— Boa sorte, Senhorita Cady! Vou assistir você pela TV. Alguns de nós, vizinhos, iremos nos reunir para ver você cruzando a linha de chegada.

Ele estava esperando do lado de fora da minha porta para me acompanhar ao elevador e ao saguão. *Oh, Deus!* As palavras dele estavam me fazendo lacrimejar e era cedo *demais* para isso.

Funguei um agradecimento enquanto ele afagava o meu ombro e me ajudava a entrar no elevador. Isso me lembrou daquele dia, tantos meses atrás, rígida e dolorida por causa do meu primeiro treino com Rick, quando eu realmente precisei da ajuda do Sr. Chang.

Percorri um longo caminho desde então. Medi o Sr. Chang, pensando que eu, provavelmente, poderia jogá-lo sobre o meu ombro e subir correndo os sete andares com ele. Mas isso poderia ser considerado grosseiro.

Beijei sua bochecha enrugada, e saí para o ar fresco de novembro.

Era refrescante, mas não estava chovendo, e embora o sol estivesse hesitante em dar as caras, eu me besuntei de protetor solar, só por garantia. Eu não queria parecer uma salsicha grelhada no final.

O ponto de partida era em *Staten Island* e levei mais de uma hora e meia para chegar lá – um trem, uma balsa e um ônibus – junto com milhares e milhares de outras pessoas. Era parecido com uma festa, se você fosse a festas em que não serviam álcool ou comida e todo mundo estivesse usando *lycra*. Todos os corredores estavam tensos, então talvez fosse mais como o dia da formatura na escola, embora nem todo mundo tivesse certeza de que se formaria.

E era tão estranho ver as ruas sem trânsito – estranho, mas maravilhoso também. Realmente parecia que eu fazia parte de algo incrível.

Quando você corre em uma grande maratona, o seu tempo determina em qual curral você vai começar – uma área dividida na linha de largada, onde os participantes são agrupados de acordo com seu tempo esperado de chegada. Os corredores mais rápidos estão nos primeiros currais e os mais lentos estão nos currais de trás, onde eu começaria. Segui para *Fort Wadsworth* e minha vila designada de partida, o curral de dez minutos a cada 1,6 km. Fiquei surpresa ao ver que não era lá no final, embora estivesse bem perto. Um cara com um microfone iniciou a contagem regressiva de cada curral, começando com os atletas cadeirantes. Nós comemoramos e assoviamos enquanto eles saíam de sua vila, me sentindo emocionada e empolgada por fazer parte disso tudo. Depois comi uma barrinha energética e fui fazer meu terceiro xixi pré-corrida no banheiro químico horrível, minha bexiga nervosa sentindo que eu estava em uma fila contínua para o banheiro.

Corri devagar para o local e bebi um pouco de água, tentando manter os nervos sob controle. Faltando apenas alguns minutos, tirei a calça de ioga e o moletom, esfregando meus braços por conta do ar fresco. Eu ficaria muito feliz mais tarde com aquela brisa marítima, mas agora, eu estava com um pouco de frio.

Quando o primeiro curral dos corredores mais rápidos saiu, arregalei os olhos ao ouvir o barulho. Parecia um trovão ou uma manada de búfalos irrompendo pelo portão, e toda vez que um novo curral era liberado, o chão tremia sob os meus pés. Quando chegou a vez do nosso grupo, minha pulsação foi lá em cima.

E então... *Eu estava fazendo isso! Eu estava correndo na minha primeira maratona!*

Só que eu não estava. Havia tantas pessoas me pressionando, que eu estava tropeçando em pés, recebendo cotoveladas e sendo empurrada para todas as direções. Eu estava em pânico, esperando que não fosse derrubada, porque eu tinha quase certeza de que a turba de pessoas atrás de mim me atropelaria dentro dos primeiros noventa metros.

Manter o equilíbrio não era fácil, e vi uma mulher caindo, mas ela estava longe demais para eu ajudar, mas pelo canto do olho, vi um homem levantá-la. *Graças a Deus, ninguém pisoteado hoje, por favor!*

Os três primeiros quilômetros foram em *Staten Island* e eu estava ansiosa por isso, mas era um inferno. Pensei que estaria relaxando no meu ritmo, porém estava consciente demais das outras pessoas perto de mim e senti como se não pudesse correr em uma linha reta durante a subida para a ponte, tentando desviar das pessoas à frente.

Mas então comecei a atravessar a Ponte *Verrazzano-Narrows*, e as vistas deslumbrantes do Porto de Nova York, do horizonte, e da Estátua da Liberdade me fizeram querer chorar de orgulho.

Eu me senti bem, me senti forte, mas tinha que me lembrar de ir com calma, porém ainda curtindo a descida até o Brooklyn.

Com o tempo, um grupo se afastou e eu me juntei a um grupo menor, correndo entre um homem carregando a bandeira dos Estados Unidos de um lado e um bombeiro com o uniforme completo, incluindo um tanque de oxigênio do outro. Grande ansiedade de desempenho – aquele tanque parecia pesado. Eu meio que esperava ver alguém a quem pudesse reconhecer, talvez alguns dos corredores que eu conhecia por treinar no Central Park toda semana, mas ninguém parecia familiar – a menos que você contasse as expressões similares de firme determinação, e mais alguns sorrisos.

Corri devagar, rodeada por pessoas de todas as idades e tamanhos. O bombeiro com o tanque de oxigênio logo me ultrapassou, mas antes que me deixasse para trás, ele gritou: *Acabe com eles, Cady!* Fiquei chocada quando centenas de espectadores pararam o que estavam fazendo, e enquanto eu corria, meu nome reverberou pela multidão na calçada. Era quase demasiado, mas acenei e sorri, rezando para que não os decepcionasse.

Essas pessoas eram ferozes! Elas torciam como se as nossas vidas dependessem disso. Havia um monte de crianças sentadas nas calçadas, dizendo a todos os corredores que nós éramos legais e fabulosos e incríveis, e eu concordei com cada palavra.

A única vez em que vi tantas pessoas felizes assim foi na Parada do Dia de Ação de Graças da *Macy's*, mas dessa vez, *eu* era uma das pessoas pelas quais estavam torcendo. Senti vontade de chorar de novo, o que era estranho, porque eu só chorava durante O Rei Leão.

E assim continuou, por toda a rota, pessoas jovens e mais velhas estavam gritando palavras de incentivo – não apenas para mim, mas para todo mundo que corria. Na minha cabeça, agradeci a cada uma delas, porque eu precisava de cada palavra.

Corri em um ritmo constante, grata pelas pistas planas do Brooklyn, olhando para os restaurantes em *Park Slope* e para as ruas arborizadas da Avenida Lafayette, os galhos desnudos no final do outono.

Era fácil demais se deixar levar pela torcida da multidão, e tinha que ficar me lembrando que eu precisava manter um pouco de energia no tanque para as temidas colinas à frente.

Os próximos quilômetros passaram tranquilamente e eu comecei a me divertir. A atmosfera de folia das multidões torcendo me deu ânimo e um sorriso bobo tomou conta do meu rosto. Senti meu corpo forte, como um motor que não para de funcionar.

Essa sensação não durou, é claro.

Quando cheguei no quilômetro 22,5, minhas panturrilhas começaram a protestar. Peguei uma garrafa d'água em uma das mesas que se encontravam a cada um quilômetro e meio na lateral da rota, e bebi sofregamente, permitindo-me desacelerar para uma caminhada por alguns minutos.

A Ponte do *Queensboro* foi difícil. Não apenas era uma subida, mas a súbita ausência de espectadores fez parecer que eu tinha ficado surda. Então, coloquei os fones de ouvido e manquei por mais seis quilômetros ouvindo de tudo, desde *Walking on Sunshine* até *Ramstein* antes de encontrar um ritmo de novo.

Mas no quilômetro trinta e quatro, acertei a temida parede. Meu corpo inteiro doía e minha cabeça latejava. Meus pés pareciam ter inchado a uma proporção épica, e minhas roupas e cabelo estavam ensopados. Eu não tinha preocupações em precisar fazer xixi, porque estava suando tanto, que não conseguia manter água no corpo.

As dúvidas surgiram. *Você sabia que não conseguiria. Você nunca correu tão longe assim antes. Desista agora antes que cause danos maiores. Você não é uma corredora, você não tem o corpo de uma corredora.* E a voz mais gentil: *Esse é o mais longe que você já correu – não é vergonha alguma parar agora.*

Lágrimas encheram os meus olhos. Eu estava tão perto da linha de chegada – faltavam apenas mais oito pequenos quilômetros. Eu conseguia mais oito quilômetros, não conseguia?

Pensei em todo o dinheiro que a instituição de caridade dos veteranos perderia se eu fracassasse nisso. Pensei na decepção de Rick depois de todas as horas de treinamento de graça que ele havia me dado. E pensei em Grace e na minha família, sorrindo através de seu desapontamento e me dizendo que fiz bem em chegar tão longe.

De jeito nenhum! Eu não seria derrotada pelos meus próprios pensamentos negativos.

Então sequei o suor debaixo dos meus olhos e repeti as palavras que me fariam passar por isso: *eu consigo fazer isso – eu sou incrível – eu consigo fazer isso.*

— Cady, você está bem?

Eu estava imaginando a voz dele por que estava pensando nele? Olhei por cima do meu ombro, ofegando em surpresa quando vi Rick correndo ao meu lado, seus olhos cor de uísque calorosos e preocupados.

— O quê...? O que você está fazendo aqui?

Ele deu de ombros, timidamente.

— Correndo uma maratona. Fazendo companhia pra você. Pedindo desculpas por ser um idiota. Sendo seu amigo. — Suas palavras saíram entrecortadas. — Você consegue, Cady. Eu sei que consegue fazer isso. Você é forte; você treinou para isso. Vamos lá, vamos correr juntos.

— Mas...

— Me desculpe por ter fodido as coisas. Me desculpe por ter deixado as coisas que aconteceram no meu passado estragarem o que nós temos. Que seja uma amizade ou algo mais... — Ele parou, seus olhos arregalados e esperançosos. — Vamos terminar essa corrida. Juntos, Cady.

Meu coração acelerado martelou contra as costelas. *Ele fez isso por mim? Ele correria essa maratona por mim?* A evidência estava ali, mas eu não queria acreditar no que poderia significar.

— Juntos? Pensei que você não quisesse nada "juntos"?

— Eu quero agora — ele disse, bruscamente, e agarrou a minha mão enquanto nos arrastávamos pela Ponte *Madison Avenue*.

— Você tem certeza de que está bem para correr, Rick? E o seu joelho?
— Eu não deixaria você correr sozinha.
— Mas e o seu joelho?
— Está tudo bem. Vamos? — E como um cavalheiro galante de outrora, ele balançou a mão para a rua aberta à nossa frente, pessoas de *lycra* correndo, andando e mancando, todas com um objetivo em mente.
— Senti sua falta, idiota. — Eu ri, meu corpo cansado assumindo uma esperança renovada.
— Também senti sua falta, Cady Callahan. — E deu um sorriso ofuscante.

A multidão comemorou alto quando nós começamos a correr juntos, nos animando ainda mais. Ter Rick comigo era a dose de adrenalina que eu precisava quando bati naquela parede infame. A batalha mental ainda não tinha acabado, e nós ainda tínhamos nossos últimos seis exaustivos quilômetros para cobrir, mas a confiança percorreu o meu corpo.

Depois de mais cinco quilômetros onde nos concentramos em seguir em frente ao invés de conversar, nossos braços roçando um no outro enquanto corríamos, percebi que a marcha de Rick não estava tão suave como de costume e pude ver que ele estava favorecendo sua perna esquerda.

— Você está bem? — perguntei, quando chegamos na Quinta Avenida, a chegada no Central Park tentadoramente próxima.
— Completamente fodido — ele sorriu para mim —, mas vou me preocupar com isso amanhã.

Sua camiseta estava grudada em seu peito largo e ele estava suando tanto quanto eu. Ele estava maravilhoso e decidi que eu o beijaria muito em breve.

Quando, finalmente, entramos no Central Park, convoquei os últimos fragmentos restantes de energia, sentindo uma onda de confiança e convicção percorrerem o meu corpo inteiro – não faltavam nem três quilômetros para correr e eu tinha conseguido: *nós tínhamos conseguido*. As ovações se tornaram mais altas e os gritos de encorajamento seguiram cada corredor enquanto passávamos pelo parque. Eu conseguia ver cartazes e balões à distância, conseguia ouvir o estrondo da multidão.

Eu conseguia ver a linha de chegada! Eu conseguia ver!
— Rick! Estamos quase lá!

Ele me deu um sorriso brilhante e nós cambaleamos pelos últimos noventa metros, nossas mãos suadas unidas.

Rostos na multidão pairaram sobre mim, suas bocas abertas comemorando, todos comemorando, gritando o meu nome, gritando o nome de Rick, nos animando.

Abaixei a cabeça e disparei para aquela linha de chegada gritando como uma valquíria, mais exausta do que qualquer outra coisa que já senti antes em toda a minha vida, e mesmo assim flutuando no ar ao mesmo tempo. Virei-me para Rick, lágrimas de orgulho escorrendo pelo meu rosto enquanto eu chorava como um bebê.

— Eu consegui! — gritei, em choque e descrença. — Eu consegui!

— Eu sempre soube que você conseguiria — ele disse, suavemente.

E então ele me beijou.

Eu estava quente, suada, nojenta, o corpo queimando, bolhas estourando, meu cabelo uma bagunça salgada, e ele me deu um beijo, moldando nossos corpos juntos. O calor de seu corpo era como uma fornalha e eu aproveitei, pegajosa, grudenta, brilhando, lacrimejando, úmida, encharcada, pingando e sem ligar por nunca ter parecido ou cheirado pior quando ele, finalmente, me beijou da forma como sempre quis que ele fizesse. Uma mão grande agarrou a minha bunda e a outra estava ao redor da minha cintura. Seus lábios eram suaves e sua língua agressiva. E então agarrei seu coque bagunçado e o beijei de volta, ignorando as pessoas se aglomerando à nossa volta.

— Cady! Srta. Callahan! Cady Callahan! — Um repórter colocou um microfone na minha cara quando afastei meus lábios dos de Rick. — Parabéns, Cady! Você conseguiu! Você gostaria de dizer algo para todas as pessoas que te apoiaram?

— Você é tão gostoso!

— Hmm, como é? — o repórter perguntou, me encarando.

— Oh, desculpe, eu quis dizer ele. Mas tenho certeza de que você é gostoso também. — Rick deu uma risada e eu emergi do meu mergulho profundo no beijo delicioso e abrasador, piscando confusa, e depois notei a câmera de televisão filmando cada segundo do nosso beijo quente, suado e cheio de línguas, ou "amasso" como Vin diria. — Certo! — Tossi. — Bem, eu estou me sentindo muito bem, como você pode ver! — O jornalista ergueu as sobrancelhas e riu. — Bem, sim — falei, pigarreando e tentando encontrar as palavras para expressar como eu me sentia naquele momento.

Rick apertou a minha mão, orgulho irradiando de seu sorriso resplandecente.

Organizar meus pensamentos era como perseguir borboletas — quando um pensamento me ocorria, os outros voavam em direções diferentes, lindos e esquivos. Respirei bem fundo e encarei a câmera.

— Para todos que me apoiaram, um enorme obrigada! Vocês foram maravilhosos e eu realmente não teria conseguido sem vocês. Vocês torceram não apenas por mim, mas por todos nós, corredores, por 42 quilômetros e não consigo dizer o quanto isso foi incrível. Muitas pessoas disseram que eu nunca conseguiria, que uma mulher gorda não poderia correr uma maratona. Bem, essa garota gorda correu, sim, uma maratona, e se eu consigo, você também consegue. Se alguém como eu pode tornar os exercícios, e estar em forma, uma parte da sua vida, você também pode. Seja a melhor versão de você e não deixe mais ninguém te dizer o contrário. Vocês são fantásticos! Obrigada! Até mais!

Alguém colocou um *milkshake* de chocolate nas minhas mãos e eu bebi com gratidão, enquanto Rick enrolava um daqueles cobertores de alumínio ao redor dos meus ombros para me impedir de esfriar rápido demais.

Ouvi alguém gritando o meu nome e Grace surgiu na multidão juntos com os meus pais e, para a minha surpresa, Vin também, que puxou Rick para um abraço apertado de macho, com direito a um tapão nas costas.

— Você conseguiu! — Grace gritou, me abraçando freneticamente, depois se afastando ao perceber o quanto eu estava suada. — Eca! Mas ainda assim, você é incrível! — Ela sorriu. Depois virou-se para Rick. — Vejo que você a encontrou.

Rick sorriu, parecendo cansado, mas feliz.

— Eu me certifiquei de começar no último curral, mas estava preocupado em perdê-la no meio da multidão. Eu não precisava ter me dado ao trabalho... todo mundo na rota estava gritando o nome dela.

— Não foi todo mundo! — murmurei. — Talvez umas três pessoas.

— Era muito mais do que isso — ele caçoou.

Vin empurrou Rick com o ombro e então me levantou, me dando um enorme beijo afetuoso.

— Incrível pra caralho! — ele gritou, apertando meus ombros de novo enquanto me colocava no chão, depois passou um braço ao meu redor e o outro em volta de Rick.

Minha mãe afastou os dois com os cotovelos e envolveu os braços com força ao redor do meu pescoço, metade chorando, metade me estrangulando.

— Uh, mãe! Um pouco de ar! — gemi.

Ela segurou minhas bochechas vermelhas e as beliscou gentilmente.

— Minha garotinha correu uma maratona! Estou tão orgulhosa de você, querida! — Depois ela se inclinou para frente e sussurrou: — Você precisa tomar banho, filha.

Dei uma risada cansada.

— Está na minha lista de afazeres, mãe, acredite em mim. — Depois eu me virei para o meu pai que estava filmando o momento com o celular.

— Você foi maravilhosa, princesa. — Ele sorriu, suavemente, me olhando por cima do celular. E eu lacrimejei de novo. Ele não me chamava assim desde que eu tinha sete anos. — Você deixou sua mãe e eu muito orgulhosos. Davy mandou um beijo também, aliás.

— Obrigada, pai. — Funguei. — É tão bom vocês estarem aqui. Eu nem sabia se conseguiria... se eu conseguiria terminar ou...

Meu pai parou de filmar e me puxou para um abraço.

— Você está brincando? Querida, você é a mulher mais determinada...

— ...teimosa... — minha mãe interrompeu.

— ...determinada, teimosa, resoluta e incrível. *É claro* que você ia terminar. Você nunca desistiu de *nada* que colocou em sua cabeça por toda a sua vida. — Ele abaixou a voz. — Você puxou isso da sua mãe.

Ele sorriu para ela, e eu pensei: *Sim! É isso o que quero! Eu quero um homem que olhe para mim com amor depois de quarenta anos de casamento.*

— Seus pais são incríveis pra caralho — Vin disse, batendo nas costas do meu pai de forma que ele quase derrubou seu celular.

Grace revirou os olhos.

— Como vocês se conhecem? — perguntei, cansada demais para pensar e mais do que um pouco confusa.

Grace olhou para mim, exasperada.

— Rick pensou que seria uma *boa ideia* se todos nós estivéssemos na linha de chegada. Nós ficamos... nos conhecendo... pelas últimas *duas horas e meia*.

Ela me lançou um olhar aguçado para ressaltar que as últimas horas testaram a sua paciência. Eu apenas lhe dei um sorriso cansado. Vin era alguém que se aprendia a gostar, mas ele era gente boa.

— Estou tão feliz por vocês terem se divertido enquanto se conheciam — brinquei.

— Ela acha que sou um idiota. — Vin sorriu, exibindo seus dentes para Grace e piscando descaradamente, seu corpo sarado de 1,95 de altura mostrando por que ele foi um modelo da Armani. — Mas ela vai cair nos meus encantos com o tempo.

— Nem se você fosse feito de ouro de 24 quilates e embebido em chocolate — ela bufou, cruzando os braços.

Os olhos de Vin brilharam.

— Meu pau, definitivamente, vale ouro, e você pode mergulhá-lo em chocolate a qualquer momento, Faith.

— É *Grace*! — ela rosnou.

— É uma ótima ideia, Gracie!

— Aaargh! Ele é impossível! — ela se irritou, afastando-se.

— Estou indo — disse Vin, endireitando a postura e a seguindo. — Ela não se cansa de mim.

Grace voltou marchando um segundo depois, carregando minhas roupas e um creme de canabinoide CBD para músculos – dica principal de Rick para aliviar músculos doloridos quando não havia uma banheira de gelo por perto.

Meu olhar alternou entre Grace e Rick.

— Você sabia que ele estava correndo e não me contou?

— Sim — ela admitiu, tranquilamente. — Ele me fez jurar segredo depois de prometer que não vai mais agir como um idiota fujão. — Rick franziu o cenho e seu olhar contrariado sugeriu que ele talvez tivesse algo a dizer sobre o comentário de Grace, mas ela não tinha terminado: — Você vai voltar para a *Body Tech* agora, ou vou fazer aquela coisa de melhor amiga e dividir um pote de *Chunky Monkey*?

Olhei para Rick.

— Obrigada, psicóloga, mas ele, definitivamente, vai ganhar outra chance.

Grace sorriu e me abraçou de novo, depois se virou para Rick que estava nos observando discutir sobre ele, as sobrancelhas se erguendo mais a cada frase. Ele abriu a boca para falar, mas interrompi seja lá o que ele estava prestes a responder:

— Acho que nós deveríamos sair. Para jantar.

— Hmm...

— E para o café da manhã.

— Bem...

— E caso você tenha alguma dúvida, sim, isso seria um encontro. O que você acha? — Ele abriu a boca para responder, mas eu o impedi, levantando a mão como um guarda de trânsito. — Não diga que é sobre se manter profissional, porque nós ultrapassamos esse limite mais do que algumas vezes. Não diga que você não namora clientes, porque: a) eu não te pago, e b) nós nos tornamos amigos. Rick, o último cara com quem fiquei do Tinder... eu só consegui chegar lá, porque imaginei que era você. — O rosto dele ficou ainda mais vermelho e seus olhos passaram de calmos para tempestuosos. — Então, eu estava pensando, por que não ir atrás da coisa real? Por que comer hambúrguer quando tem filé na minha academia favorita? — Fiz uma pausa, mas ele estava em silêncio, me encarando com seus lindos olhos cor de uísque. — Okay, você pode falar agora.

— Claro? — Ele sorriu.

— Quase com certeza, apenas escolhas as suas palavras com cuidado. Ele assentiu, sua expressão ficando séria.

— Eu não estava tentando te dispensar antes, não era para ter sido daquele jeito. Eu só queria ser profissional depois de... tudo o que tinha acontecido. Mas nunca quis que você pensasse que eu estava te largando, apenas que não poderia ser seu treinador e seu namorado.

Oh, uau! Ele usou a artilharia pesada ao falar a palavra com "n".

— E agora você mudou de ideia? Tem certeza?

— Ah, eu tenho certeza. — Ele sorriu, maliciosamente. — Eu quero ser extremamente impróprio com você.

E, por isso, ele mereceu outro beijo.

Nós nos beijamos por tanto tempo, que os meus ouvidos estavam zumbindo pela falta de oxigênio, e em algum lugar em segundo plano Grace estava gritando e saltitando enquanto Vin encarava seus peitos balançando. Ofegando, nós desconectamos nossos lábios, um sorriso enorme e alegre iluminando o rosto suado de Rick.

Olhei para os meus pais para ver o que eles pensaram da minha exposição muito pública, mas eles estavam aos beijos em sua própria DPA que era, *definitivamente*, mais do que eu queria ver agora. Deus, eu amava os meus pais.

— Nós todos vamos jantar na quarta-feira no restaurante Katz's — Grace gritou acima do caos geral. — Seus pais virão também.

— Eles fazem comida vegana? — Vin perguntou.

— Você não está convidado. — Grace franziu o cenho.

— Claro que estou. — Ele sorriu para ela.

Acenei cansada e os deixei brigando enquanto mancávamos para a

Body Tech. Rick organizou um banho de gelo para nós dois – *argh!* –, que era tão horrível quanto parecia; e então fiz os alongamentos lentos que Rick jurou que precisávamos. Ele também esfregou um pouco do óleo de massagem de Grace nos meus músculos, o que foi bem mais divertido.

Eu gostaria de dizer que fizemos amor apaixonadamente a noite inteira, mas isso seria uma grande mentira. Nenhum de nós se mexeu por doze horas, e mesmo quando nos mexemos, era apenas muito devagar.

Mas estava tudo bem.

Rick não iria a lugar algum, e eu também não.

Rick

Pela primeira vez, acordei ao lado de Cady. Ela estava deitada de costas com a boca aberta, roncando suavemente. Um braço estava acima da cabeça e o outro pendia para fora da cama. Minha coberta foi puxada para o lado dela, na cama *King-size*, e foi enrolada ao redor de um pé com o restante em uma pilha no chão.

Seu cabelo estava uma bagunça embaraçada de cachos, completamente selvagem. Seus seios eram enormes, mesmo deitada de costas, os mamilos apareciam através da camiseta da *Inglaterra* que ela roubou do meu armário. A mulher era grande e caótica e tão gostosa – ela me virou do avesso até que me transformei em um completo caso perdido. Ela me irritava, me perturbava e me fazia rir com a mesma frase. Ela era espalhafatosa enquanto eu era quieto; ela era sociável enquanto eu ficava feliz em ser um eremita; ela era extraordinária, e eu era apenas eu.

Corri a maratona esperando por tudo e por nada. Eu *esperava* que Cady ficasse comigo, mas a mulher era imprevisível e eu não tinha certeza de mais nada, exceto que precisava estar lá por ela. Foi a única decisão boa que tomei sobre a minha vida privada em um bom tempo.

Então acordar ao seu lado e ver que ela ainda estava aqui, era o melhor começo de dia em um tempo muito, muito longo.

Eu queria enrolar minhas mãos em seu cabelo e acordá-la com beijos, mas conhecendo Cady, ela, provavelmente, teria uma reação violenta e incontrolável que faria necessário chamar os paramédicos.

Tentei mover meu corpo, aliviado ao sentir que meus músculos estavam se comportando e que até mesmo o meu joelho estava quase de volta ao normal. Marquei nossas massagens para mais tarde essa manhã, mas, por enquanto, eu queria pedir um café da manhã de alta caloria que nós dois precisávamos – e algo que Cady gostaria.

Lançando um último olhar faminto, rolei para fora da cama de má vontade e segui para a sala para encontrar meu celular. Eu sabia exatamente o que queria pedir.

Cady

Abri um olho, surpresa ao descobrir que estava de dia. A luz brilhante do sol atravessava a janela enquanto eu observava a paisagem de Manhattan do...

Sentei-me direito – aquela *não* era a minha vista, essa não era a minha cama e...

As lembranças voltaram junto com músculos protestando e pés ainda tão inchados, que parecia que alguém os tinha enchido de ar.

O lado da cama de Rick estava frio, então era óbvio que ele estava acordado há um tempo. Isso era decepcionante, e um medo súbito diminuiu a felicidade que senti. Ele mudou de ideia de novo? Ele foi embora? Mas enquanto eu escutava os sons desconhecidos do apartamento acima do ruído do meu coração martelando, ouvi a televisão na sala, e então minhas narinas se moveram como as de um *Coonhound* no rastro de... funguei experimentalmente. É, tinha cheiro de cogumelos e ovos. Inspirei de novo, com um aroma no fundo de *muffins* de mirtilo, ooohh, e café!

Meu coração se acalmou, voltando à batida normal e estável. Apenas Rick e exercícios faziam meu coração disparar. Ah, a ironia.

Arrastei-me para fora da cama, meus pobres pés maltratados apreciando o chão frio de azulejos do banheiro de Rick. Encarei o espelho e estremeci, meu rosto e cabelo uma própria história de terror. Tentei passar a mão pelo monte de cachos, mas estava embaraçado demais e cheio de nós. Olhei para baixo, analisando a preciosa camisa de rúgbi da *Inglaterra* esticada sobre os meus seios e barriga, e depois dei de ombros. Ele já tinha me visto com a aparência terrível, e não saiu correndo e gritando ainda, então por que me preocupar?

Eu tomei, sim, a decisão elegante de escovar os dentes, porque testar a determinação dele com o hálito matinal tão cedo no nosso relacionamento, provavelmente, não era uma boa ideia.

Um relacionamento. Puta merda! Eu estava em um desses agora – eu esperava não estragar isso. Havia um motivo para o Tinder ser o meu aplicativo de escolha desde que foi inventado. Mas não mais. Estava na hora de testar as águas e namorar uma pessoa de cada vez – e descobri que gostei muito dessa ideia quando se tratava de Rick.

Cambaleando como um marinheiro de folga na terra, fui para a cozinha, dando um grande sorriso quando vi Rick colocando uma linda omelete dourada em um prato pré-aquecido.

Ele parecia absolutamente delicioso, vestindo apenas um short fino de beisebol que cintilava sobre a bunda empertigada, perfeita e dura como pedra. E a omelete estava bonita também.

— Ah, oi! Você acordou! — Sorriu para mim.

E com duas passadas, atravessou a cozinha e me beijou loucamente. Ainda bem que eu escovei os meus...

E então perdi toda a linha de pensamento coerente quando um calor invadiu o meu corpo, superaquecido por seu beijo vulcânico.

Enfiei os dedos no cabelo dele e o puxei para perto, sua barba roçando o meu rosto, as mãos grandes segurando minhas bochechas.

Eu amava o cinza de sua barba contrastando com seu cabelo preto e espesso. Eu amava saber que estava com um homem, não um garoto. Sim, tive minha cota desses nos velhos tempos. Também conheci homens que pintavam seus cabelos e barbas. Não estou julgando, mas, cara, se você sabe que vai enfiar a língua na garganta de alguém mais tarde, não use maquiagem para pintar a barba. Só estou dizendo.

— Bom dia para você também. — Suspirei, trêmula, quando ele, por fim, se afastou.

Seus olhos estavam tão escuros, a cor mais clara de suas íris quase totalmente eclipsada pelo desejo que vi reluzindo ali.

Ele pigarreou duas vezes.

— Fiz café da manhã para você — ele disse, a voz quase uma oitava mais baixa do que o normal.

— Eu preferia comer você — admiti, olhando com fascínio para o volume sensacional apontando para mim através do short acetinado.

Ele meio riu, meio grunhiu.

— Você precisa comer.

— Preciso mesmo — falei, lambendo os lábios enquanto meu olhar subia lentamente para sua cintura, perdendo-se na tatuagem complexa que cobria a barriga, peito e braços.

— Eu quis dizer comida — ele disse, respirando fundo e dando um passo para trás. — Você precisa repor todas as calorias que usou ontem. Você precisa de proteína, precisa de...

— Preciso que você faça valer as suas promessas antes de eu desmaiar ontem à noite — retruquei, levantando as sobrancelhas.

Mas então meu estômago traidor roncou em protesto, e o calor nos olhos de Rick foi substituído por um sorriso divertido.

— Omelete de cogumelo, espinafre e queijo; *muffins* de mirtilo para acompanhar. E outra coisa, mas é uma surpresa.

Ele puxou uma cadeira para mim, roubando outro beijo enquanto eu me sentava.

— Amei tudo — respondi, olhando para o prato que ele colocou na minha frente, o cheiro delicioso da omelete como um pequeno pedaço do céu.

A expressão dele ficou séria.

— Fui um idiota descomunal, mas vou te compensar. Pelo tempo que você me quiser.

Pisquei várias vezes, depois abaixei meu garfo, minha omelete intocada.

— Rick, só vou dizer isso de antemão para que não haja mal-entendidos: eu nunca vou ser magra. Nunca vou usar PP. Ou P. Um M não vai rolar. Não estou dizendo que agora que corri a maratona vou parar de ir à academia. Eu *estou* dizendo que pretendo deixar os carboidratos entrarem, apreciar comida, apreciar tudo o que você cozinhar para mim, porque não sei cozinhar, você sabe disso, certo? — Ele franziu o cenho, mas não respondeu. — Gosto do meu corpo saudável e em forma, mas também não tenho a intenção de passar quatro horas por dia na academia para sempre. A questão é, você pode ficar com uma mulher que tem uns quilinhos a mais, e não um tanquinho?

Ele me encarou, sua expressão dura.

— Você acha que sou tão superficial assim?

— O quê? Não!

— É óbvio que acha. Eu me apaixonei por você, Cady, não por um manequim de vitrine. Eu te amo *exatamente como você é.*

Escancarei a boca.

— Você... você me *ama*. Tem certeza?

Ele assentiu devagar.

— Você me irrita pra caramba. Você é desbocada e barulhenta e rouba todo o cobertor. Você é cheia de opinião e teimosa, e sua ideia de nutrição é o meu pior pesadelo.

— É, quem não iria querer isso? Para ser sincera, não é a declaração mais comovente do mundo, Rick.

Ele colocou a mão sobre a minha boca.

— Você é honesta e gentil e me faz rir mais do que qualquer outra pessoa que já conheci. Você é esforçada e leal...

— Isso não é uma entrevista de emprego, Rick — falei, minha voz abafada. — Chegue logo na parte boa!

— Eu ainda não terminei! — ele resmungou. — Apenas escute, mulher! — Depois sua expressão se suavizou quando ele liberou a minha boca e suas mãos seguiram para as minhas bochechas. — Você é linda.

— Você tem razão. Eu também sou gorda.

Ele bufou com impaciência.

— E eu sou um coitado miserável de Yorkshire com quatro dentes falsos e um joelho problemático. Onde você quer chegar?

— Você tem quatro dentes falsos?!

Ele assentiu, depois abaixou seu lábio e apontou para quatro dentes brancos na arcada inferior.

— Tive eles arrancados durante um jogo. Esses são implantes.

— Oh, uau, nunca imaginei. Eu certamente não posso namorar você agora. Você é defeituoso. Imperfeito.

Ele riu baixinho, assentindo em concordância.

— É, eu sou. E você vai namorar comigo mesmo assim. Não vai?

Seu tom de voz deixou implícito que não era um pedido. *Tão mandão.*

— Ah, tudo bem, já que você me pediu com tanta gentileza. Então, concordamos que nós dois temos falhas, pessoas imperfeitas que por acaso têm um fraco por rosquinhas e acabaram se apaixonando.

— Você está dizendo que me ama também?

Ah, sim, eu, definitivamente, pensei sobre isso. Estar apaixonada por Rick não era uma suposição irracional já que eu pensava nele, sentia sua falta e o queria, manhã, tarde e noite. Não falei nada disso porque havia tanta ânsia em sua pergunta que eu não poderia provocá-lo, não poderia fazê-lo esperar.

Doce Combinação

— Sim, eu amo — respondi de pronto.

Seu sorriso foi tão brilhante, tão incrivelmente cheio de amor, que fiquei deslumbrada.

— E nós vamos dizer aos nossos filhos que nos apaixonamos por causa de rosquinhas? — ele sussurrou, acariciando meu pescoço.

— Uou, filhos? Quem disse alguma coisa sobre filhos?

— Você não quer nenhum?

— Para ser sincera, não pensei nisso... nunca tendo conhecido alguém com quem eu tivesse considerado tê-los.

— E agora? — ele perguntou, com uma certa esperança.

— Hmm. — Franzi o cenho, um tanto quanto surpresa com esse desenvolvimento repentino, depois descobrindo que eu também não odiava a ideia. — Talvez. Vamos ver se nós conseguimos chegar até o Ano Novo sem nos matar, depois conversamos de novo. É justo?

— É. Por mim, tudo bem — ele disse, alegremente.

— Mas a história da rosquinha parece uma boa para contar às pessoas. Embora talvez nós pudéssemos acrescentar que o Twitter nos uniu, ou talvez a instituição de caridade dos veteranos ou, argh, aquela mulher desprezível cujo nome começa com "M", mas que não será nomeada... não, nós, com certeza, não vamos contar isso... ou talvez nós pudéssemos dizer...

— Eu já disse que você fala muito?

— Sim, várias vezes, mas esse é o meu trabalho. E além disso, você conheceu a minha mãe, então sabe que é genético e...

Mas não tive chance de terminar a frase, e quando ele me beijou com vontade, eu também não me importei. Ele envolveu seus braços fortes ao meu redor e me beijou com gentileza, paixão, amor.

Mas então se afastou antes que eu estivesse pronta.

— Tome o seu café da manhã — ele disse, com a respiração ofegante.

Separei os lábios para responder e exigir que ele continuasse me beijando, mas ele cortou um pedaço de omelete e enfiou na minha boca.

— Aiminhanossa... isu tá de-li-xioso!

Ele observou enquanto eu comia outro pedaço grande, satisfação e felicidade brilhando em seus lindos olhos. Eu queria ver aquele olhar do outro lado da mesa de café da manhã todo dia – ou pelo menos nos finais de semana, já que eu ainda tinha que acordar às 4 da manhã para trabalhar todos os dias da semana.

Terminei sua refeição adorável e engoli um dos *muffins* de mirtilo, depois estendi a mão para pegar um segundo.

— Espere! — ele disse, afastando o bolinho para fora do meu alcance. — Eu trouxe outra coisa para você...

— Eu sei que trouxe! — falei, dando um tapa em seu traseiro enquanto ele se afastava. — Volte aqui! — reclamei quando ele foi atrás de uma caixa grande de papelão que estava em cima da bancada.

— Seja paciente! — ele gritou de volta.

— O que é mesmo que você diz para isso? Ah, é! *Bolas!* Traga a sua bunda de ferro de volta para cá!

Passaram-se vários segundos até a hora em que ele começou a remexer na caixa. Minha boca escancarou quando ele abaixou seu short pelo seu traseiro fabuloso, e virou-se de frente para mim, completamente nu e totalmente delicioso, e...

Ooooh, rosquinhas! Ele trouxe rosquinhas para mim! *Eu estava oficialmente apaixonada!* Eu estava apaixonada por Rick Roberts.

Ele era difícil e nervosinho, rabugento e irritadiço, mas também era gentil e atencioso e estava totalmente apaixonado por mim. *Exatamente como eu sou.*

Rick estava carregando uma caixa de papelão à sua frente, e até mesmo daqui, eu conseguia sentir o cheiro inebriante de rosquinhas recém-fritas. E, espere! Glacê de limão também! Meus favoritos de todos os tempos.

Seus olhos se contraíram de alegria quando ele sorriu para mim e colocou a caixa de rosquinhas na mesa da cozinha.

Rick ou rosquinhas? Rosquinhas ou Rick? Essa era uma escolha difícil.

Mas então ele começou a juntar as duas opções em uma única enquanto tentava encaixar uma rosquinha com glacê de limão em seu pau ereto, tentando empurrar pelo buraco no meio. Mas é claro que o pau dele era grande demais para isso, mas amei que ele tenha tentado por mim. A rosquinha caiu espalhando migalhas e glacê sobre o chão todo.

— Droga! — ele disse, encarando o glacê em seu pau. — Isso era para ter sido sexy.

— Ah, será — prometi, aproximando-me e envolvendo meus lábios ao redor dele, lambendo todo o glacê delicioso.

Ele grunhiu, apreciando. Viu? Eu sabia que faria dele um amante de rosquinhas.

— Oseugostoétãobom! — murmurei em volta dele.

Ele grunhiu de novo e passou os dedos pelo meu cabelo, puxando gentilmente enquanto fechava os olhos.

Quando precisei recuperar o fôlego, eu me afastei e fui atingida pelo calor escaldante de seus olhos. Ele se inclinou para baixo e antes que eu soubesse o que estava fazendo, ele me levantou. Quero dizer, literalmente. Ele me pegou e me colocou sobre seu ombro, quase correu para o quarto, e então me pôs na cama como se fosse fácil, como se eu não fosse uma mulher de 85 quilos, com peitos e bunda e atitude.

E eu amei.

Ele arrancou a camisa da *Inglaterra* que eu usava como se não ligasse que fosse a sua favorita, como se não ligasse que ele a tivesse usado quando conheceu a Rainha da Inglaterra, como se não ligasse que fosse sua lembrança favorita e mais importante de uma carreira incrível. Ele tirou a maldita do meu corpo e a jogou sobre sua cabeça, e depois abaixou o rosto para os meus peitos, chupando e beijando com avidez.

Arrastei as unhas pelas suas costas, criando listras vermelhas sobre a tinta preta e a pele bronzeada, ouvindo o estrondo de seu ruído contra os meus seios, sentindo-o pressionar sua ereção entre as minhas coxas fartas.

— Uou! Que quente! Acho que acabei de entrar em uma das minhas fantasias! Legaaaal!

Espere, o quê? Essa não era a voz de Rick...

Abri os olhos e gritei.

— Vin! O que você está fazendo? Saia daqui!

Virei-me para puxar a coberta sobre o meu corpo, mas acabei dando uma cotovelada no peito de Rick e uma joelhada em suas bolas.

— Ai, meu Deus! Você está bem?

Ele grunhiu e tossiu, e, provavelmente, deu um pequeno gemido quando se curvou em posição fetal na cama.

— Oops! Desculpe!

Vin quase se arrebentou de tanto rir.

— Ah, cara! Isso foi épico! Vocês, crianças! — zombou, curvando-se e gargalhando ainda mais.

Joguei um travesseiro nele, acertando sua cabeça idiota, mas isso não o fez parar de rir com satisfação do coitado do Rick, como se seu acidente fosse a coisa mais hilária do mundo.

Virei-me para Rick, sem ter certeza de qual parte do seu corpo era seguro tocar enquanto ele gemia baixinho. Acariciei seu ombro com gentileza.

— Hmm... eu preciso chamar um médico, ou você só gostaria de um pouco de gelo para a sua... virilha?

— Gelo... analgésicos... — ele murmurou contra o travesseiro, as mãos cobrindo as bolas de forma protetora.

— Okay, vou cuidar disso... assim que o seu amigo estúpido *der o fora do quarto!*

Vin não pareceu ouvir o meu grito. Ao invés disso, ele pegou o travesseiro que joguei, colocou de volta na cama, e depois subiu no colchão entre mim e Rick, ficando à vontade.

— O que você está fazendo, seu... seu *tonto*? — berrei.

— Sua amiga... Gracie. Ela é solteira ou o quê? — ele perguntou, sério.

— Você está de brincadeira comigo! — gritei, dando um soco em seu ombro e fazendo-o se encolher. — Eu estou tentando fazer sexo com o meu namorado! Saia daqui!

Ele olhou de relance para Rick que ainda estava em posição fetal.

— Acho que você quebrou o brinquedinho dele. Ele vai ficar fora de serviço por um tempo agora.

Encarei Rick, seus olhos fechados com força, e minhas esperanças e expectativas desapareceram.

— O que posso fazer para ajudar, caubói?

— Eu vou matar o Vin — ele resmungou.

— Posso ajudar?

— Sim! — Tossiu em seguida.

Vin pegou uma das rosquinhas de limão e cravou os dentes nela.

— Isso é bom.

Dei um tapa na parte de trás da sua cabeça e o empurrei para fora da cama.

— NÃO TOQUE NAS MINHAS ROSQUINHAS!

Ele se sentou no chão e sorriu para mim.

— Isso é um código de alguma coisa pervertida?

— Aaaaaargh!

Depois da interrupção descomunal de Vin e da hora que levou para Rick deixar de estar verde, eu me sentei em seu sofá extremamente confortável e escrevi meu último *post* sobre a minha experiência com a maratona usando o *laptop* dele, ciente de que eu nunca mais faria o meu corpo passar por isso – ou o de Rick. O joelho esquerdo dele estava bem melhor, mas ainda um pouco inchado. Ele estava colocando gelo nele e também em suas bolas, e ele não tinha parado de sorrir desde que expulsei Vin de casa.

Só consegui fazê-lo ir embora depois que lhe dei o número de Grace, contra a minha vontade. Mas momentos desesperados exigem medidas desesperadas, e prometi que ele ficaria aleijado pelo resto da vida se voltasse antes de meia-noite. Eu não me importava se ele tivesse que ficar andando pelas ruas de Manhattan sozinho por horas – o apartamento de Rick estava proibido.

Grace me perdoaria – com o tempo –, estava no código das melhores amigas.

Inclinei-me sobre o sofá e beijei o lindo rosto que havia se tornado tão familiar para mim, tão querido, tão irritante às vezes.

— Para que isso? — Rick sorriu para mim.

— Porque eu posso, e porque você não pode fugir, Hopalong[14].

— Uau, você é cruel!

— Você sabe disso! É melhor se acostumar.

— Eu pretendo. — Ele se aproximou, dando beijinhos no meu pescoço enquanto eu terminava de escrever a postagem. — Posso ler agora? — ele perguntou.

— Pode! Acabei. — E virei o *laptop* na direção dele.

> Ontem, eu corri a maratona de Nova York.
> Eu sei. Você está tão chocado quanto eu, mas eu corri. E enquanto corria, cambaleava, me arrastava e mancava por 42 quilômetros, essas palavras ficavam se repetindo na minha cabeça: *Eu consigo fazer isso – eu sou incrível – eu consigo fazer isso.*
> Algumas pessoas diriam que foram essas palavras encorajadoras que me fizeram cruzar a linha de chegada. Isso é parcialmente verdade para mim, mas por outro lado, minha história é um pouquinho diferente também. Eu diria que foram as palavras de desencorajamento que me levaram a correr uma maratona em primeiro lugar. Palavras como: *"isso não é para você",*

---

14 É um caubói fictício criado em 1904 por Clarence E. Mulford, que escreveu 28 contos populares sobre o personagem até 1941.

"correr é ruim para as mulheres", *"você não está em forma para correr uma maratona"*, e as piores: *"você é gorda demais"*. Foram essas que me fizeram levantar o traseiro do sofá e calçar os tênis de corrida.

Antes de correr, você precisa andar. Foi isso o que fiz – por meses. Comecei caminhando pelos sete quarteirões de volta para casa depois do trabalho. A Uber achou que o meu aplicativo tinha dado erro, e no começo, eu não conseguia andar quarenta e cinco metros sem perder o fôlego. Caminhei em uma esteira na academia pelo que pareceram horas, provavelmente longe o suficiente para andar até a lua e voltar, ou pelo menos a sensação foi essa. E então fui apresentada para os prazeres de se exercitar ao ar livre. Não deu muito certo, e peço desculpas para o ciclista no Central Park que tinha hematomas para mostrar após nosso breve encontro. Mas eu persisti, caminhando, depois trotando ao redor do Central Park (com meu parceiro de corrida da **Body Tech**, Rick Roberts). Nossa companhia de manhã cedo incluía esquilos, ciclistas e outros corredores. E também tenho que dar um forte aplauso para correr na Orla em Coney Island também. Não há nada como correr pela praia vendo o sol nascer sobre o Oceano Atlântico em uma linda manhã de outono. Mas estou me adiantando. O primeiro quilômetro que corri foi o melhor sentimento do mundo – também o pior. Senti uma verdadeira sensação de conquista, mas no dia seguinte, meu corpo inteiro gritou comigo, e fiquei tentada a chamar a polícia para me prender por lesão corporal grave e danos físicos. Mas apesar desse início difícil, eu não desisti. Na verdade, comecei a correr todos os dias e acrescentava meio quilômetro a cada semana ao meu trote/corrida/caminhada rápida. Já era primavera antes que eu conseguisse correr um circuito de oito quilômetros. Eu cruzei aquela linha de chegada com lágrimas nos olhos e cãibras nas minhas panturrilhas. Apenas uma pessoa viu, mas eu não me importei. Eu sabia o que tinha realizado e estava ficando viciada.

Com algumas semanas de treinamento, meu corpo começou a desmoronar. Em uma tarde, após uma corrida e uma sessão na academia, tirei meus tênis de corrida, arranquei as meias

suadas... e três das minhas unhas saíram com elas. Foi aí que aprendi o quanto é importante comprar tênis ao menos um tamanho maior. Também aprendi em primeira mão sobre os vários estágios de irritação. Esse é um programa de doze passos que nunca mais quero participar de novo. É um grande "sinta a queimação". Caramba, ainda tenho pesadelos com isso.
Eu não tinha planejado me inscrever para correr a Maratona de Nova York. Mas com tantas pessoas presumindo que eu não conseguiria, não iria, não podia, esse foi o pontapé que eu precisava para tentar. Pensei que seria apenas "tentar", porque parecia um sonho impossível. Mas não era.
Preciso dar crédito ao Rick a essa altura. Ele foi a cola que me manteve unida quando eu queria desistir (o que era praticamente todos os dias de todas as semanas). Ele me encorajou e me disse: *Sim, você consegue*. No Dia de Ação de Graças, ele me patrocinou com $1.000 dólares para a minha instituição de caridade dos veteranos favorita, acreditando que eu completaria todos os 42 quilômetros. Em toda sessão de treinamento ele dizia que eu estava ficando mais forte, mais em forma, e toda vez ele me disse: *Sim, você consegue, você é forte*. Nós corremos, fizesse sol ou chuva, pequenos circuitos durante a semana (seis quilômetros) e longos circuitos aos sábados (16-21 quilômetros). Quanto mais eu suava, melhor eu me sentia. Eu não tinha o corpo de uma corredora e sei que nunca terei, mas eu tinha o coração de uma corredora.
Comecei a dizer as mesmas palavras para mim mesma, mesmo quando meu corpo doía e eu sentia que não poderia dar nem mais um passo, quando minhas panturrilhas queimavam e meus pés estavam prontos para ceder.
A manhã da maratona se aproximou, a Espada de Dâmocles pendendo sobre a minha cabeça desconfiada, mas quando o domingo amanheceu, eu estava pronta.
Muitas partes parecem um sonho agora, a dor uma tênue lembrança (com algumas bolhas para mostrar que realmente aconteceu!). Eu me lembro das pessoas torcendo e me encorajando. Lembro-me dos outros corredores, alguns cegos, alguns surdos, alguns deficientes, algumas mulheres grandes

como eu, um bombeiro de uniforme completo carregando um tanque de oxigênio, todos com um objetivo em mente.

E quando senti que não conseguiria continuar, meu amigo estava lá, me dando o incentivo que eu precisava mais do que imaginava.

Não sei quando Rick decidiu que correria a maratona comigo — terei que perguntar a ele. Mas quando bati naquela parede mental, meu parceiro de corrida estava lá para me fazer escalá-la.

Eu me lembro de cruzar a linha de chegada com o som incrível de pessoas torcendo por mim. Eu me lembro de uma mulher me parabenizando enquanto ela dava a cada competidor um *milkshake* de chocolate para beber. Eu me lembro de um homem me parabenizando e entregando cobertores térmicos de alumínio para cada um de nós. Eles são similares às coisas que campistas e alpinistas colocam em seu equipamento de sobrevivência. Eles ajudam a prevenir hipotermia refletindo o calor corporal. E eu não sabia disso antes de começar a treinar para correr uma maratona.

Eu me lembro dos sons, dos cheiros, da forma como todos ao meu redor estavam felizes e exaustos. E acima de tudo, eu me lembro de chorar como um bebê. Eu consegui! Eu era uma corredora! *Eu sou uma corredora!*

Obrigada a todos que me apoiaram — significa tanto para mim. E entre nós, levantamos mais de $248.000 dólares para a minha instituição de caridade dos veteranos favorita. Vocês são incríveis! *Até mais!*

Cady *eu-sou-uma-corredora* Callahan

Observei o rosto de Rick enquanto ele lia.

— É — ele disse. — Isso está muito bom.

— Você é um homem de poucas palavras, disso eu tenho certeza — caçoei.

— Sou mais um homem de ação — retrucou, balançando as sobrancelhas como um vilão de pantomima. — Mais rosquinhas?

— Com glacê de limão?

— Pode apostar.

Capítulo 28

Rick

Organizei massagens para nós dois na *Body Tech* e nós, definitivamente, precisávamos delas. Correr uma maratona é difícil para o corpo, e tínhamos músculos doloridos que se beneficiariam com uma massagem profissional.

Embora eu preferisse muito mais colocar as minhas próprias mãos em Cady. E, sim, agendei uma massagista mulher para ela. Eu ainda tinha problemas de ciúmes, mas se ela deixasse, eu passaria o resto da minha vida trabalhando nisso.

Cady estava tão relaxada que quase entrou em coma depois de sua massagem, olhos sonolentos, e lânguida, calma e silenciosa como nunca a vi antes. Subimos de volta para o meu apartamento, de elevador, depois ficamos de preguiça, comendo e cochilando, aconchegados juntos no sofá. A exaustão tomou conta de nós, e aquele momento de descontração, juntos, foi um dos mais pacíficos da minha vida.

Acordei à tarde e me alonguei, sentindo-me quente e feliz. Cady estava me observando, um pequeno sorriso em seu rosto.

— Cadê o Vin? — perguntei, meu apartamento estranhamente silencioso.

—Eu o enterrei no quintal — falou Cady, sorrindo para mim da outra ponta do sofá onde estava deitada com um livro ao lado, uma caixa vazia de rosquinhas com glacê de limão, e uma grande taça de vinho.

— Você não devia ter feito isso.

Cady ergueu as sobrancelhas.

— Depois de nos atrapalhar essa manhã? Pareceu justo.

— Concordo, mas eu queria ter visto. Talvez zombar enquanto ele implorava por misericórdia.

Ela riu.

— Estamos, definitivamente, na mesma página, grandão.
— Então, o que você fez com ele?

Ela fez uma pequena careta.

— Talvez eu tenha, acidentalmente, dado a ele o número de Grace... e o endereço. Ele foi até lá para levá-la para sair.

— Uh, sério? Achei que ela não tinha gostado dele.

— Ela acha que ele é um *tonto*, para usar a própria descrição dele, mas ele parecia ter tanta certeza de que seu charme funcionaria. Pessoalmente, acho que ela vai mandar prendê-lo. De qualquer forma, falei para ele não voltar aqui essa noite sob pena de morte ou desmembramento... ou ambos... e não necessariamente nessa ordem.

Dei de ombros.

— Vou trancar a porta. Ele não vai entrar... e você não vai a lugar algum.

— Ooh, você é tão autoritário! Macho alfa! *Caramba*! — ela disse, sentando-se e batendo no lugar ao seu lado.

Eu não precisava de outro convite. Finalmente, *finalmente*, nós estávamos sozinhos. Nós dois. Estávamos acordados, descansados – e falando por mim mesmo –, ansiosos para começar. Eu queria explorar cada centímetro daquele corpo incrível. Eu queria passar as mãos por cada curva sensual. Eu queria me afogar nela, me afundar nela, excitá-la, amá-la de cima a baixo, amá-la dos dedos de seus pés até a ponta de seu nariz. Eu queria segurar seu cabelo e puxar com força enquanto ela me chupava. Eu queria pegá-la por trás, de lado, por cima, ela em cima de mim. Eu a queria de todas as formas que ela me permitisse tê-la. Eu queria agora e eu queria de novo e de novo e de novo.

E pela forma como ela estava me encarando, eu sabia que não era o único que havia sido inundado pelo desejo.

De repente, a campainha do meu apartamento tocou alta e Cady fez uma careta.

— Você só pode estar brincando comigo! Se for o Vin, eu vou machucá-lo. Muito.

— Se for o Vin, você vai ter que esperar a sua vez. — Sorri para ela. — Mas acho que é alguém que você ficará feliz em ver.

— Duvido — ela bufou. — Será que algum dia eu vou transar?

Aproximei-me dela e dei um beijo em seus lábios.

— Ah, sim. E isso é uma promessa.

Seus olhos ainda estavam fechados quando eu me virei e fui buscar o pedido que eu havia encomendado mais cedo – que acabei me esquecendo quando adormeci.

Peguei uma nota grande na minha carteira, paguei o entregador, acrescentei uma gorjeta considerável e levei as caixas para o meu quarto, depois comecei a abri-las.

Cady me seguiu, a curiosidade superando sua óbvia irritação.

Cady

O que raios Rick estava fazendo?! Ele deveria estar mexendo *em mim*! Mas em vez disso, ele estava revirando várias caixas repletas de... espere! Aquilo tudo era comida?

Juntei-me a ele, ajoelhando ao seu lado.

— Morangos frescos?

— É, só preciso encontrar o *chantilly*... — Ele sorriu para mim, maliciosamente. — E a calda de chocolate duplo... três sabores diferentes.

Sentei-me sobre os calcanhares e sorri devagar. *Agora* eu estava entendendo.

— Três sabores diferentes?

— Sim. Na Inglaterra, nós chamamos isso de chá da tarde. Pedi sorvetes de dois sabores diferentes, um bolo de chocolate, pão de ló de baunilha, seis sabores diferentes de *muffins*, e uma dezena de sabores diferentes de rosquinhas. E também mirtilo, framboesas, uvas e...

— Manteiga de amendoim?

— Os dois tipos.

— Geleia?

— De morango e framboesa.

— Ooh! Trufas ao rum! Cremes de morango! Chocolates recheados com caramelo salgado! Bombons de champanhe! Rick, o que nós vamos fazer com toda essa comida?

Ele riu, ainda me encarando com voracidade.

— Nós vamos nos divertir com comida. Muita comida, muita diversão. — Seu sorriso se tornou gentil. — Não é isso o que você quer, Cady? Diversão com comida? Sem pressão? Sem julgamentos, sem contar calorias? O máximo de diversão limpa... e suja... que você puder aguentar.

— Aqui e agora?

— Você quer esperar? — ele perguntou, com seriedade.

— Não — respondi, balançando a cabeça. — Eu já esperei tempo demais.

— Concordo totalmente. — Deu uma risada alegre, o sorriso surgindo devagar e depois se curvando para cima.

Ele abriu um dos potes de calda de chocolate sem afastar o olhar de mim, depois colocou dois longos dedos na calda e os enfiou na boca.

Ver Rick lambendo o chocolate ao redor de seus dedos era tão erótico, tão incrivelmente excitante. Um cara gostoso e sexy com um abdômen de granito, uma bunda de ferro, e um coração que era tão meigo e gentil, que as paredes que o protegiam agora haviam desmoronado.

— O gosto é bom — ele disse, seu sorriso se alargando. — Mas será melhor em você.

Então avançou na minha direção, me derrubando no chão e me imprensando ao carpete do quarto. Senti o comprimento de sua ereção pressionando entre minhas coxas, o calor de seu corpo quase incendiando o meu. Eu não tinha nenhuma inibição, vulnerabilidade, eu me sentia totalmente confiante com meu corpo, de um jeito novo e maravilhoso. Antes, eu já não ligava para o que um homem poderia pensar sobre minhas curvas ou gordurinhas, mas agora estava mais do que certa de que Rick também não se importava. Melhor ainda, ele adorava meu corpo curvilíneo. Cada um dos seus toques dizia que ele adorava meu corpo: *ele me amava do jeitinho que eu era.*

Respirando com dificuldade, os olhos nublados com o desejo, ele ergueu a barra da camiseta da Inglaterra acima dos meus seios pela segunda vez no dia, e enterrou o rosto entre eles. A mão esquerda massageava a carne com vontade, beliscando o mamilo, mas com a direita, enfiou um dedo na jarra da calda de chocolate novamente, então circulou ao redor do outro mamilo, chupando com força.

— Aaah, compartilha um pouco! — arfei.

Sem me largar, a mão direita buscou um pouco mais de calda, e ele começou a rir quando agarrei sua mão e enfiei os dedos dentro da minha boca. A risada se tornou um grunhido, e seu pau se sacudiu entre minhas pernas.

— Mais! — exigi.

Ele me obedeceu, por fim, e despejou a calda diretamente na minha boca, deixando pingar pelo meu queixo e seios. Então abaixou a cabeça mais uma vez, lambendo a pele, e o chocolate se espalhou pela barba. Rick me deu um beijo gostoso, enfiando a língua e misturando seu sabor ao da calda de chocolate com licor de rum.

Em seguida, ele se afastou e colocou um morango fresco em cada um dos meus seios, praguejando quando um deles escorregou.

— Até parece que eles vão ficar parados aí. — Dei uma risada, meio sem ar.

— Espera... — ordenou, então melecou minha pele com o creme de *chantilly*, grudando as frutas nos meus mamilos.

— Aahh...

O creme geladinho me fez perder o fôlego, interrompendo qualquer coisa que eu estivesse prestes a dizer, e partiu para o ataque de novo, se banqueteando; embora eu achasse maravilhoso, ao mesmo tempo em que pensava que era injusto.

Empurrei seu peito firme e ele se deitou de costas, os olhos flamejando com a luxúria.

Peguei a outra jarra, dessa vez com sabor de caramelo, e despejei sobre seus peitorais, cobrindo de leve as espirais da obra de arte tatuada em sua pele, espalhando aquela guloseima divina e deliciosa.

Ele lançou um olhar para o peito e abdômen conforme eu continuava a brincar.

— O que você está escrevendo aí?

— *Cady esteve aqui* — respondi, com a língua presa entre os dentes, superconcentrada. — Nem um pouco original, mas perfeito de um jeito estranho, dadas as circunstâncias. Espera, ainda não terminei!

— Não estou nem aí — grunhiu, me puxando para ficar acima dele e esmagando os morangos entre nossos corpos, espalhando o *chantilly* para todo lado, arruinando, por completo, o que eu estava escrevendo. E eu me importei com isso?

A resposta era óbvia: claro que não, porra!

— Caralho, eu quero te foder por horas e horas! — Rick arfou, o peito musculoso transparecendo seu esforço em respirar.

— Assim que a gente começar, você não vai durar dez segundos — zombei.

— Ah, vou, sim, mas nos últimos oito segundos estarei chorando.

Comecei a rir, mas a gargalhada se dissolveu com o calor de outro beijo ardente.

Chantilly, morangos esmagados e calda de chocolate e caramelo se grudavam aos nossos corpos, junto com o som de chupadas, lambidas, em nossa intimidade ardente, associadas aos ofegos e membros lânguidos.

De repente, Rick inverteu nossas posições e me deitou de costas.

— Quero te dar um bolinho! — grunhiu. — Adoro o fato de você amar comida.

— Não vou discutir nem um pouco com isso. — Dei uma risada entremeada com o ofego.

Ele se esticou por cima de mim, e pegou o pão de ló de baunilha, arrancando um pedaço generoso com as mãos, como se fosse um viking esfomeado prestes a saquear a confeitaria. *Eu estava louquinha para ser saqueada mesmo.*

— Coma! — ordenou.

Projetei a língua, lambendo o creme no meio, delirando quando o glacê gelado atingiu minhas papilas gustativas.

Rick me deu o bolo na boca, os olhos fixos nos meus lábios, enquanto os dele se mantinham entreabertos.

— Sua vez — eu disse, com a voz rouca, mergulhando os dedos no bolo de chocolate e colocando em sua boca, observando a forma como ele acompanhava meus movimentos, como lambia meus dedos logo após.

Ver Rick pilhar aquele bolo me deu um tesão do caralho, e foi, com certeza, como se uma das minhas fantasias tivesse ganhado vida.

Peguei um morango esmagado do meu peito, mergulhei na calda de caramelo e enfiei na minha boca, revirando os olhos com prazer.

Rick pegou a vasilha com os bombons de champanhe e jogo tudo em cima de mim. Então pegou um da pilha e prendeu entre os dentes, em um convite explícito para compartilhar, o que eu não recusaria de forma alguma.

Mordi a metade do chocolate, sorrindo ao sentir o gosto nítido do champanhe em contraste com a doçura do bombom de nozes.

— Huummm, issoégostosodemais — murmurei. — Maisum!

Ele repetiu o gesto e minhas pálpebras semicerraram em deleite.

Nós nos beijamos com vontade, um beijo voraz, as línguas se moldando ao sabor do champanhe e chocolate; as mãos de Rick entremeadas no meu cabelo, controlando a intensidade e profundidade do beijo.

Alguém já assistiu ao filme *Ghost*? Porque era isso o que me lembrava quando ele se ajoelhou às minhas costas. Ele espalhou a calda de chocolate nas minhas costas e barriga, massageando tudo desde o pescoço até meus seios. Nunca tinha recebido uma massagem com chocolate quente, mas eu passaria a recomendar para todo mundo a partir de agora. Então ele segurou um *muffin* em cada mão.

— O que você vai fazer, seu maluco?

— Vou te transformar em um bolo gostoso... e depois vou te comer.

— Opa! Onde você está pensando em colocar esses morangos, cara? Por que tenho um morando melado de chocolate na minha bunda?

— Relaxa. Vou chegar a isso daqui a pouco.

Então, com um rosnado de advertência, Rick arreganhou as minhas pernas e mergulhou entre elas, lambendo e mordiscando minha boceta como se aquilo fosse tão gostoso quanto os doces empilhados ao lado.

Era um frescor gelado em um dia quente, muito quente. Não, espera, estávamos em novembro! Era eu que devia estar superaquecida. Rick pingou um pouco de sorvete na minha bunda, deixando que uma trilha geladinha escorresse até minha boceta incandescente – incrível!

— Só por curiosidade — arfei. — Qual sabor você escolheu?

— Sou muito fã de morangos, como deve ter percebido. É mais saudável.

— E o que você vai fazer com as amoras?

— Você vai descobrir mais tarde. Abra mais um pouco aí, para o creme de morango.

— Minha boca já está aberta.

— Não falei da sua boca.

Ele me deitou de costas e eu ergui os quadris quando ele caiu de boca; se Rick não estivesse com um braço firmemente apoiado contra a minha barriga, para me manter no lugar, eu, provavelmente, o teria nocauteado. Ao invés disso, grunhi baixinho e me contorci toda quando seus lábios habilidosos e a língua talentosa chuparam, mordiscaram e lamberam meu centro, me levando à loucura diante da ânsia que se alastrou pelo meu corpo extasiado.

Tremores flamejantes se arrastavam pela minha coluna, encharcando as veias como lava. Fogos de artifício explodiram por trás das pálpebras cerradas quando ele dedilhou meu clitóris inchado e latejante, me enviando em direção ao orgasmo como um foguete, uma explosão estelar, um cometa, para só então voltar à Terra, em uma espetacular chuva de meteoros.

Fiquei ali deitada, arfando, tentando me lembrar de como respirar, até que ouvi o estalo de uma rolha de champanhe sendo arrancada.

— Com sede? — sussurrou no meu ouvido, com os lábios melados de chocolate.

Eu estava quase desmaiada depois do orgasmo maravilhoso, então apenas sacudi a cabeça, com os olhos ainda fechados, sem responder nada.

O cheiro frutado do champanhe se infiltrou pelas narinas quando ele trouxe a garrafa aos meus lábios e deixou cair uma pequena gota na minha boca entreaberta, e então outra e mais outra, rindo baixinho quando o líquido escorreu pelo queixo, pescoço e seios.

Dei um gritinho de surpresa ao ser virada de barriga para baixo, e abri os olhos na mesma hora. Senti as bolhas do champanhe estalando nas minhas costas e bunda, conforme Rick derramava o líquido frio na minha pele ardente, para então lamber com a ponta da língua até deparar com o morango que esteve naquele lugarzinho interessante pelos últimos minutos.

Seu pau cutucou minha bunda e eu prendi a respiração, mas seus joelhos, que ladeavam minhas coxas, sumiram de vista, e um segundo depois, ele estava me pegando e jogando em sua cama.

— Rick! Estou toda melada de chocolate e... outras coisas. Seu lençol vai ser arruinado!

— Não estou nem aí — sussurrou, a barba roçando uma trilha pelo meu peito, barriga, até chegar ao lugar onde queria outra vez.

Ele se esticou e pegou uma concha do sorvete de creme com gotas de chocolate e espalhou pelo seu tórax, então se inclinou para trás para que tudo derretesse sobre ele lentamente. *Ah, eu vou me divertir demais limpando isso aí, seu garoto safado.*

— Quantos *donuts* você consegue comer? — perguntou.

— Estou tomando sorvete — murmurou, minha língua trabalhando arduamente pelos peitorais, chupando as gotas de chocolate dos entalhes de seu abdômen perfeito.

— Você vai gostar desses *donuts*. — Deu uma risada. — Já aprendi com meu erro antes. Estes, agora, são de tamanho extra.

— Isso parece... intrigante — eu disse, me sentando, na expectativa.

Ele abriu outra caixa e pegou uma rosquinha gigante de baunilha com cobertura polvilhada de açúcar e o enfiou em seu pau ereto.

— Um — disse ele, a voz rouca em um tom cheio de promessas.

Engoli a saliva que estava quase escorrendo da minha boca quando outra rosquinha cheia de granulados coloridos foi adicionada.

— Dois.

E então foi a vez de um *donut* amarelo.

— Três.

Ai, meu Deus! Quantos caberiam no mastro de Rick, em seu poste do prazer oculto por donuts deliciosos?

Um de morango com glacê gelado foi adicionado.

— Quatro.

Canela e açúcar.

— Cinco.

— Isto aí é... cobertura de limão? — arfei, sentindo o pulso latejar.

— Está com fome, Cady?

Eu me ajoelhei à sua frente, as mãos apoiadas em suas coxas musculosas, e comecei a comer, sentindo seu corpo retesar, os músculos de seu abdômen contraírem.

À medida que eu mordia e lambia, gemendo e grunhindo de prazer, as mãos de Rick seguraram meu cabelo em punhos firmes, sua respiração arquejante. Quando ele abriu os olhos, estavam mais suaves, ardentes e nublados de desejo por mim, só por mim.

A maioria dos *donuts* caiu em cima do lençol depois de algumas mordidas, mas eu continuei, até que tudo o que restou foi seu pau em riste, a ponta arroxeada, e coberta de glacê e açúcar. *Caramba, ele era delicioso demais! Essa foi a experiência gastronômica sensorial mais erótica de toda a história das mulheres amantes de paus.*

Girei a língua em sua circunferência, chupando a cabeça com força.

Seus olhos chegaram a ficar vesgos, e o cenho franziu em tensão.

— Eu vou gozar... Eu vou goz...

Então a porra salgada e quente espirrou na minha garganta – salgada e doce pelo excesso de açúcar melando a minha boca e rosto.

Rick desabou na cama e eu me deitei em cima dele, ouvindo seu coração trovejar no peito, a pulsação martelando como um *staccato*.

Devagar, a vida retornou ao seu corpo e ele abriu um olho, me espiando.

— Isso foi...

Fiquei à espera de suas palavras, pacientemente, mas Rick parecia ter perdido a habilidade de falar. Eu parecia um gato que tinha acabado de lamber uma tigela de leite.

— Valeu a pena esperar, grandão?

Ele assentiu, ainda mudo, então deslizou as mãos pelas minhas costas, espalmando minha bunda e apertando com gentileza.

— Você é linda pra caralho — ele disse, a voz rouca ressoando pelo tórax musculoso.

— Porque estou coberta de açúcar? — Dei uma risada.

— Isso só te torna mais doce. A parte linda sempre esteve aí.

Uma risadinha toda feliz escapou. Tudo bem, ele levou um ano para ver meu potencial, mas estava perdoado.

Ele se esticou e pegou algo na gaveta de sua mesinha de cabeceira.

— Hmm, estou de boa se você quiser transar sem camisinha. Fiz todos os exames recentemente e estou limpa.

Seus olhos arregalaram.

— Merda! Eu nem pensei em camisinhas. Você tem certeza de que está de boa com isso? Eu não transo há mais de um ano...

Arqueei as sobrancelhas, em choque.

— Sério?!

Ele franziu o cenho.

— Sim, desde a...

— A louca das velas, entendi. Então... o que você está escondendo aí na sua mão?

Ele abriu a palma calejada e mostrou um frasco azul com a tampa preta.

— Por que você está com um frasco de Viagra em gotas? Você tem... hmmm... algum problema? Não, já vi que não tem...

Ele deu de ombros, e seu sorriso aqueceu.

— Tenho 38, não 18 anos.

— Velhinho, hein?

Deu de ombros de novo.

— Eu me recupero super rápido, embora você seja, provavelmente, a causa. Mas esperei muito tempo por isso. Você me deixou com um tesão do caralho... e, de qualquer forma, Vin esqueceu essa porra. Eu não sabia que viria a calhar.

Ele abriu a tampa, pegou um bombom de chocolate e pingou o Viagra dentro, então enfiou o doce na boca.

— Espera! Você acabou de tacar Viagra no *chantilly*?

— Sim, você é minha a noite toda.

— Não seja ganancioso, eu também quero. Força máxima.

Rindo, ele espirrou um jato de Viagra dentro de um *muffin* de framboesa e chocolate branco, então me entregou.

— Quanto tempo leva pra fazer efeito? — murmurei, com a boca cheia.

— Você tem dez minutos. É melhor se preparar.

— Okay, então temos dez minutos para conversar.

Seu sorriso se desfez.

— Tudo bem — disse ele, com o mesmo entusiasmo de um homem prestes a fazer uma vasectomia sem anestesia.

— Acho que já comprovamos o lance da química sexual... — Rick assentiu. — Eu também já sei que te irrito pra cacete. — Ele assentiu de novo, com um sorrisinho nos lábios carnudos. — Mas você ainda me ama?

— Sim.

— Só checando. Às vezes, o cérebro de um cara acaba sendo ejaculado pelo pau quando ele goza. — Rick começou a rir e eu dei de ombros. — Confie em mim, eu já vi isso acontecer. Em um minuto, eles estão falando sobre princípios da Física, e um boquete depois, eles já acham que Einstein é uma banda de hard rock.

Ele esfregou o rosto.

— Não fale sobre outros caras e boquetes na mesma frase, *por favor*, eu te imploro.

— Bom, ainda não, mas vai rolar.

— Cady! Estou falando sério.

— Eu sei. Você é sempre tão sério. Mas, sinta-se livre para continuar.

— Cometi inúmeros erros idiotas...

— É verdade.

— Fica quieta, mulher!

— Não me mande ficar quieta! Eu estou...

Ele beijou minha boca para que eu me calasse. Eu adorava quando ele me punia. Isso era algo a ser explorado mais tarde.

— Cometi um monte de erros. Mas dizer a você que eu não poderia te treinar não foi um deles.

— Não? — perguntei, de alguma forma desapontada.

— Não, porque me fez perceber que eu sentia a sua falta. E quando percebi isso, tudo mais se revelou.

— Tipo o quê?

Ele fechou os olhos, como se estivesse rezando por força interior.

— Que eu te amo.

— Você já falou isso, mas estou feliz em confirmar. E adorei ouvir outra vez.

Ele bufou uma risada.

— O que vou fazer contigo, Cady Callahan?

— O que você quiser, garanhão. O tempo acabou.

Ele lançou um olhar para o seu pau já me dando um aceno amigável, então segurou minha mão e depositou um beijo. Este foi seu último gesto de cavalheirismo, porque, sete minutos depois, Rick estava me comendo por trás. Eu estava de quatro na cama toda zoneada, com bolo, doce e calda de chocolate melando o lençol como se fosse uma cena de devassidão e perversão quase bíblica.

Meus braços e pernas tremiam, minha boca estava aberta. Suor me cobria dos pés à cabeça, na iminência do meu próximo orgasmo. Ofeguei loucamente, assim como Rick arfava em meus ouvidos. Mas ele era tão forte, tão impetuoso, que me vi com a cara plantada no que sobrou do pão de ló esmigalhado.

— Me dê mais bolo! — berrei. — Mais bolo! — E ele arremeteu com mais força. — Mais! Mais! Mais bolo!

O orgasmo me atravessou, me fazendo perder o fôlego. Rick gritou, agarrando meus quadris e pulsou dentro de mim, então ambos desabamos na cama, minha cara e cabelo melados de satisfação cremosa, suada, grudenta e arrebatadora.

Dei um jeito de virar a cabeça e encarei Rick. Seus olhos estavam fechados e as bochechas coradas. Seu espelho refletia nós dois em sua cama, mostrando uma visão erótica de duas pessoas saciadas – cobertas de chocolate. Mesmo naquela carnificina achocolatada, sua beleza viril se sobressaía. Éramos um casal improvável, de todas as maneiras, mas éramos de verdade, e de alguma forma combinávamos.

Dei um beijo suave em seu peitoral açucarado, e suas pálpebras tremularam. Quando ele me encarou, seus olhos estavam nublados. Então seus lábios se curvaram em um sorriso gentil.

— Uau! — ele disse.

Meu homem de poucas palavras preferia falar com sua linguagem corporal.

— Pronta para mais? — arfou contra o meu pescoço. — Eu tenho cubos de gelo e trufas de chocolate ao rum.

— E onde você vai colocar isso? — perguntei.

Ele deu um sorriso lascivo.

— Até que ponto você quer ir para descobrir?

Minhas coxas ainda estavam tremendo, meus braços mal tinham força, minha boceta teve mais atividade na última hora do que no restante do ano anterior todinho. Cada parte minha estava dolorida e ardendo do melhor jeito possível.

— Eu quero descobrir. — Dei um sorrisinho.

Cinco minutos depois, eu estava imprensada contra a janela enorme com vista para as ruas movimentadas de Manhattan, enquanto ele chupava os cubos de gelo que resfriavam minha vagina por trás. Gritei seu nome, e podia jurar que a janela trincou.

Quando meus joelhos cederam, desabei em seu tapete, esmigalhando os *muffins* de mirtilo que ainda nem tinha provado.

Rick se deitou ao meu lado, respirando com dificuldade. Ele tentou afastar meu cabelo suado do rosto, mas desistiu e simplesmente acariciou minha barriga, os dedos trilhando a pele pálida e flácida, deixando arrepios em seu rastro.

Levou mais dez minutos até que nos recuperássemos o suficiente para conseguir sentar e avaliar os danos.

Havia chocolate nos lençóis, migalhas no carpete, geleia nas paredes, manchas de amora em todo o edredom, rastros de creme de morango no tapete. Até a luminária estava suja com calda de chocolate.

Aquilo ali era pior do que a explosão da fábrica do Willy Wonka depois de um furacão categoria 5. E como diabos conseguimos enviar geleia até no teto? Aquelas marcas de mãos feitas com manteiga de amendoim na janela, bem como dois círculos de chocolate eram resultado dos meus seios imprensados contra o vidro. *Bom dia, Manhattan.*

Rick parecia ter sido mergulhado em chocolate e revirado em migalhas – acho que isso meio que tinha acontecido.

— Uh, Rick, acho que vamos ter que chamar uma equipe de limpeza.

Ele observou a cena de devastação.

— Acho que eu devia simplesmente me mudar; vai ser mais barato.

— Posso fazer uma sugestão?

— Claro.

— Da próxima vez que tivermos o chá da tarde, vamos fazê-lo no chuveiro.

— Um banho de chocolate?

— Eu amo o jeito como você pensa... você é dos meus. Mas, por enquanto, acho que precisamos de um banho de verdade. Me deixe esfregar as suas costas.

Rick e eu limpamos um ao outro, e então passamos duas horas limpando o quarto dele. O tapete provavelmente era uma causa perdida e os lençóis precisavam de ajuda profissional. Não pergunte o que aconteceu com a trufa ao rum – eu nunca a encontrei. Mas foi um exercício maravilhoso com chocolate. Foi o melhor chá da tarde que já tive. Não pude evitar pensar em quantas calorias eu havia gastado – provavelmente vários bilhões.

Academia ou chocolate? Eu não precisava mais escolher – eu teria essa doce combinação, e amava isso.

De: @TheRealCadyCallahan
Oi @fabulousMollyMckinney
Só para agradecer por ter juntado @RickRobertsBodyTech e eu. Estou tão feliz, que ganhei quatro quilos. Vamos nos casar na semana que vem. Você não está convidada.
Amor, Cady x

Fim

Nota dos autores

Na história, Rick menciona seu antigo colega de time, Nick Renshaw. A esposa de Nick foi outra vítima de Molly. Se você quiser ler a história deles, eu tenho uma duologia sobre os personagens, mas já te aviso: Molly não vale nada!!

Doce combinação é uma história leve sobre Cady entrando em forma e aproveitando os benefícios de seu corpo saudável. Mas é algo que nós dois acreditamos firmemente também, por razões diferentes.

Leia *"Nossa jornada Fitness"* para descobrir o que isso significa para nós, e conheça duas garotas especiais que nos inspiraram.

Jane & Stu

Nossa jornada Fitness

Stu Reardon

Fiz quatro grandes cirurgias como resultado da minha carreira no rúgbi – três operações para corrigir tendões de Aquiles rompidos, e um manguito rotator rompido no ombro que, por fim, acabou com a minha carreira profissional como jogador.

A recuperação das lesões e das cirurgias foi um processo longo e demorado. Manter um nível de condicionamento físico durante a recuperação não é fácil, e a reabilitação depois é complicada. Então, para mim, se exercitar – ou malhar na academia – é mais do que apenas entrar em forma, é um estilo de vida.

E ainda há o problema completamente diferente de emagrecer para um ensaio fotográfico como o dessa capa – principalmente, quando a sua coautora é uma má influência e viaja para *todos os lugares* com chocolate. Eu realmente gosto de um bom chocolate meio amargo de qualidade, e sim, precisei cortar isso para perder alguns quilos para o ensaio da capa. Sente a minha dor?!

Jane Harvey-Berrick

Por anos (décadas), eu disse a mim mesma que não gostava de academias e mesmo que tenha entrado em várias com as melhores intenções, eu me mantive afastada. Eu morava em Londres e andava seis quilômetros por dia indo e voltando das estações de metrô, então isso parecia o suficiente. Eu ficava com dores nas costas e nos ombros com frequência, e, às vezes, sentia dores ciáticas também. Eu culpo isso por trabalhar em um escritório, mesmo que tivesse apenas meus vinte anos.

Quando me mudei de Londres para morar perto do oceano, comecei um caso de amor com a natação – e não há nada como nadar em um mar frio! Eu caminhava com o meu cachorrinho todo dia e me sentia melhor, mas escrevendo integralmente, ainda eram muitas horas sentadas à uma mesa.

E então fiquei muito doente. A morte do meu pai foi uma época estressante, como você pode imaginar, mas se tornou pior quando desencadeou um quadro de Artrite Reumatoide em mim. De repente, eu estava usando bengalas para me locomover, às vezes, uma cadeira de rodas, e, frequentemente, me sentia incapacitada pela dor. Todos os medicamentos comuns ajudaram, e comecei a recuperar a mobilidade lentamente. Mas o ponto de virada foi entrar em uma academia, e perceber o que estava perdendo durante todos esses anos.

Nada acontece da noite para o dia, e foi um processo de simplesmente continuar frequentando entre duas a três vezes por semana para sentir os benefícios – e eu senti. Eu estava feliz, minha família estava feliz, até o meu médico estava feliz.

Exercícios não curam AR, mas, certamente ajudam.

Cassy Roop

Cassy Roop é a dona da empresa de design gráfico Pink Ink Designs. Ela também é *personal trainer* na FIND YOUR STRONG FITNESS e é apaixonada por ajudar os outros a conquistarem seus objetivos de saúde. Ela é a mulher incrível que formatou o nosso e-book em inglês e projetou o interior.

Essa é a sua história de aptidão física.

Eu não conseguia andar nem um quarteirão, porque ficava sem fôlego. Não podia brincar do lado de fora com os meus filhos, porque estava cansada demais. Eu não queria ser aquela mãe. Eu não queria apenas existir na vida dos meus filhos, eu queria ser presente. Então decidi fazer alguma coisa, começando com pequenas mudanças, como substituir refrigerante por água e comer mais frutas e vegetais.

Comecei a cozinhar mais refeições em casa. Eu não tinha ganhado o peso da noite para o dia e sabia que não o perderia da noite para o dia também.

Quando os quilos começaram a sumir, eu comecei a me sentir melhor. O efeito colateral disso foi que minha aparência melhorou, e minha confiança e motivação se fortaleceram. Mas eu tinha que enfrentar meu contínuo vício por comida.

Tornei-me criativa na cozinha para dar às minhas comidas reconfortantes favoritas um toque saudável. Agora, vejo os meus filhos buscando escolhas mais saudáveis. Ao invés de barras de chocolate, eles escolhem uvas de algodão-doce ou frutas ao invés de sorvete. Isso me mostra que estou fazendo o que devo fazer e servindo de exemplo para eles.

Meu conselho? Não deixe a balança ditar o seu sucesso. Haverá oscilações, mas prometo que se você continuar, irá acontecer. Você só fracassa se desistir. Tempo e consistência são as duas maiores coisas que estarão do seu lado. Boa sorte!

Siga Cassy no Instagram!

Tonya Allen

Tonya Allen é nossa irmã de outra mãe – minha melhor amiga e a parceira de corrida do Stu quando nos encontramos em eventos. A culpa dessa história é em parte dela, e seu treinamento para correr meia-maratona inspirou os esforços de Cady. Quando Cady perdeu três unhas dos pés, foi baseado no que aconteceu com Tonya.

Então, de certa forma, este livro é sobre sua trajetória *fitness*.

Sobre Vincent

No livro, Vin é baseado no nosso amigo e ex-modelo da Armani, Vincent Azzopardi. Nós não tivemos que inventar muita coisa. Então, se você decidir segui-lo no Instagram, não diga que não te avisamos!

https://www.instagram.com/vincentazz/

Sobre os autores

Mais sobre Stuart

Stuart é um jogador aposentado da Liga Internacional de Rúgbi da Inglaterra, cuja carreira se estendeu por dezesseis anos jogando profissionalmente por vários dos melhores clubes da Liga, incluindo na França. Ele teve várias lesões graves que quase acabaram com a sua carreira, assim como o protagonista de seu primeiro livro, escrito em uma colaboração incrível com Jane.

Atualmente, ele é um *Personal Trainer* e vive em Cheshire, e tem um programa de condicionamento físico *online*: *Fear Nothing Fitness*.

www.stureardon.co.uk

Receba novidades através da sua newsletter.

Mais sobre JHB

Eu gosto de observar os surfistas na minha praia local, e de criar histórias de romance no mundo moderno, com todas as suas provações e tribulações.

Foi a maior diversão trabalhar com Stu nessa história. Mais do que divertido, foi fascinante e esclarecedor também.

E eu realmente amo saber sobre os leitores, então todos os meus contatos estão abaixo. Por favor, me mande uma mensagem.

Siga Jane!
Assine sua newsletter.
www.janeharveyberrick.com
Junte-se ao grupo de leitores do Facebook: Jane's Travelers

A The Gift Box é uma editora brasileira, com publicações de autores nacionais e estrangeiros, que surgiu no mercado em janeiro de 2018. Nossos livros estão sempre entre os mais vendidos da Amazon e já receberam diversos destaques em blogs literários e na própria Amazon.

Somos uma empresa jovem, cheia de energia e paixão pela literatura de romance e queremos incentivar cada vez mais a leitura e o crescimento de nossos autores e parceiros.

Acompanhe a The Gift Box nas redes sociais para ficar por dentro de todas as novidades.

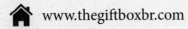 www.thegiftboxbr.com

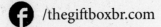 /thegiftboxbr.com

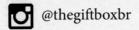 @thegiftboxbr

 @GiftBoxEditora

Impressão e acabamento
psi7 | book7
psi7.com.br   book7.com.br